Alexander Stahr

Der Köhler

Alexander Stahr

Der Köhler

Ein historischer Taunus-Roman

SOCIETÄTS
VERLAG

Die historischen Schauplätze dieses Romans und ihre Beschreibung sind bis auf einige Ausnahmen authentisch. Die Figuren sind hingegen bis auf wenige historische Personen frei erfunden. Jede Ähnlichkeit mit realen Personen und deren Namen, gleich ob lebend oder tot, ist rein zufällig. Sie entstammen der Fantasie des Autors.

Satz: Nicole Proba, Societäts-Verlag
Umschlaggestaltung: Nicole Proba, Societäts-Verlag
Umschlagabbildung: Cordula Tippkötter
Druck und Verarbeitung: freiburger graphische betriebe
Printed in Germany 2011

ISBN 978-3-942921-28-2

*„Jeder hat etwas in seiner Natur,
das, wenn er es öffentlich ausspräche,
Missfallen erregen müsste."*

Johann Wolfgang von Goethe

Prolog

Das Wesen aller Dinge und Handlungen scheint durch zwei Seiten charakterisiert zu sein. Durch eine gute und eine schlechte. So auch das Graben von Gruben. Denn die Wahrscheinlichkeit, in die Grube zu fallen, die man einem anderen gegraben hat, ist überaus hoch. Doch selbst wenn es gelingt wie gedacht, sich der Erfolg des Grabenden ohne Nachteil für diesen einstellt, haftet der Handlung eine schlechte Seite an, der Mangel an sittlich-moralischer Untadeligkeit, das Defizit an Tugend. Diese Betrachtung führt zu berechtigten Zweifeln an einer guten Seite des Grabens, zum Verdacht einer Anomalie der Zweiseitigkeit, wovon es bei genauerer Überlegung durchaus eine Vielzahl gibt.

Beliebig

Die Heimat von Milliarden bebte. Kühle, überaus fette Tropfen fielen über die Landschaft des Taunus her. Eine Stimme war ihr nicht vergönnt, sodass zwischen Bergen, Hügeln, in Tälern und Auen kein Klagelied über die Grausamkeit der Fallenden erklang. Hufe, acht an der Zahl, erschütterten die Heimat, den Boden. Er sollte sich im Ausklang dieses Novembertages anno 1778, durchkrochen von Würmern, Asseln, Milben und unzählbar viel anderem scheinbar grässlichem Getier, als Komplize eines nahenden Endes erweisen.

Kleinste Fetzen von feinem Leinen, vornehmlich blass, mitunter farbig, allesamt nass, stark beschmutzt, dann wieder rein, Haare, einsam, schwarz wie die Nacht, bisweilen in winzigen Büscheln, schrecklich zerzaust, Schuppen von zarter Haut mit einem Hauch von Schweiß, Blut, noch rot, unsichtbar in Nuancen an gebrochenem dürrem Geäst, markierten zur selben Zeit eine frische Spur so unauffällig, dass sie nur mit akribischer Suche, in kriminalistischer Art und Weise oder mit dem Spürsinn eines Hundes hätte verfolgt werden können, wäre sie in einem dichten, undurchdringlichen, düsteren Wald gelegt worden. Einem Urwald, der in späteren Jahrhunderten durch die Fantasie schreibender Menschen tatsächlich hoch, dicht und schaurig in den Himmel des Taunus ragen sollte, um in seinem Unterholz Halunken, Verbrechern, Mördern und sonstigem Gesindel Unterschlupf zu gewähren. Doch die Spur führte durch keinen Wald, geschweige denn einen Urwald, sondern durch lichtes Holz und bewehrtes Gestrüpp hinauf zu einer Anhöhe oberhalb von Lenzhahn, einem kleinen Dorf im Fürstentum Nassau-Usingen unweit der ehemaligen Residenzstadt Idstein. Von dort sah sie zurück auf ihre unscheinbare Fährte, um Luft ringend, im Arm ihren Säugling, umwickelt mit einem Tuch aus Leinen. Als ihr Blick es streifte, bemerkte sie den Schmuck. Ein kleines Stück einer goldenen Kette mit Applikationen aus dunkelblauen und hellen, glasklaren Edelsteinen hatte sich aus dem Stoff befreit. Sie stopfte es mit zitternder Hand zurück in das nasse Gewebe.

Hinauf zur Felsbastion des Hohlen Steins lief sie im strömenden Regen, auf der Flucht vor den Reitern, die sich auf ihrer so unauffälligen, nichtsdestotrotz wenig hilfreichen Spur Meter um Meter näherten, da sie die junge Frau auch ohne akribische Suche und kriminalistischen Spürsinn in der lichten Vegetation hin und wieder erblicken konnten. Sie floh zu einem Ort, von dem sich die Leute in der Gegend Schauerliches erzählten. Er galt als mystischer Platz. In manch einer Nacht würden dort unglaubliche Dinge geschehen. So schreckliche Dinge, dass nur wenige es wagten, öffentlich darüber zu sprechen. Doch was die Leute sich über den Hohlen Stein erzählten, war ihr zu dieser Stunde gleich.

Die kühlen Tropfen entlockten dem Leben spendenden Boden, man kann ihn auch Erdreich, Erdboden oder Dreck nennen, ein Schmatzen unter den Hufen, die sich dem Aufschwung zur Anhöhe näherten. Kein Laub dämpfte den hässlichen Klang des überall nackten Bodens. Bauern hatten es in die Ställe als Streu und mit dem Dung auf die Felder entführt.

„Fromm, dort oben ist sie!“

„Ich weiß.“

Nasse und kalte Tage waren zu jener Zeit nichts Ungewöhnliches. Die Sommer waren oft kühl und verregnet. Missernten brachten die ländliche Bevölkerung des Taunus in schwere Not. Sie weiteten sich zu Hungersnöten aus, der Zehnt tat ein Übriges. Obrigkeit und Kirche nahmen auch im Fürstentum Nassau-Usingen keine Rücksicht auf verfaulendes Korn. Von schrecklichem Hunger getrieben, mahlten die Ärmsten der Armen in manchen Jahren Unkrautsamen zu Mehl, kochten Nesseln und Gras, pflückten Rapunzel, aßen Suppe vom Maikäfer, gar Rauke.

Sturzbäche rissen bei häufigen Unwettern tiefe Gräben in den aufgeweichten Untergrund aus wertvollem Boden und fauligem Fels. Sie hinterließen tiefere Narben als je zuvor in der seit Jahrhunderten gequälten Landschaft des Taunus. Wasser stürzte in ungeheuren Massen von den Hängen herab. Es bildeten sich Gräben, die fast Schluchten ähnelten. Felsstücke, so schwer, dass man sie kaum wegschaffen konnte, Bäume und Land wurden zu Tal verfrachtet, Stallungen, ganze Höfe von Steinen und Schlamm begraben. Die Menschen hofften auf ein trockeneres, wärmeres Klima. Ein paar Grad mehr und ihr Dasein wäre ein besseres gewesen. Ein Leben ohne Hunger in einer zerstörten Welt.

So stanken die schwarzen, vom Abwasser der Gerbereien, Dörfer und Städte vergifteten Bäche nach Fäulnis. Ihre Schleifen hatte man vielfach begradigt, gnadenlos zurechtgebogen für Getreidemühlen, Ölmühlen, Papiermühlen, Hammermühlen, Pulvermühlen. Mühle an Mühle reihte sich in den Auen. Durch die Kanäle zwang sich Kloake, und klägliche Überreste einstiger Wälder waren aufs Gründlichste verstümmelt. Heide und lichte Parklandschaften mit einsamen Baumriesen, deren Früchte dem Vieh zur Mast dienten, prägten das Antlitz des Taunus. Über allem zog der graue, schwarze, weiße, alles vernebelnde Qualm der Feuer hinweg, die von Aschenbrennern, Pechsiedern, Teerschwelern, Kalk- und Rußbrennern entzündet wurden, deren Schamlosigkeit darin bestand, sich der Überreste zu bedienen. Die Schmieden, die Glashütten, die Kamine von Stuben, Zimmern, Gemächern, Küchen und Wirtshäusern rauchten. Vom gewaltigen Rauch Tausender Kohlenmeiler ganz zu schweigen. Nass und kalt war die Zeit. Nass, kalt, schwarz, grau. Die Reihenfolge ist beliebig.

Schmerzen nahm sie nicht wahr, wenngleich die Haut ihrer Beine, Arme, Hände vom stachligen Brombeergestrüpp und den noch jungen Stockausschlägen an unzähligen Stümpfen von Hainbuche und Eiche ebenso zerrissen war wie ihre Kleidung. Immer weiter drangen sie in ihre Gliedmaßen vor, das die Flucht begleitende Buschwerk und das junge Holz, in das sie mehrfach stürzte. Aus dem Tuch erklang kein Ton, wenn es ihren Armen entglitt.

Sie kannte ihn gut, den Fromm, der sie einige Male zu gewissen Handlungen hatte drängen wollen, gegen die sie sich aber stets gewehrt hatte. Und sie wusste, was sie von Fromm zu erwarten hatte: nichts Gutes, nichts Schlechtes, sondern das Schlimmste. Der Wille, drohendem Unheil zu entrinnen, war überaus stark, die Gier nach Leben immens, des Unterbewussten Einsicht ernüchternd, der Instinkt der Mutter beachtlich, ihr Leib zutiefst entkräftet, der sie abermals zwang zu verweilen, sich vor Erschöpfung zu übergeben, wonach sie sich mit den nassen Fetzen ihrer Schürze über die Lippen rieb. Dass sie sich über einer Viehtränke unter einem knorrigen Eichbaum erbrochen hatte, wurde ihr erst gewahr, als sie Halbverdautes darin schwimmen sah, an dem die von unzähligen Tropfen erzeugten Wellen nichts anderes taten. Sie brachen.

Knackendes Geräusch von berstendem Holz, Schnauben von Rössern, unverständliche Rufe drangen zu ihren Ohren. Ein Handrücken befreite die Lippen von letzten Resten, dann kniete sie zu Boden, legte das durchnässte Tuch mit Kind und erlesenem Schmuck hastig unter den hölzernen Wassertrog.

Blankes Kalkül, purer Egoismus, einfältige Hoffnung, naiver Glaube, reine Selbstaufopferung, der Instinkt, angespornt von der ernüchternden Einsicht des Unterbewussten, der Resignation, waren mögliche Beweggründe für dieses ungewöhnlich erscheinende Handeln, dessen aufmerksamer Beobachter nicht einen Gedanken daran verschwendete, Erklärungen dafür zu suchen. Sie, die sich nun immer weiter von der Tränke entfernte, das Kind, Fromm und der zweite Reiter im dunklen Mantel, dessen Name bislang unerwähnt blieb, waren nicht allein.

„Wo ist sie?"

„Dort, Wenzel!"

In diesem Augenblick versagten ihre Beine. Sie stürzte abermals. Der Länge nach schlug sie hin, auf einer ebenen Fläche fast kreisrund im Hang. Rock und Schürze drückten sich in die von Holzkohlenstaub und unzähligen Kohlenstückchen geschwärzte Meilerplatte, als sie Versuche unternahm, sich wieder aufzurichten. Ihre Bemühungen um aufrechten Gang fanden ein jähes Ende. Eine kräftige Hand packte ihr nasses schwarzes Haar, das zu diesem Zeitpunkt bereits wirr aus einer reich bestickten Leinenhaube quoll.

„Hast wohl gedacht, du könntest uns zum Narren halten, liebste Anna-Maria!“

Es war Fromm, der ihr dies ins Ohr hauchte, sie dabei mit ihrem Gesicht hinunter auf den geschwärzten Komplizen stieß. Sie rang in Panik nach Luft, schlug um sich wie besessen, wand sich einer Schlange gleich, ihre Stimmbänder entsandten Unverständliches, ähnlich einem gepeinigten Tier.

„Willst du sie im Dreck ersticken?“

„Noch nicht. Zuerst werde ich mich der Notzucht schuldig machen.“

„Es wird besser nicht dazu kommen. Denk an das uns Aufgetragene, nicht an andere Dinge. Wir sollten rasch fort von hier. Raus aus all dem Dreck, in eine trockene Stube, wo uns Wein und Branntwein erwarten, ehe man uns hier oben noch erblickt.“

„Du machst mir offenbar Vorschriften, Freund.“

„Das liegt mir fern. Ein guter Rat sollte es sein.“

„Du willst mir einen Rat erteilen? Dazu noch einen guten?“

„Und was wäre, ohne es prophezeien zu wollen, wenn deine Bemühungen, den äußeren Umständen ein wenig Freude abzugewinnen, vor meinen Augen scheitern würden? Hier und jetzt.“

Ein überaus breites Grinsen begann daraufhin, Wenzels rundes Gesicht zu dehnen. Fromm griff zu seinem Messer. Er liebte es sehr.

Dem Hasen gleich, der einem Raubtier zu entkommen sucht, sprang Anna-Maria just in diesem Moment auf. Geistesgegenwärtig hatte sie den vom Haar gelösten Griff des Rechtshänders als Gelegenheit erkannt.

„Verfluchtes Weib!“, schrie Fromm, wollte sie packen, doch sie entwischte, hinterließ in seiner Hand einen Fetzen ihrer Kleidung. Wenzel, schneller Reaktionen nicht fähig, blickte irritiert, beinahe bestürzt ob des Opfers tollkühnen Wagnisses zu Fromm.

„Was siehst du mich so an? Fang lieber das Weib!“

Große Eile war nicht geboten, mit ihm konnte man rechnen. Auf den braunen Komplizen war Verlass, auch wenn er an diesem Ort eher schwarz in Erscheinung trat. Kaum einige Meter weiter kam sie auf den von Tropfen gesättigten Poren des Geschwärzten neuerlich zu Fall.

Mit Wucht drang die Klinge in den Rücken. Erst einmal, dann ein zweites, drittes, viertes Mal. Fromms Stöße waren in höchstem Maße kraftvoll. Jeder ein wenig mehr als der vorangegangene. Sodass der fünfte alle anderen übertraf und die Klinge des Messers zerbrach. Sie ging entzwei beim fünften Stoß. Unerwartet. Fromm erschrak.

Noch immer, wenn auch deutlich verhaltener, bewegte sich Anna-Maria auf dem Boden, auf dem Bauch, ins Nichts tastend, röchelnd, die Hände zitternd. Ihre Augen quollen aus dem verzerrten Gesicht mit blutendem Mund, der nach Hilfe zu flehen schien. Fromm kniete neben ihr, sah das Fragment des Mordinstrumentes ungläubig an, fluchte in schlimmsten Worten vor dem Schöpfer, warf es mit nur noch drei Zentimetern Klinge wütend in den Leben spendenden Dreck. Sein hochgradig pulsierender Atem erzeugte lange Fahnen.

Fromm war ohne Zweifel kein netter, liebenswerter Zeitgenosse. Hans-Peter hieß er mit Vornamen und war Nassauer, doch die meisten kannten ihn nur als Fromm. Er hatte graue, eng zusammenstehende Augen, die dunklen kurzen Haare waren allesamt nach vorn gekämmt, hingen Fransen gleich über sein oft unrasiertes Gesicht mit breiten Wangenknochen und langer, spitzer Nase. Seine Kleidung war, mit Ausnahme dieser und anderer Stunden, immer gepflegt, sein Körper auffallend schmächtig. Er war kein Freundlicher, weitab der Schönheit, aber auf seine Weise mit fünfundzwanzig Jahren bereits ein Perfektionist, was ihm vonseiten seines Auftraggebers durchaus eine gewisse Anerkennung einbrachte. Nichts überließ Fromm dem Schicksal, wenn es in seiner Macht stand. Auf Fromm war Verlass, gleich welche Dienste er leistete. Doch an diesem sich dem Ende neigenden Tag widerfuhr dem Perfektionisten ein folgenschweres Missgeschick.

Ein unglaublicher Zorn bemächtigte sich Fromms, der ihm fast Tränen in die Augen drückte. Das geliebte Waidmesser, der

Griff aus edlem Hirschhorn, eigenhändig in mühevoller Feinarbeit mit Initialen versehen, mit Jagdmotiven in der Klinge, filigranen Gravuren aus Meisterhand, welches er als Kind durch List und Tücke dem Pfaffen gestohlen hatte, das ihn so viele Male darüber nachdenken ließ, wofür ein fetter Pfaff solch ein elegantes, scharfes Werkzeug benötigte, es war für immer und ewig zerstört.

„Wenzel, gib mir dein Messer!"

Der leicht untersetzte Wenzel, noch am Ort des Grinsens weilend, zog sein Messer, warf es wortlos neben Fromm, der es ergriff. Fast hätte er ihn damit getroffen. Fromm packte Anna-Maria an den Haaren, setze einen Schnitt durch ihre Kehle. Das konnte er wahrhaftig gut, darin war er Meister. Schwungvoll zog Fromm die Schneide von links nach rechts. Einfach elegant, ungeachtet des Umstandes, dass Wenzels Messer nichts taugte, was jedoch seine Meisterschaft unterstrich. Blut ergoss sich pochend aus den Gefäßen, wonach es sich mit Tropfen des unentwegt strömenden Regens zu einem Rinnsal vereinte, das scheinbar grässliches Getier ausgezeichnet laben sollte. Wenzel beobachtete die Darbietung mit Abstand. Am Schneiden hatte er nicht viel Freude.

Der Nassauer, der Perfektionist, gab sich nicht zufrieden. Der Zorn wollte nicht weichen, was keineswegs einzig im Verlust des geliebten Werkzeugs begründet war. Auch Kleinigkeiten, etwa Grinsen, vereitelte Liebesfreuden, gute Ratschläge, waren lediglich ergänzende Elemente der anhaltenden Emotion. Andere Dinge, tief verborgen, schwelten in Fromm, hatten nur auf diese Funken gewartet, um plötzlich in einem nicht enden wollenden Zorn zu lodern. Bangen um des Auftraggebers Wohlwollen der Lügen alter Weiber wegen, seine missratene Jugend, die ihn noch immer verfolgte, seit ihn sein stinkreicher Vater wegen verschiedener Vergehen aus dem Hause geworfen hatte, kamen über ihn. So fasste er einen Brocken Quarzit, schlug damit wie besessen gegen des Weibes leblosen Kopf. Dieses Hunderte Millionen Jahre alte Gestein des Taunus, einst der Sand eines tropischen Meeresstrandes, innen unschuldiges Weiß, außen von einer feinen braunen Kruste aus eisernen Oxiden überzogen, war zu Bruchstücken mit scharfen, gut griffigen Kanten verwittert. Ein ideales Gestein zum Totschlagen, obgleich sie es schon war.

Fromm schlug, immer wieder. Dumpf war das Geräusch, beinahe rhythmisch. Doch selbst lodernder Zorn, der sein Ende nicht finden möchte, ist der Allmacht zunehmender Erschöpfung schutzlos preisgegeben. So stand Fromm ermattet auf, ließ den Stein fallen. Die Fahnen erschienen noch länger.

„Jetzt bist du dort, wo er dich haben will, liebste Anna-Maria."

Einen Augenblick lang herrschte Stille. Nur Tropfen rauschten auf welken Blättern, nackten Ästen.

„Was ist mit dem Kind, der Kette?"

Wenzel sprach aus, woran Fromm dachte.

„Es kann ja nicht weglaufen. Eine Kette trug sie nicht. Wir werden sehen. Schaffen wir sie unter die Erde. Das Kind, nun, es wird schon irgendwo sein. Sie hatte etwas im Arm getragen, so schien es mir von Weitem. Im Haus war es jedenfalls nicht. Sie wird es auf dem Weg hierher im Gestrüpp abgelegt haben. Wer weiß schon, wessen Kind es ist, wenn es überhaupt gefunden wird. Fuchs und Dachs sind schnell."

„Und die Kette?"

„Wenzel, es gibt Dringenderes. Sie wird längst veräußert oder noch im Haus der alten Weiber sein. Dort nach ihr suchen zu wollen, verspräche eine äußerst zeitraubende Angelegenheit, deshalb ein gefährliches Unterfangen zu werden. Reichtum hat er wahrlich genug. Der Verlust dieser Kette wird ihn nicht sonderlich mit Sorge erfüllen. Schaffen wir sie weg. Keiner darf sie finden, hat er gesagt."

Fromm begab sich zu den Pferden, um Gerätschaft zu holen. Sie begannen zu graben. Und sie suchten und gruben. Einige Male wiederholten sie dies. Es war nicht einfach, eine Stelle für ihr Vorhaben zu finden. Ihr Leben spendender Komplize, der Dreck, einst in Schutt geboren, dem das feine Eis einer überaus frostigen Ära, man kann sie auch Eiszeit nennen, keine Ruhe zur Reife gewährt, den die Kälte über die Abhänge des Taunus getrieben hatte, er war im Innern steinig, deshalb schwer zu graben und nur von schmaler Statur.

An einer auffälligen Kante im Hang, die den Fuß eines öden Ackers markierte, fanden sie schließlich den geeigneten Ort. Über sechzig Zentimeter arbeiteten sich Wenzel und Fromm in die Tiefe. Schließlich entfernten sie eine letzte grobe Lage.

„Noch etwas breiter."

„Warum breiter, Fromm? Es ist doch breit genug."

„Komm, etwas breiter ist besser."

Als die Arbeit nach Fromms Ansicht getan war, zerrten sie den leblosen Körper zur recht ordentlich geratenen Grube, warfen ihn hinein. Sie sahen schweigend auf ihr Werk hinab. Fromm zog seinen Mantel beiseite, öffnete eine Tasche seines weinroten Justaucorps und holte ein Fläschchen aus Metall hervor, das er stets bei sich trug. Er seufzte, öffnete den Verschluss, nahm einen kräftigen Schluck vom edlen Brand aus Dauborn, einem aufgrund seiner langen Kornbrennertradition weit über die Grenzen Nassau-Usingens bekannten Örtchen im Hintertaunus. Er reichte das Fläschchen Wenzel. Dieser nahm einen nicht minder kräftigen Schluck. Und weil er so breit gegraben hatte, einen zweiten, gar dritten Schluck. Wenzels Mimik bekundete keinen Genuss, wenngleich der Brand ein edler war. Irritation offenbarte sie, die sein Inneres allem Anschein nach ausgesprochen zügig ergriffen hatte, als er den kühlen Druck am Kopf verspürte. Laut schallte es durch die verschwundenen Wälder, über Felder, was die vierte Person im dichten Gestrüpp veranlasste, Hals über Kopf das Weite zu suchen. Der dritte war sein letzter Schluck. Als Wenzel fiel, rettete der Schütze das Fläschchen mit beherztem Zugriff vor dem Absturz.

Es gibt Situationen, in denen man gewissen Personen besser keine Ratschläge erteilt. Insbesondere keine guten. Grinsen sollte man gänzlich unterlassen. Wenzel konnte das zu seinem Verhängnis nicht wissen, war er doch Pfälzer, fernab von ordentlichen Gepflogenheiten lebend, was man auch immer in bestimmten Nassauer Kreisen darunter verstehen mochte.

Fromm sammelte noch Fetzen von Anna-Marias Kleidung auf, warf sie in die Grube, nahm den Spaten, währenddessen zwei raue, gleichwohl jugendliche Hände das Tuch ergriffen. „Den Rest erledigt das Getier“, sprach Fromm leise, nachdem er den Aushub zurückgeschaufelt hatte. Dann stieg er aufs Pferd und ritt, Wenzels Ross am Zügel führend, weitere Schlucke des Brandes genießend, dorthin, von wo sie gekommen waren. An einer Viehtränke unter einem knorrigen Eichbaum machte Fromm noch einmal halt, um seine nasse Kleidung etwas zu richten, sie vom gröbsten Dreck des Landes zu befreien.

Die Dunkelheit nahte, und der edle Brand des Hintertaunus stieg ihm zu Kopf. Fromm ging es besser, trotz des noch immer gegenwärtigen Schmerzes über den Verlust, und er sollte recht behalten. Das Getier durchkroch zu Abermilliarden den Komplizen, fing bereits gierig an, die Sache zu erledigen. Ganz allmählich, doch stetig.

Vom Alkohol ermuntert, geradezu animiert, begann Fromm, hoch zu Ross die erste Strophe eines zur damaligen Zeit in Nassau-Usingen beliebten musikalischen Werkes zum Besten zu geben:

„In Dauborn brennt man guten Schnaps.
Trinkst du zu viel, gibst ihr ’nen Klaps.
Doch ist es nicht die deine Maid,
haust besser ab, das ist gescheit.“

Aber niemand hörte zu.

Steineklopfer

Die rauen, dennoch jugendlichen, fast kindlichen Hände, die das nasse Tuch ergriffen hatten, gehörten Karl-Josef, einem vierzehnjährigen Bauernjungen aus Lenzhahn. Er kam vom Hohlen Stein, wie so oft. Wann immer er Zeit fand, sie sich nahm, ging er dorthin. Trotz der vielen Schauergeschichten hatte er keine Furcht vor den zwölf Meter hohen Felsen aus Quarzit, dem Ort des vermeintlichen Grauens, da er ihr Geheimnis kannte. Seit vielen Monaten schon interessierten sie ihn, zogen den Jungen magisch an, auch bei Regen und Sturm. Kühle Tropfen, stürmisches Wetter war er von früher Kindheit an gewohnt.

Karl-Josef legte gebrauchtes Hadernpapier auf die Felsen, pauste ihre Struktur mit Holzkohlenstückchen durch, sammelte größere und kleinere Brocken des Gesteins, allesamt verschieden. Manche von feinen hellen Adern durchzogen, einige auf Bruchflächen weiß, andere mit schwarzen Flecken, zarten Rissen, gekrümmten Linien, von Flechten verkrustet. Sie faszinierten ihn ebenso wie der Dreck an seinen zerkratzten Holzschuhen.

Warum hatte das Gestein gekrümmte Linien, feine Adern? Wieso war es innen weiß, außen dunkel? Wie war es entstanden? Wie die krümelige Erde unter den Sohlen, die schmierige am Schuh? Weshalb hatte der Herrgott alles so und nicht anders geschaffen? Wieso wollte er es innen weiß? Oder wollte er das gar nicht? Was wäre dann? Diese und viele andere Fragen gingen ihm durch den Kopf. Tag für Tag.

Oft bekam er vom strengen Vater Prügel, wenn er in Gedanken um Gestein und Erdreich die Arbeit auf dem Hof vernachlässigte. Regelmäßig warf die Mutter seine wertvolle Sammlung schimpfend aus dem Fenster. Seine beiden älteren Brüder, die sechzehnjährigen Zwillinge Franz und Anton, ja selbst seine drei Jahre jüngere Schwester Ursula nannte ihn Steineklopfer, Erdwühler, Dreckstecher, was er ignorierte. Es schien ihm egal zu sein, war er doch vollends anders als sie. Nur gelegentlich dachte er darüber nach, ob er denn außer Vater und Mutter überhaupt etwas mit ihnen gemeinsam hatte. Der Gedanke schmerzte. Und es betrübte ihn, dass er im Winter keine Schule besuchen durfte. Die schwere Arbeit auf dem Hof gestattete auch in der eisigen Jahreszeit keine fehlenden Hände mehr. Nur allzu gerne hätte Karl-Josef Bücher über Gestein und Erdreich verschlungen. Aber ein Buch zu lesen, lag ihm ferner als ein ordentliches Stück Kleidung, steckte er doch in abgetragenen Lumpen der Zwillingsbrüder, deren Schulzeit man förmlich durch vorzeitige Konfirmation verkürzt hatte. Im erbetenen Einvernehmen mit dem Geistlichen.

Die anderen Jungen im Dorf mieden Karl-Josef. Sie wussten, dass er zum Hohlen Stein ging, beim Pflügen des Ackers häufig innehielt, den Boden betrachtete, ein wenig davon in die Hand nahm, ihn zwischen den Fingern rieb, mit irgendwelchen Gegenständen darin herumstocherte. Sie gingen ihm aber auch aus dem Weg, weil er nicht aus dem Ort stammte. Seine Familie war vor Jahren aus dem Westerwald, wo noch größere Armut als im Taunus herrschte, nach Lenzhahn gezogen, hatte dort günstig ein Stück Land erworben. Mehr noch, handelte es sich bei dem Feld doch um einen Freiacker, frei von Abgaben, vom Zehnt. Man munkelte im Ort hinter vorgehaltener Hand, dass es dabei nicht mit rechten Dingen zugegangen sei. Von Beziehungen war die Rede, wenngleich von all dem Geschwätz nichts stimmte. Den Freiacker hatten sie als nahezu mittellose Ankömmlinge für eine Handvoll Kreuzer erhalten. Zudem war der Grund von schlechter Beschaffenheit, von Furchen durchzogen, der Krume beraubt. Arme Leute waren sie, genau wie fast alle anderen im Dorf.

Karl-Josef hatte die Tränke erreicht, durchnässt, glücklich, die Taschen prall gefüllt mit neuem Gestein, als er die junge Frau bemerkte. Bei ihrem Anblick wandelte sich seine Stimmung. Es befiel ihn unvermittelt das Gefühl, dass Unheil drohte. So verbarg er sich hinter einem Stumpf mit Stockausschlägen. Der Gedanke festigte sich mit dem Erbrechen, dem Ablegen des Kindes und ihrem Aufbruch in Richtung der Felsen. Vollends erhärtet wurde er durch den Anblick der Reiter. Karl-Josef folgte ihnen unbemerkt, getrieben von einem überaus menschlichen Wesenszug: der Neugierde.

Hin und wieder verschloss er die Augen vor dem, was er durch das Gestrüpp beobachtete. Vom Gesprochenen verstand er nicht viel. Das Rauschen der Tropfen, die Entfernung zu den Lippen, die Lautäußerungen der jungen Frau ließen ihn nur Bruchstücke von Sätzen und Worten hören. Doch der Name Fromm und die recht laut gesprochenen Worte „Was ist mit dem Kind, der Kette?“ brannten sich in sein Gedächtnis. Gebannt von unglaublicher Grausamkeit, ungeachtet der Nässe, verfolgte Karl-Josef jeden Schritt, selbst das Suchen und Graben der beiden Kerle. Ein Schuss musste es sein, um den Bann des Unfassbaren in nackte Angst zu wandeln. So eilte der pubertierende Bauernjunge, um bleibende Eindrücke seiner Reifezeit bereichert, zurück zur Tränke.

Karl-Josef kannte sich in der Gegend um das kleine Straßendorf aus wie kein anderer. Es war für ihn ein Leichtes, unbemerkt mit seinem Fund zum Hof in der Lenzhahner Ortsstraße zu gelangen. Auf dem Weg dorthin suchte das kleine Stück Kette wieder die Freiheit, krabbelte mit jeder Bewegung gemächlich aus dem Leinentuch. Karl-Josef bemerkte den schwachen, sehr feinen Glanz im gestreuten Licht der Dämmerung, obgleich er schnellen Schrittes eilte. Er zog den Schmuck ganz heraus, steckte ihn geschwind in die Tasche seiner Jacke. Ein anderes kurzes Segment krallte sich nun unbemerkt und beharrlich an ihrem Rand fest.

Der Vierseithof, mit dem großen Tor der Wageneinfahrt und einem Türchen für Fußgänger darin, befand sich fast am Ende der Straße neben dem Backhaus, das den Abschluss der Gebäudezeile bildete. Karl-Josefs Familie bewohnte im Hof ein Nebengebäude zur Miete.

Als Karl-Josef vor der Einfahrt stand, zögerte er einzutreten. Es war fast dunkel, Wind kam auf. Ihm war bewusst, dass es mit dem Vater schrecklichen Ärger geben würde, da er seine ihm zugeteilten Arbeiten hätte verrichten müssen. Er atmete kräftig durch, trat durch das Türchen in den Hof, ging zur Eingangstür des kleinen Gebäudes, die sich schlagartig wie von Geisterhand öffnete und dabei nicht nur einen schwachen Lichtschein entsandte.

Eine Hand packte ihn ohne jede Vorwarnung, schleuderte Karl-Josef in die schwach erleuchtete Küche. Dabei wäre er um ein Haar samt Kind im Tuch gestürzt. Es war die Hand des Vaters, die ihn ergriffen hatte. Im weiß getünchten, von Kerzen und vom Schein eines Feuers erleuchteten Raum, ein Geschirrregal an der Wand, die Feuerstelle offen, das Schränkchen klapprig, herrschte für einen Augenblick nahezu Totenstille. Lediglich das Knacken und Knistern des brennenden Holzes und der leise Klang des Regens waren zu hören. Die Mutter, die Großmutter und die Geschwister saßen um den Tisch herum, starrten Karl-Josef schweigend an.

„Wo hast du dich wieder herumgetrieben, und was hast du da in Gottes Namen im Arm?"

Karl-Josef schwieg.

„Antworte mir, zum Teufel!"

„Bitte, Michael, mäßige dich, lass das Fluchen!", wandte Karl-Josefs Großmutter gegenüber dem Vater ein, der von schwerer Arbeit bei zugleich kargen Mahlzeiten gezeichnet war. So glich er eher einem Mittfünfziger als einem siebenunddreißigjährigen Bauern.

„Vorhin, da fiel ein Schuss in der Gegend. Alle haben es gehört. Gesorgt habe ich mich", sagte Karl-Josefs Mutter Barbara leise, stand auf und ging zu ihrem Buben. Sie fasste das Tuch in seinen Armen, zog es etwas beiseite, sah sich dessen Inhalt mit liebevollem Ausdruck an.

„Ach Gottchen, so ein Kleines. Lass mich es nehmen."

Sie nahm Karl-Josef das Kind aus den Armen, betrachtete, berührte es, drückte den kleinen Körper behutsam an sich.

„Ruhig ist es. Noch winzig und schon so still. Stumm bleibt es in der Nässe, bei lautem Fluch. Es rührt sich nicht, selbst bei leichtem Zwicken. Hat es sich auf dem Weg bemerkbar gemacht, Karl-Josef? Im Regen, in der Kälte? Sicher nicht. Denn wie mir scheint, ist dieses stille Mädchen ein Mohnkind."

Der Wind gebärdete sich in starken Böen, die Flügel des einzigen Fensters flogen auf. Einer schlug geräuschvoll gegen die Kante der Leibung, löste ein Stückchen Putz daraus. Der Luftzug fegte durch den Raum, blies Nässe in die Küche, Asche von der Feuerstelle, löschte zwei Kerzen, und der einzige Wandschmuck, ein Überhandtuch aus Leinen mit dunkelblauen Ornamenten in Kreuzstich, begann, leicht zu flattern. Darauf stand:

„Fünf sind geladen, zehn sind gekommen.
Gieß Wasser zur Suppe, heiß alle willkommen."

„Franz, mach rasch das Fenster fest! Der Wind zerschlägt uns noch das Glas! Verriegle es diesmal ordentlich."

Der Junge sprang wortlos auf, folgte der lautstarken Anweisung des Vaters, schloss das Fenster.

„Ich will es nicht glauben! Mein Sohn kommt wieder einmal zur Nacht nach Hause, hat alles stehen und liegen, seine Brüder für sich arbeiten lassen, bringt uns solch ein Mohnkind ins Haus. Und was ist denn das?"

Der aufgebrachte Vater zeigte auf Karl-Josefs Jacke.

„Was schaut da so Glänzendes heraus?"

Er ging zwei Schritte auf Karl-Josef zu, der in Erwartung einer der bestens bekannten Ohrfeigen kurz, diesmal aber unnötig zusammenzuckte. Der Vater zog die Kette aus der Tasche. Die Großmutter nahm die Hand vor den Mund.

„Was ist das? Antworte, woher hast du diese Kette? Bist du jetzt auch noch unter die Diebe gegangen? Bist du denn überhaupt einer von mir?"

„Nein, Vater, bitte halte ein! Ich habe die Kette gefunden, zusammen mit dem Kind. Ich habe beide gerettet."

„Was heißt gerettet?"

„Es ist das Kind von der schwarzhaarigen Frau. Du weißt doch, die Frau, von der ich damals erzählte, die ich auf der Bank vor dem Haus von Agnes und Gertrud gesehen hatte."

„Wie kommst du zu ihrem Kind, zu solch einer höchst edlen Kette?"

Karl-Josef begann, vom Geschehen nahe den Felsen zu erzählen. Als er den letzten Satz beendet hatte, herrschte bedrücktes Schweigen.

„Ach ja, der eine hieß Fromm."

Wieder Stille. Nur das brennende Holz auf der Feuerstelle sandte ein Knacken aus.

„Ich habe sie am Nachmittag gesehen. Zwei Kerle hoch zu Ross. Der eine, mit eng zusammenstehenden Augen, der ist schon öfter durchs Dorf gekommen. Meist zu Pferd, gelegentlich mit einer Kutsche. Einmal hätte nicht viel gefehlt und ich wäre auf der Straße unter seine Räder geraten. Er bat mich aber sehr höflich um Entschuldigung. Mit den Kutschen hat er bisweilen Mädchen und wohlgeborene Frauen in Hoffnung zu Agnes gebracht. Dass er ein Mörder ist, hätte ich nicht gedacht, so höflich, wie er mich um Verzeihung bat", sprach die Großmutter, das Schweigen brechend.

„Woher weißt du das?"

„Agnes hat es mir erzählt, liebe Barbara. Sie musste hohen Herren aus Idstein, Wiesbaden, ja selbst aus Frankfurt gelegentlich zu Hilfe sein. Ach, die Gute. Von einer schwarzhaarigen Frau sprach sie nie."

Agnes war nicht nur in Lenzhahn, sondern auch in der weiteren Umgebung als Hebamme wohlbekannt und begehrt. Leistete sie doch Beistand, wo sie konnte. Sie half Gebärenden ebenso wie armen Familien, damit diese nicht noch mehr von dem Wenigen teilen mussten. Und sie war hohen Herren behilflich, wenn es wieder einmal sein musste, gegen ein entsprechendes Entgelt natürlich. Auch in den Freundeskreisen der Herren waren gewisse Dienste für Agnes selbstverständlich.

„Vor vielleicht zwei Stunden ist mir von der Straße her die Stimme einer Frau zu Ohren gekommen, gerade als wir bei den Säuen waren. Unverständliches rief sie. Hast du sie nicht auch gehört, Barbara?"

„Nein, Michael, ich habe nichts mitbekommen, die Tiere waren laut."

„Mag sein, dass es diese Schwarzhaarige gewesen ist. Eine Verirrte, eine Verrückte wär's, so dachte ich, dann war es ruhig."

Karl-Josefs Vater schien besorgt, sein Gesichtsausdruck verriet es.

„Das Kind, die Kette müssen aus dem Haus. Am besten geradewegs. Bring das Kind mitsamt der Kette wieder dorthin, wo du es gefunden hast. Ich will auf gar keinen Fall irgendwo hineingezogen werden. Wer weiß, was noch alles hinter dieser Sache steckt, vor allem, wer dahintersteckt!"

„Das ist der sichere Tod für das Kleine, das dürfen wir nicht tun", wandte Barbara energisch ein. „Willst du, dass dies Kind erbärmlich erfriert, so kalt und nass, wie es schon ist, dass es verhungert oder dem Fuchs zum Fraße dient? Ich werde auch nicht zulassen, dass Karl-Josef oder sonst jemand noch einmal in der Dunkelheit hinauf in die Nähe der Felsen geht. Du weißt, was die Leute über diesen Ort reden."

„Und wenn wir es zu Agnes und Gertrud brächten? Das wäre nicht weit."

„Nein, Karl-Josef. Nachdem du uns das alles erzählt hast, kann da etwas nicht mit rechten Dingen zugegangen sein. Von dort halten wir uns fern."

Die Großmutter nickte überaus ernst blickend, das Kind erwachte, schrie.

„Wir bringen es nach Oberseelbach zu Else. Das Kind wird ihr vielleicht helfen, und dem Mädchen bleibt ein Waisenhaus erspart."

„Das ist gut, Barbara, das ist ausgezeichnet. Morgen in der Frühe bringe ich die Kleine samt dieser Kette hinüber nach Oberseelbach, mit oder ohne Unwetter. Schnell weg muss sie von hier."

„Die Kette könnten wir doch …"

„Nein, Karl-Josef. Sie kommt fort. Dieses edle Stück würde uns nur Unglück bringen. Woher sollten wir denn solch einen Schmuck haben? Wir stecken die Kette dahin, wo sie war, wickeln sie mit in das Tuch. Soll sich doch meine liebe Schwägerin darum scheren."

Else war die jüngere Schwester von Barbara. Ihr Erstgeborenes war fünf Wochen zuvor bei einem tragischen Unfall im Alter von zwei Monaten ums Leben gekommen. Es war in einem unachtsamen Augenblick im Stall erschlagen worden, wovon das Huftier nichts bemerkt hatte.

1796

Seit vier Jahren suchten Frankreichs Revolutionstruppen den Taunus heim, im Kampf gegen die erste Koalition absolutistischer Souveräne. Französische Soldaten raubten und erpressten. Sie vergewaltigten Mädchen, alte Weiber, selbst Knaben. Wohin sie auch kamen, fielen sie in Wohnungen, Häuser und Ställe ein. Bei Reichen, jedoch meist bei Armen. Was sie nicht wegschleppen, gebrauchen konnten, zerstörten sie. Den Hunnen gleich, ohne Nachschub und Magazin, setzten sie über den Rhein. Bettwäsche wurde zerschnitten, Federn wurden in Ställe geworfen. Öl, Bier, Essig und Wein schütteten sie zusammen, Spiegel und Mobiliar wurden zerschlagen oder verbrannt. Selbst Gotteshäuser verschonten sie nicht. Heilige Hostien landeten auf der Erde, wurden mit dem Wind zerstreut, ins Pferdefutter gemischt, im Mist zertreten. Gemälde, Figuren, kostbare Leuchter, Gewänder, alles von Wert raubten sie. Die glorreichen Armeen Frankreichs glichen eher Horden von Banditen, frei von jeglichem Gewissen und Ehrgefühl. Sie hatten weder Zucht noch Ordnung. Aber sie waren oft erfolgreich. Ein Umstand, den der Sieg Bonapartes über die Armee von Piemont-Sardinien in der Schlacht von Mondovi einmal mehr bestätigt hatte.

Vor allem das Königreich Preußen und die k. k. Monarchie Österreich stellten sich während der Gefechte um die Festung Mainz den französischen Truppen im Taunus entgegen. Franzosen, Preußen und Österreicher plünderten, requirierten und quartierten im ganzen Taunus ein. Wiederholt kam es zu Gefechten an strategisch so wichtigen Taunusübergängen wie der Platte im Norden von Wiesbaden, dem Regierungssitz des machtlosen Fürsten Karl Wilhelm von Nassau-Usingen.

Noch weitgehend unberührt von all diesen bedeutsamen historischen Ereignissen, die weitreichende Folgen für das

Reich, Europa, ja die ganze Welt nach sich ziehen sollten, abseits vom Leid der Bevölkerung, von Notzüchtigungen, Zerstörungen, tausendfachem Tod durch Kugeln, Bomben, Bajonette, Seuchen und ebenso fern von glorreichen Armeen, flatterten Gaumensegel und Zäpfchen eines Köhlers namens Friedrich Lindt in den frühen Morgenstunden des 26. Juni im offenen Mund. Es war kurz nach Sonnenaufgang, als die Geräusche abrupt endeten.

Die Lider kaum geöffnet, spürte er ihn wie so häufig am Morgen, den schrecklichen Durst. Einen ganzen Ozean könnte er aussaufen, so empfand Lindt. Eine von Trockenheit brennende Kehle hob seinen Oberkörper an. Schlaftrunken blickte er kurz in die Dunkelheit seiner Hütte, dann sackte er wieder hinunter, um im Schlaf dem Morgen zu entkommen, der nichts anderes bringen würde als das Gestern. Aber er war da, der Durst. Ebenso der Irrtum über den Morgen, von dem er noch nichts wusste. Vom scheußlichen Empfinden regelrecht getrieben, erhob er sich abermals. Seine ungepflegten, von Brandnarben gezeichneten Füße berührten den lehmigen Grund. Er tastete im Sitzen hastig nach einem Krug mit Wasser, den er am Abend neben seine Schlafstätte gestellt hatte, eine hölzerne Pritsche, bedeckt von Reisig und Baumrinden. Alt und narbig sahen seine Füße aus, wenngleich sie erst dreiundzwanzig Lenze zählten.

Er fasste den Krug, trank gierig ein paar Schlucke. Dann stand er auf, ging unsicher auf den Beinen mit leichtem Schwindel hinaus zur erloschenen Feuerstelle. Dort vermutete er einen Rest der dünnen Suppe mit Zwiebel- und Kohlstücken. Als er vor die Hütte trat, blinzelte er mit verkniffenen Augen in den Nieselregen, der in der Nacht eingesetzt hatte.

Lindt hob den gusseisernen Deckel ab, fasste den Topf, schlürfte den Inhalt kalt hinunter, was ihm einerlei war. Hauptsache Flüssiges und etwas, das den Magen füllte. Wachsender Druck bescherte ihm neue Qual, zwang ihn, einem weiteren Bedürfnis nachzugehen. Er entleerte seine Blase, leicht schwankend, mit zunehmender Erleichterung und eindrucksvollem

Bogen neben seine primitive Behausung, was ihm nicht weniger gleichgültig war.

Schmerz durchfuhr ihn, als er die Hütte wieder betrat. Er war mit seinem rechten Fuß auf einen scharfkantigen Gegenstand getreten. Lindt hob ihn auf, begab sich damit humpelnd zur Pritsche, setzte sich und sah das Fundstück näher an. Es handelte sich um ein verrostetes Messer mit abgebrochener Klinge. Bei genauerem Hinsehen erkannte er, dass jemand den Griff aus Hirschhorn mit Initialen versehen hatte. „H. P. F." stand darauf. Doch die Buchstaben sagten ihm nichts. Er war des Lesens nicht mächtig.

Lindt musste das Stück im Umfeld seines Kohlplatzes gefunden haben, als er am frühen Abend noch einmal den Meiler umrundet, nach dem Rechten gesehen hatte. Wie es in seine Hütte gelangt war, daran konnte er sich nicht erinnern. Er hatte keine Erinnerung an den letzten Abend, was nichts Neues war. Wütend über seine Gedächtnislücke, über den Schmerz, erzürnt über seinen Zustand, erhob er sich, warf das Fragment nach draußen in den Dreck.

Noch einmal fasste Lindt den Krug, trank ein paar kräftige Schlucke im Stehen. Er stellte das Gefäß ab, bückte sich und begann, die verschnürten Hosenbeine seiner Pantalons zu öffnen. Er verschnürte sie jeden Abend aus Angst vor Ratten, Mäusen und anderem Getier, das in seine Hosenbeine hätte hineinkriechen können. Die lange französische Hose hatte er einem Hausierer abgekauft, fand er sie doch äußerst zeitgemäß, vor allem praktisch, wenngleich ihm das Beige, das inzwischen zahllosen Grau-, Schwarz- und Brauntönen gewichen war, weniger zugesagt hatte. In gebückter Haltung überfiel in ein Schwindel der übelsten Art. Seine Hände griffen in die fettige, ungewaschene blonde Lockenpracht.

„Teufelszeug!"

Der Unmutsäußerung folgte unmittelbar der Griff zur fast leeren Flasche, die auf der Schlafstätte ruhte. Er fasste sie am Hals, warf sie wie von Sinnen gegen die Wand seiner Hütte aus dicken Ästen. Doch der Schwindel blieb, die Flasche war unversehrt. Lindt entschied, wieder ins Freie zu gehen, um seinen Kopf der Klärung wegen dem Nieselregen preiszugeben. Er setzte sich auf ein dickes Bündel Kohlholz, starrte in die Ferne durch die feinen Tröpfchen, vorbei an seinem qualmenden, stinkenden Kohlenmeiler, aus dessen Poren dunkler Teer glänzend entrann, hinunter zum knorrigen Eichbaum mit überaus breiter Krone, die an wenigen Sonnentagen dem Vieh der Hirten Schatten spendete und eine Tränke überspannte. Er blickte über dichtes Gestrüpp hinein in die grauen Rauchschwaden, die hinunter nach Oberseelbach und Lenzhahn zogen. Weiter konnten seine Augen den Rauch nicht durchdringen. Sie rauchten überall, die Kohlenmeiler, und stellten die Feuer all der anderen Brenner in den Schatten. Kein Rauch übertraf den der Meiler. Sie rauchten über ihm, unter ihm, vor ihm, neben ihm und am Horizont bei Idstein. Der Taunus rauchte.

Einzelne Baumriesen wirkten zwischen Wiesen, Feldern, Gebüsch und den dürren Stöcken des sporadisch existierenden Niederwaldes wie Ruinen in einer verbrannten Parklandschaft. Nass, kalt, schwarz, grau war alles um ihn herum. Es nieselte unentwegt vom Himmel herab, was ihm trotz der Qualen im Haupt die Worte „Gut ist das“ entlockte.

Eine Hillebille, ein hölzernes Schlagbrett, ertönte, eine hämisch klingende Stimme kurz darauf aus der Ferne.

„He, Lindt! Da ist Besuch für dich. Bekommst wohl wieder Ärger!“

Im ersten Augenblick dachte er an die Oberjosbacher Dorfältesten. Warfen sie ihm doch vor, auf ihrer Gemarkung jenseits der Grenze zu Kurmainz klammheimlich eine der wenigen fruchtbaren Buchen weggehauen zu haben, was natürlich stimmte. Dicke Buchenholzscheite ergaben ausgesprochen gute Kohlen mit höchsten Hitzegraden.

„Lindt, bist du taub?“

Es war die ihm unangenehme, hohe und krächzende Stimme von Heinrich Prietz. Er mochte ihn nicht, den Heinrich aus seinem Heimatort Dasbach, einem Neunzigseelendorf zwischen Idstein und Niedernhausen, aber er durfte es nicht zeigen, so schlau war er. Denn immer öfter übernahm Prietz seine Nachtwache am Meiler, während er sich dem Gesöff hingab. Eigentlich musste er ihm dankbar sein. Er stach tief in der Nacht Löcher in den Meiler, um ihn zu belüften. Und er verschloss sie, um übermäßige Sauerstoffzufuhr zu verhindern, damit sein Meiler nicht den Flammen zum Opfer fiel. Auch in der vergangenen Nacht war Prietz wiederholt bei Lindts Kohlplatz gewesen. Fleißig war er, der Prietz, seine Vergangenheit dunkel. Niemand wusste, wer er eigentlich war, woher er kam, bevor er in Dasbach auftauchte, ein Zimmer mietete. Trotz seiner Hilfe war er für Lindt ein Fremder geblieben. Auch für die anderen Köhler.

Lindt sah zur Straße, die, von Kohle übersät, aus Richtung Lenzhahn heraufführte, über die sich eine zweispännige, schwarz lackierte Kalesche zeitweise stecken bleibend näherte. Auf dem Kutschbock kämpfte eine unrasierte Gestalt in auffallend gepflegter, jedoch nicht ganz zeitgemäßer Kleidung verzweifelt gegen den schwarzen Morast.

Ein leises Zischen, unheimliches Rauschen, überaus merkwürdig, beängstigend, man könnte fast von Rumpeln, Poltern, Rumoren sprechen, gefolgt von einem unbeschreiblichen Brummen, drängte sich Prietz' Ohren auf.

Im Innern der Kalesche saß Dietrich Arenberg, der einunddreißigjährige Pächter der Michelbacher Eisenhütte an der Aar, einem Zufluss der Lahn. Dietrich war der Sohn des Idsteiner Polizeiobristen Hans-Georg Arenberg, einer höchst ehrenwerten Person, sagte man. Zumindest war Hans-Georg stinkreich, was er mehr oder weniger seiner Gattin, der jüngsten Tochter eines angesehenen Rechtsanwaltes, zu verdanken hatte.

Prietz' Trommelfelle wurden von den schrecklichsten Schallwellen in Vibration versetzt, die Köhlerohren heimsuchen konnten. Er reagierte als erfahrener Köhler instinktiv, griff reflexartig nach Kohlholz.

Dietrich ging allzeit mit der Mode, trug die schlichte englische Herrenbekleidung, die von den Vertretern der Aufklärung und des Bürgertums in jenen Jahren gerne aufgegriffen wurde. Er bevorzugte unauffällige Tuche, favorisierte natürlich den Frack, stets dunkelblau mit engen Röhrenärmeln und goldenen Knöpfen. Dazu wählte er meist eine graue lange Hose und ein kurzes Gilet in Gelbtönen. Sein weißes Halstuch war, wie alle seine Tücher, aus feiner Seide.

„Schon wieder Arenberg", sprach Lindt leise. „Verdammt!", fluchte Prietz laut, tauchte in Windeseile ein Tuch in Wasser, band es vor sein Gesicht, legte die Leiter gegen seinen Meiler, der fast vier Meter Höhe maß.

In letzter Zeit wurde Lindt auffallend oft von Arenberg aufgesucht, alle vierzehn Tage war er vor Ort, in manchen Monaten nahm er die etwa dreißig Kilometer lange Fahrt gar dreimal auf sich. Lindt lieferte ihm Holzkohle für dessen Eisenhütte. Deren Betrieb hatte durch übermäßigen Holzkohlenverbrauch zu einer nie wieder da gewesenen Entwaldung im Aar-Gebiet des Hintertaunus geführt. Der Holzkohlenbedarf zur Eisenverhüttung war ungeheuer groß. Nicht umsonst rauchte Meiler an Meiler im Taunus. Die Herstellung von tausend Kilogramm Eisen verschlang fünftausend Kilogramm Holzkohle. Des Waldes beraubt, stürzten sich zu Tal strömende Fluten erbarmungslos auf Boden und fauligen Fels. Kleinen Furchen, feinen Kerben, tiefen Rinnen, weiten Gräben folgte das Reißen tiefer Schluchten.

Arenberg kämpfte verzweifelt um das Überleben seines gepachteten Betriebes, und so holte er sich die nötige Holzkohle von weit her. Auch vor dubiosen Geschäften schreckte er angesichts seiner wirtschaftlichen Lage nicht zurück. Die Nachfrage nach Eisen war nach dem Siebenjährigen Krieg stark zurückgegangen, und entsprechend tief sanken die Preise. Stellte das Hüttenwerk für gewöhnlich Öfen, Töpfe, gusseiserne Ornamentplatten, Stab- und Schmiedeeisen her, so ließ sich Arenberg in den vergangenen beiden Jahren auf Kriegsgeschäfte ein, produzierte und verkaufte Bomben und Kugeln. Mittelsmänner waren ein preußischer Offizier und ein Kaufmann aus Frankfurt am Main. Durch diese neuen Geschäftsfelder erwirtschaftete die

Hütte 13.900 Gulden und wurde zudem vom Krieg verschont. Hunderte von Wagen mit Holzkohle mühten sich an manchen Tagen über schlammige Straßen durch den Taunus zur Michelbacher Eisenhütte. Siebzig Prozent der Verhüttungskosten fielen allein auf die Holzkohle. Lindt war nicht der einzige Lieferant, doch er war der Einzige, den der Pächter der Hütte aufsuchte.

Arenberg stieg aus dem Gefährt, zupfte seine Redingote zurecht, nahm seinen langen Stock, stülpte den schwarzen Zylinder über sein schulterlanges braunes Haar. Seine schwarzen Hessenstiefel versanken im Schlamm. Er fluchte. Lindt grinste.

Ein sich ausweitender Hohlraum im Meiler entsandte den unbeschreiblichen Schall in Prietz' Ohren, verursacht durch wildes Feuer. Er musste das Loch mit Kohlholz stopfen.

Arenberg grüßte stumm durch das Anlegen der rechten Hand samt Stock an seine Kopfbedeckung, das Haupt dabei leicht gesenkt. „Einen guten Tag, der Herr", antwortete Lindt, wusste, was folgen würde.

„Die Holzkohle der letzten Lieferung war wieder von äußerst schlechter Qualität, lieber Lindt. Den geforderten Preis werde ich euch nicht bezahlen."

„Meine Holzkohle war und ist immer gut. Sie wollen den Preis drücken, das ist alles. Ich habe alle vorzüglichen Baumkohlen zum Hochofen liefern lassen."

Lindt war trotz seines geringen Alters ein erfahrener Köhler. Er wusste genau, was gute, was schlechte Kohle war. Stammholz konnte er nur selten verkohlen, es sei denn, ein Raubzug jenseits der Grenze glückte. Üblicherweise musste er sich mit dem begnügen, was der Niederwald und wenige große Bäume als Abfälle hergaben. Doch schlecht war das, was er herstellte, gewiss nicht. Seine Kohlen zerbrachen leicht, erzeugten kaum Funken, färbten die Hände nur wenig und glänzten auf dem Bruch fast stahlblau. Besser konnte die Qualität nicht sein. Freilich war der lange Transport bis Michelbach nicht förderlich für die Kohle, aber nur, was die Größe der Stücke betraf, die sich durch Erschütterungen auf den Wagen reduzierte.

Sprosse für Sprosse tasteten sich die Holzschuhe von Prietz auf der Leiter empor. Der Gefahr war er sich wohl bewusst. Seine Augen brannten im beißenden Qualm, das Atmen fiel schwer.

Die Besuche Arenbergs waren für Lindt ein Ärgernis, doch seine Kunden konnte er sich nicht aussuchen. Sein Auskommen als Bauer war mehr schlecht als recht, die Köhlerei eine Notwendigkeit des Überlebens. Charlotte, seine gleichaltrige Frau, eine geborene Oellig aus Wehen, unterhielt in Dasbach den kleinen Gasthof „Dasbacher Heide". Aber die paar Gulden von einem Dutzend Stammgästen und einigen Durchreisenden waren nur der Tropfen auf den heißen Stein. Dietrich Arenberg war der einzige Übernachtungsgast.

Prietz hatte die Schallquelle fast erreicht. Da trug sich die Unachtsamkeit zu. Ein Hölzerner machte sich selbstständig, entglitt dem Fuß trotz größter Vorsicht. Prietz wollte ihn fassen, beugte sich, verlor das Gleichgewicht, und sein rechtes Bein bohrte sich bis zum Oberschenkel in den Meiler, der ohne Umschweife damit begann, es auf zweihundertfünfzig Grad Celsius zu erwärmen.

Die für Lindt im Grunde genommen groteske Diskussion mit Arenberg wurde durch den Schrei unterbrochen. Es war ein ungeheuerlicher Schrei. Prietz unternahm verzweifelte Anstrengungen, sich aus seiner brenzligen Lage zu befreien. Lindt eilte, der immer gleichen Konversation ohnedies verdrossen, zu Prietz' Meiler, der dreißig Meter weiter unten am Hang qualmte, ließ Arenberg einsam zurück. Johannes Brötz, immer zur Stelle, wenn eine helfende Hand vonnöten war, bemühte sich bereits um den Verunglückten. Lindt erklomm die Leiter auf dem rauchenden Ungetüm, das seinen Hüter nun zu verschlingen drohte, packte hinter Brötz stehend ebenfalls zu.

Prietz schrie wie von Sinnen, doch ihre Bemühungen waren vergebens. Hinzu kam der unerträgliche Rauch des Meilers, der ihnen das Atmen verweigerte. Brötz band sich ein

Tuch vor das Gesicht, das er hastig aus einer Tasche seines Rocks zerrte. Der Winkel zu Prietz war denkbar ungünstig, die nasse Erdschicht auf dem Meiler drohte nachzugeben. Heinrich Kugelmann, Lorenz Gettenauer und Niklas Görg, drei weitere Köhler aus Oberseelbach, brachten die Rettung in Form einer zweiten Leiter.

Arenberg beobachtete die dramatischen Szenen ohne Regung. Helfen konnte er ohnedies nicht, der Mode wegen. Die Gestalt vom Kutschbock im weinroten Rock sah ebenfalls gleichgültig zu, angelehnt an die Tür der Kutsche, mit verschränkten Armen und einem merkwürdig anmutenden Grinsen.

Mit geeinten Kräften entzogen sie Prietz der Glut, legten ihn vor dem Meiler ab. Er war still. Kein Schrei, kein Stöhnen, kein Ton. Kohlenmonoxid, wovon Prietz eine Menge eingeatmet hatte, das schon bei der täglichen Arbeit brummige Schädel bereitete, hatte zur Ohnmacht geführt, in seinem Rachen eine auffallende Röte hervorgerufen, einer reifen Kirsche gleich.

Lindt, erfahren mit Brandwunden, begann rasch, den qualmenden Stoff am Bein mit seinem Messer zu zerschneiden, derweil Gettenauer und Kugelmann Wasser zur Kühlung herbeischafften. Brötz war mit Görg darum bemüht, das qualmende Ungetüm unverzüglich zu richten, da es von außerordentlichem Wert war.

„Lindt, du stinkst wie zehn Fässer Schnaps. Hast wohl wieder die Nacht durchgesoffen, die arme Seele Prietz oder den Brötz Wache halten lassen“, meinte Kugelmann, der als Erster mit Wasser zur Stelle war. Lindt antwortete nicht, ging ohne Regung dem Schneiden des Stoffes nach.

„Mensch, Lindt, du verreckst noch am Fusel, denk an deine Familie! Was sollen die ohne dich machen?“

Lindt blieb sprachlos, machte sich weiter an Prietz’ Hosenbein zu schaffen. Saufen taten sie eigentlich alle, nur in unterschiedlichem Ausmaß, mit unterschiedlicher Verträglichkeit.

Und einen anderen auf seine Sauferei hinzuweisen, lenkte von der eigenen ab. Das war auch Lindt bekannt.

Nach einer Weile hatte Dietrich Arenberg genug von diesem Vorfall, wusste, was er wissen wollte.

„Fromm, wir fahren."

Engagement

Langsam tastete sich die Hand am Bein empor. Dann wieder schien sie sanft zu gleiten, hielt inne, zögerte, spielte mit den Fingern am Gewebe, zupfte frech daran, schob sich schließlich immer höher hinauf. Zart war sie, die Hand, und nahe dem Ziel. Er seufzte. Auch aus Erleichterung. War seine Gattin doch noch ohne ihn zum Konzert mit Werken von Mozart gegangen. Hans-Georgs Inszenierungen des Unwohlseins hatten an Perfektion gewonnen, so schien es.

Er saß entspannt, obgleich erregt und erwartungsvoll, die Beine gespreizt, in einem Sessel des Herrenzimmers seines stattlichen Hofes in der Idsteiner Obergasse. Es war der ehemalige Hof des Schlossbaumeisters und Architekten Heinrich Heer, ein prächtiges Ensemble nobler Bauten. Der Nord- und der Südflügel des Anwesens waren im Erdgeschoss in Bruchstein ausgeführt, worüber sich zwei weitere Fachwerkgeschosse erhoben. Zur Obergasse hin besaß der Nordflügel an der Giebelfront einen sehr reizvollen Erkervorbau mit kunstvoll geschnitzten fränkischen Fenstern im ersten Obergeschoss. Dahinter befand sich das Herrenzimmer. Das südliche Gebäude war mit dem nördlichen durch ein Fachwerkgeschoss verbunden, welches die Hofeinfahrt überspannte.

Der Abend zeigte sich kühl, ein Mittwochabend im Mai 1778. Kühl, regnerisch, unangenehm, wie so viele Tage dieses Jahres. Im wärmenden Kamin knisterte das Holz, zahlreiche Kerzen erhellten den Raum. Die weiße Offiziershose eines Nassauer Polizeiobristen bis zu den Knien heruntergezogen, den dunkelblauen Rock mit roten Umschlägen zur Seite geschoben, kam Hans-Georgs sehr moderne Unterhose aus feiner Baumwolle zum Vorschein. Anna-Maria, das Hausmädchen der Arenbergs, kniete vor ihm.

Hans-Georg hatte es mit sechsunddreißig Jahren weit gebracht. Kaum über zwanzig, hatte er seine vier Jahre jüngere

Wunschkandidatin Elisabeth Gruner in den Hafen der Ehe geführt. Nicht allen in ihrer Familie behagte dies. Er war dem regulären Militärdienst aufgrund eines kleinen Makels entronnen, durch einen linken Klumpfuß mit Einwärtsverdrehung. Doch für den Polizeidienst bei den Landjägern und sonstige Dinge reichte ein gesunder Fuß durchaus. Sein Schuster war ein Meister des Faches.

Bis auf die kleine Missbildung war Hans-Georg von beeindruckender Statur, einen Meter und fünfundachtzig Zentimeter groß, breitschultrig, schlank, die braunen Haare kurz. Perücken mit Beutel trug er nur im Dienst. Die Ehe geriet für ihn zum Karrierekatapult, schoss ihn geradewegs in die Offizierslaufbahn. Die Kosten für das Patent und sein aus fürstlichem Besitz erworbenes Anwesen hatte Elisabeth übernommen, waren für ihn lediglich Formsache. Hatte ihr Vater als erfolgreicher und angesehener Rechtsanwalt doch vielfältige Kontakte bis in höchste Kreise.

Ihr Sohn Dietrich ging auf das Idsteiner Gymnasium, das in derselben, schon gepflasterten Gasse lag. Er war recht stolz auf seinen Sohn, denn der Vierzehnjährige wurde von seinem Lehrer Johann Andreas Ritzhaub, dem späteren Direktor der Schule, stets wohlgelobt. Auch deshalb, weil er im Gegensatz zu anderen Schülern nie durch Ungezogenheiten auffiel.

Halbwüchsige frönten dem Tabakschmauchen, sodass Räume des Gymnasiums oft mit Tabakqualm verraucht waren, einem Qualm, der den allgegenwärtigen des Taunus lediglich in Nuancen ergänzte, gleichwohl Gemüter erzürnte. Einige Schüler kamen wiederholt erst gegen Morgen nach Hause. Sie hatten an Trinkgelagen in Bier-, Wein- und Branntweinhäusern teilgenommen. Schlimmer noch. Man hörte von Liebesbriefwechseln, ja von Briefträgereien für gestandene Weibsbilder, selbst für verheiratete Frauen, gar von Einstiegen in der Nacht. Das schändliche Treiben, die Unsitten der Schüler waren Stadtgespräch. Umso erfreulicher für Hans-Georg, dass sein Dietrich ein Aufrechter und Ehrlicher war. Oft zumindest.

Hans-Georgs anmutige Gattin gab sich den Künsten hin. Wenn sie nicht stümperhaft auf dem Cembalo klimperte, saß sie in irgendwelchen Konzerten, Schauspielen oder Lesungen, wusste er. Auch ihr soziales Engagement für Waisenkinder trieb sie oft elegant gekleidet aus dem Haus, häufig bis spät in die Nacht. Meist trug sie unter ihrem Mantel französische Mode, eine Robe à la Polonaise, dazu bevorzugt ihren flachen Schäferinnen-Strohhut. Während all dieser Anlässe, so auch an diesem Abend, widmete sich Hans-Georg seinem eigenen Engagement.

Anna-Marias Hand hatte ihr Ziel erreicht. Sie ergriff den Bund der Leibwäsche und zog sie ebenfalls in Richtung seiner Knie. Ihr hübsches Gesicht senkte sich herab. Plötzlich, scheinbar ohne Grund, beugte sich Hans-Georg hastig nach vorn. Er ergriff mit beiden Händen ihren Kopf mit den zu einem Knoten gebundenen schwarzen Haaren, schob ihn von sich weg.

„Halt, mein Kind!"

„Was ist? Habe ich einen Fehler begangen?"

„Gewiss nicht, Liebes."

Sie sah ihn verwundert an. Er lächelte. Es war ein Lächeln voller Gier. Hans-Georg beugte sich zur Seite und griff nach einer Kette, die auf einer kleinen Kommode neben dem Sessel lag. Er hatte sie dorthin gelegt, kurz nachdem Elisabeth das Anwesen verlassen hatte. Die Kette war ein Geschenk ihres Vaters. Eine auffallende goldene Kette mit Applikationen aus dunkelblauen und hellen, glasklaren Edelsteinen war es, die er nun auf seine Brust nahm.

Hans-Georgs Hände machten sich an den Haken und Ösen ihres Caracos zu schaffen. Er entblößte ihren Oberkörper. Seine Augen ließen keine Sekunde von ihr ab, während er ihr die Kette umlegte. Abermals entfuhr ihm ein Seufzer.

Vor zwei Tagen schon hatte sich diese Vorstellung seiner bemächtigt, während er am Schreibtisch Alltägliches, Belangloses, Liegengebliebenes abarbeitete. Immer wieder, bis zu diesem Abend, dachte er daran. Und jedes Mal erregte ihn das Bild in seinem Kopf mehr. Die von der Gattin geschätzte Kette am zarten Hals der Liebsten, zwischen ihm und ihr baumelnd. Noch mehr aber der Gedanke, dass seine geliebte, ihm so wichtige Elisabeth die Kette wieder umlegen würde, voll von fremden, sündigen Stoffen.

Elisabeth war ihm gegenüber immer voller Scham, wenn es darum ging, männliches und weibliches Verlangen, Emotionen in Einklang zu bringen. Anderen Männern gegenüber war sie stets kühl, abweisend, ihrer Rolle als Ehefrau mehr als gerecht. Sie ordnete ihre Kleidung gewissenhaft, bevor sie sich ihm hingab. Schnell ging es mit ihr. Geschwind und immer auf die gleiche Weise. Seit der Geburt von Dietrich noch zügiger. Sie war eben ein Mädchen aus gutem Hause.

Hans-Georgs Hände packten den Kopf von Anna-Maria, den er hastig an sich drückte. Irgendwo dazwischen baumelte die Kette, würde all die sündigen Stoffe aufnehmen.

Anna-Maria verharrte, blieb Sekunden wie erstarrt, löste sich, fasste ihre Kleidungsstücke, stand auf, trat drei Schritte zurück.

„Was ist mit dir?"

Anna-Maria begann, sich wieder zu verhüllen. Schweigend, den Kopf gesenkt.

„Was ist denn? Warum verharrst du, stehst auf, kleidest dich wieder an? Und wieso schweigst du, Kind? Habe ich dich durch irgendeine Handlung verstört?"

„Vielleicht."

„Was bedeutet ‚vielleicht'? So antworte mir. Nun sprich endlich! Was ist? Bist du der Taubheit verfallen? Ich fragte dich etwas. Es geziemt dir nicht, meine Fragen unbeantwortet zu lassen, nicht hier in meinem Haus. Also antworte gefälligst! Wenn du nicht sogleich antwortest, wird mein Unmut im Zorn enden. Was enthältst du mir vor? Du dummes Kind!"

„Mein Monat blieb schon dreimal aus."

„Was bedeutet das? Sprich! Du wirst doch nicht…? Hast du nicht aufgepasst?"

Hans-Georg schoss offensichtlich erregter denn je aus dem Sessel empor. Fast hätten ihn die Hosen zu Fall gebracht.

Absud

Noch am selben Abend wurde es im Idsteiner Anwesen geschäftig. Im Hof bespannte eine unrasierte Person Hans-Georgs ganzen Stolz, den schwarz lackierten Landauer. Er hatte ihn exklusiv in Italien anfertigen lassen. Elisabeth war noch außer Haus.

„Fromm bringt dich zu Agnes nach Lenzhahn, die weiß, was zu tun ist."

„Wer ist Agnes? Was soll ich bei ihr?"

„Ach Kind, das wirst du schon sehen. Frag nicht so viel. Agnes ist ein altes Weib, das mit seiner fast ebenso alten Schwester etwas außerhalb von Lenzhahn haust. Ich kenne sie schon sehr lange. Sie ist verschwiegen, macht ihre Sache für ein paar Gulden alles in allem durchaus respektabel. Vertrauenswürdig ist sie, und das ist fürwahr das Beste an ihr, der alten Hexe. Bei der Schwester, dem Plappermaul Gertrud, ist Vorsicht geboten, aber Agnes weiß diesbezüglich mit ihr umzugehen."

Anna-Maria ahnte, warum er sie zu der alten Frau nach Lenzhahn schickte. Undenkbar wäre es gewesen, als Hausmädchen der Arenbergs ein Kind zu gebären. Was sollte sie ohne diese Anstellung machen, bei der es ihr in mancherlei Hinsicht recht gut ging? Im Grunde genommen war sie erleichtert, dass Hans-Georg eine Lösung des Problems wusste. Und sie vertraute ihm, denn sie mochte ihn, den Halunken, den sie jedoch nicht in ihm erkannte oder erkennen wollte. Nur der Gedanke, dass Fromm sie durch die Dunkelheit kutschieren würde, der war ihr äußerst widerwärtig. Der Gedanke und Fromm.

Hans-Georg umarmte Anna-Maria innig, küsste sie im Flur des Anwesens leidenschaftlich, war er doch in ihre Künste, ihr Äußeres vernarrt. Er wollte sie unter keinen Umständen missen, seine Anna-Maria. Daher überließ er die Sache einmal mehr Agnes.

„Nun geh hinunter, Fromm wartet. Hast du alles dabei?“

„Ja.“

„Wir sehen uns bald wieder, jetzt gehe geschwind!“

Hans-Georg ging ins Arbeitszimmer, von wo aus er den Hof einsehen konnte. Anna-Maria lief mit einer Tasche, in der das Nötigste für einige Tage verstaut war, zur angespannten Kutsche mit zugezogenem Verdeck. Es goss inzwischen wie aus Kübeln. Hans-Georg sah ihr durch das einen Spalt breit geöffnete Fenster mit Butzenverglasung nach. Tropfen perlten an den kleinen Scheiben herab.

„Wenn die Hexe es übertreibt, wird wohl einige Zeit ins Land streichen, bevor ich so etwas wieder bekomme“, sprach er leise. Als Anna-Maria den Türgriff des Landauers berührte, grinste Fromm vom Kutschbock herab.

„Sieh an, die Anna-Maria! Fährt mit mir durch die Nacht nach Lenzhahn.“

Anna-Maria, von der Kapuze ihres Mantelets verhüllt, stieg ein, ohne ihn eines Blickes zu würdigen. Hans-Georg sah noch immer durch den Spalt in den Hof.

„Wenn er sie anfasst, schlag ich ihn tot.“

Kaum dies gesprochen, riss er den Fensterflügel weit auf.

„Fromm, warte!“

Dann verschwand er, tauchte nach kurzer Zeit wieder am Fenster auf.

„Hier, Fromm. Ich habe etwas vergessen.“

Fromm stieg vom Kutschbock, schaute nach oben. In hohem Bogen warf Hans-Georg ihm ein prall gefülltes Ledersäckchen hinunter. Fromm fing es mit verkniffenem Gesichtsausdruck auf, da die Tropfen heftig prasselten.

„Gib es der Alten.“

Er hätte beinahe nicht an das Wichtigste gedacht, das Honorar für Agnes.

„Und pass auf meinen Wagen auf! Bringe ihn mir morgen früh unversehrt zurück.“

Fromm stieg hinauf zum Kutschbock, und sie verließen unter lautem Rumpeln der Räder das Anwesen. Sie fuhren durch fast menschenleere Gassen. Nur ab und an sah man eine dunkle Gestalt durch die Tropfen hetzen. Straßenköter, mal dürr, mal kräftig, große und kleine, sprangen vor dem Wagen kläffend oder jaulend zur Seite. Dann bog der Landauer oberhalb der Stadt in die Idstein-Frankfurter Straße ein, über die eine Fahrt nach Lenzhahn unter gewöhnlichen Umständen etwa eine halbe Stunde dauerte. Die Straße verlief, wie zu dieser Zeit nahezu alle Hauptverbindungswege, über die Höhen des Taunus. Dort gab es kaum sumpfige Stellen, in den Tälern mangelte es an Brücken über die oft reißenden Bäche.

Anna-Maria blickte in die eng begrenzte, schaukelnde Dunkelheit, sah schwarz. Lediglich ein schwacher Lichtschimmer der Lampenkerze spiegelte sich im Lack des Wagens. Bleierne Finsternis umgab sie drinnen, von draußen drückte sie herein. Immer wieder sah sie während der Fahrt hinaus in die Schwärze. Der Schimmer, das Schwanken, von den Tieren ausgehende Geräusche bekundeten ihr, unter den Lebenden zu weilen. Ihre Finger tasteten an der Tasche, dann am Mantelet, am Leder, an den Haaren, den Ohren, wischten über die Stirn, zupften an der Nase, spielten mit Knöpfen, fuhren über das Halstuch, hielten inne.

„Die Kette!“

Sie hatte noch immer den Schmuck um ihren blassen Hals, den Schmuck, voll mit fremden, doch nicht sündigen Stoffen.

Fromm kannte diesen Weg gut. Auch in der Nacht. Er fuhr der Dunkelheit, der zahlreichen Spurrillen und der damit verbundenen Unfallgefahr halber äußerst vorsichtig. Die Strecke war noch nicht zur Chaussee ausgebaut. Häufig kippten Wagen auf diesem Abschnitt der Straße um. Schaukelnd, gelegentlich zur Seite rutschend, fuhren sie durch die Nacht. Brandgeruch zog unentwegt durch die Luft, Baumriesen, welche die Nähe ihresgleichen tunlichst mieden, wanderten kaum sichtbar, schemenhaft vorbei.

Wenige Hundert Meter nördlich von Lenzhahn, am Abzweig zur Seelbacher Diebsstraße, die in engen Windungen hinauf nach Engenhahn führte, hielt der Landauer ruckartig an. Die Haut auf Anna-Marias Stirn legte sich unvermittelt in Falten, ihre Augenbrauen rückten zusammen. Sie hörte Geräusche, dann herrschte Stille. Nach etwa einer Minute bedrückender Lautlosigkeit, die nur vom gelegentlichen Schnauben der Pferde und einem leichten Quietschen der Kutsche für Sekunden unterbrochen wurde, entschloss sie sich, nach dem Rechten zu sehen. Die Ruhe wog mehr als die Dunkelheit. Es regnete noch immer, wenn auch deutlich weniger Tropfen fielen. Bis auf das gelegentliche Schnauben der beiden Zugtiere und den Aufprall der Tropfen war kein Geräusch zu hören. Anna-Maria stieg aus, tastete sich vorsichtig an der Kutsche entlang nach vorn zum Kutschbock. Ihre dunklen Schnallenschuhe versanken im Schlamm der Straße. Als sie ihn leer erblickte, rückten die Falten enger zusammen, winzige Muskeln kontrahierten erregt von der Leere. Feinste Härchen stellten sich auf. Fromm war verschwunden. Was hatte das zu bedeuten? Wo mochte er sein, ging ihr durch den Kopf. Sie sah sich um, hielt sich am Wagen fest. Das Schnauben eines Pferdes durchbrach erneut die Stille. Im schwachen Schein der Lampenkerzen entdeckte sie alsbald eine Gestalt, die sich am Wegweiser des Abzweigs zu schaffen machte. Es handelte sich um den verzweifelt Gesuchten. Ihre Stirn glättete sich für einen Moment, die Brauen entspannten sich, obwohl sie den ihr Widerwärtigen erblickte. Die Dunkelheit und Fromms Verhalten bewirkten alsbald neue Runzeln.

„Was macht er da?"

Eine ganze Weile schaute sie dem seltsamen Treiben von Fromm zu, der bemerkt hatte, dass Anna-Maria ihn beobachtete. Soweit sie es erkennen konnte, kratzte Fromm mit einem Gegenstand am Pfosten des Wegweisers. Erklären konnte sie sich das nicht.

Als Fromm Anstalten machte, zur Kutsche zurückzukehren, stieg sie rasch ein, schloss die Tür.

„Was hat er da gemacht?"

Während sie darüber nachdachte, erschien Fromm an der Tür der noblen Karosse, öffnete sie.

„Was schaust du mir zu, neugieriges Weib, so einsam im edlen Gefährt? Ich werde dir ein wenig Gesellschaft leisten, mich an deiner Hitze erwärmen. Hier und jetzt."

Fromm lachte laut, war im Begriff, in die Kutsche zu steigen. Entsetzt wich Anna-Maria im ersten Moment zurück. Doch sie richtete sich zügig auf und schlug ihm schweigend auf die linke Wange, sodass sein nasser Dreispitz in ihren Schoß fiel.

„Wenn du Schurke mich berührst, wird er es erfahren. Also wage es bloß nicht! Du weißt, was er mit dir machen würde, du Stück Dreck!"

Fromm war von ihrem Zorn, ihrer Entschlossenheit überrascht, geradezu beeindruckt. Er zog sich zurück, nahm seinen Hut vom Schoß, setzte ihn auf, schloss, ohne sich weiter über Anna-Marias Verhalten zu äußern, die Tür des Wagens und begab sich auf den Kutschbock. Die nächtliche Fahrt ging rumpelnd, der Spurrillen und Dunkelheit wegen langsam weiter.

Minuten später erreichten sie Lenzhahn. Nach einer scharfen Rechtskurve bog der Landauer in die Ortsstraße ein. Bis auf wenige schwach erleuchtete Fenster war es fast dunkel. Gebell war zu hören, der Duft von Schweinestall überdeckte den Gestank des Taunus, als die Kutsche die Höfe passierte, aufgereiht entlang der Straße. Nach dem Backhaus fuhren sie wieder in völliger Dunkelheit eine Anhöhe hinauf, das Ziel der Fahrt war zum Greifen nahe.

Gegen zweiundzwanzig Uhr hörte Agnes Geräusche. Die Frauen wollten gerade zu Bett gehen. Agnes ging zur Tür des Hauses, öffnete diese einen Spalt breit. Vorsichtig war sie. Trieb sich doch nicht selten übles Gesindel in der Gegend um Lenzhahn herum. Dann erkannte sie Fromm, der gerade vom Kutschbock herabstieg, schlüpfte in ein Paar Schuhe und ging zu ihm hinaus. Der Regen hatte aufgehört, der Himmel blieb bedeckt.

„Hans-Peter, ach, mein lieber Hans-Peter, welch Überraschung, wenn auch spät des Abends. Was treibt dich denn heute hierher, mein Junge? Ist es wieder so weit?"

„Schweig! Eine Dame."

Agnes verstand.

„Dann bringe sie mir hinein, die Dame."

Fromm öffnete die Tür des Landauers, Anna-Maria stieg aus. Agnes wusste natürlich, dass die Dame, wie andere zuvor, von Hans-Georg oder einem seiner guten Freunde entsandt war. Gertrud stand inzwischen in der Tür, fuhr mit der rechten Hand durch das schulterlang herabhängende graue Haar, das sie am Tage zu einem Knoten gebunden unter einer Haube trug.

Agnes kannte als Hebamme eine Reihe von Extrakten, Essenzen und Absuden aus Rainfarn, Petersilie, Wermut, Gartenraute oder Sadebaum, die Herren wie Hans-Georg behilflich waren. Sie bevorzugte den Sadebaum, nicht umsonst auch Giftwacholder, Jungfernpalme, Jungfrauenrosmarin oder Kindsmord genannt. Gar heimtückische Giftmischer benutzen das Zypressengewächs als tödliche Waffe. Bereits sechs Tropfen seines ätherischen Öls bescherten den Opfern einen langsamen, qualvollen Tod durch Ersticken. Agnes wusste um die Gefährlichkeit des Öls. Und sie wurde immer wieder vor die Frage gestellt: Wie groß ist ein Tropfen? Die Antwort war in der Vergangenheit nicht immer die richtige gewesen, sodass Herren trauerten. Ob des üppigen Honorars oder ausbleibender Freuden wegen, hatte Agnes nie erfahren. Es war ihr auch gleich.

Etwa die Hälfte ihrer Antworten war stets falsch. Die richtige Dosierung brachte auch nicht immer den gewünschten Erfolg. Doch Agnes' Repertoire schien unendlich. Spülungen, Sprünge von Stühlen und Tischen, heiße Dämpfe aus Pulvern gezaubert, Stochern mit spitzen Gegenständen oder das Schleppen schwerer Lasten gehörten dazu, wenn es darum ging, dem Öl etwas nachzuhelfen.

„Ach, was für ein hübsches Kind du mir wieder bringst. Hoffentlich geht diesmal alles gut", meinte Agnes, als sie die düstere, nur schwach von zwei vierarmigen Kerzenleuchtern erhellte Küche betraten.

„Wie heißt denn die Dame?"

„Anna-Maria."

„Welch geschmackvoller Name für ein reizendes Kind."

Anna-Maria befiel eine Empfindung, die nahezu allen Tieren in bedrohlichen Situationen gemein ist. Sie hatte Angst. Vor Fromm, den beiden Frauen, dem abgelegenen, düsteren Haus und dem, was man mit ihr anstellen würde. Agnes bat die Schwester, Anna-Maria ihre Stube zu zeigen. Die beiden gingen im Schein eines Leuchters die schmale hölzerne Treppe nach oben in den ersten Stock.

Agnes holte drei Schnapsgläser und eine angebrochene Flasche mit Klarem aus dem Küchenschrank, währenddessen Fromm seinen nassen Mantel und den triefenden Dreispitz an den Haken in der Eingangstür hängte. Agnes stellte Gläser und Flasche auf den alten Tisch, an dem Fromm auf der Eckbank bereits Platz genommen hatte.

„Erst mal einen Doppelten zum Aufwärmen, Hans-Peter."

Dann setzte sie sich zu Fromm an den Tisch, goss die Gläser so voll ein, dass sie überliefen.

„Kommt ihr wieder?"

„Ja."

„Wann und wer?"

„In fünf Tagen, Uhrzeit wie immer. Balthasar Horn, der Ziegenpeter, der Dreher, Klaus Beuth, der Barbier und der Blinzler. Das heißt, der Blinzler kommt nur, wenn sein Bein wieder brauchbar ist."

„Na dann zum Wohle!", meinte Agnes. Sie kippten den Inhalt der Gläser mit einem Zug hinunter.

„Und wann holst du die Kleine wieder ab?"

„In drei Tagen. Ach, beste Agnes, ehe ich's über den trockenen Flaschenboden vergesse…"

Fromm warf das prall gefüllte Säckchen vor ihr auf den Tisch. Agnes nickte, goss nach. Die Gläser liefen abermals über. Gertrud kam die Treppe herunter.

„Komm, setz dich zu uns, Gertrud, damit du noch was abbekommst!"

Fromm hob dabei die Flasche hoch.

„Was ist mit der Kleinen?"

„Sie hat sich gleich aufs Bett gelegt, ohne sich zu entkleiden, Agnes. Nicht einmal das Halstuch hat sie abgelegt. Nur die verdreckten Schuhe habe ich ihr ausgezogen. Sie lag auf dem Bett, starrte zur Decke. Ich habe ihr einen Becher und unseren Gutenachttrunk auf den Tisch gestellt."

„Gutenachttrunk, den hab ich auch!", grölte Fromm, lachte schallend, mit der Faust auf den Tisch schlagend, spie dabei Schnaps in zahllosen mehr oder weniger feinen Tröpfchen vor sich über den Tisch. „Die Kleine!", sagte er lautstark mit spöttischem Ton.

„Die liebe, nette Kleine. Ja, lieb und nett. Der lieben, netten, kleinen Anna-Maria würde ich gerne mal einen anderen Gutenachttrunk verpassen, einen, den sie gewohnt ist."

Als er dies gesprochen hatte, nahm er einen weiteren kräftigen Schluck direkt aus der Flasche, knallte sie heftig auf den Tisch, wischte sich mit dem Ärmel seines Justaucorps über den Mund. Die Frauen sahen sich mit einem leicht angewidert wirkenden Lächeln an.

„Der Fromm ist doch immer der Gleiche. Er wird sich auch nicht mehr ändern. Der Fromm ist halt der Fromm."

Agnes nickte zustimmend. Fromm war tatsächlich fromm, war er doch Nassauer, streng evangelisch erzogen.

Anna-Maria lag auf dem Bett und stierte an die Decke mit dicken Holzbalken. Sie zählte die Balken.

„Eins, zwei, drei, vier, fünf, sechs."

Das Zimmer roch stark nach Moder, alles war fremd. Zwei kleine Fenster mit fast blinden Scheiben, eine mit Sprung, die Wände schief, unzählige Spinnweben umgaben ihr Nachtquartier. Geruch von Brand zog unentwegt mit kalter Luft herein, wodurch die Kerzenflamme über dem wackligen Tischchen neben dem Bett im Rhythmus der Witterung tanzte. Sie sehnte sich nach ihrem Zimmer im Idsteiner Anwesen. Aus Angst vor Fromm zog sie sich nicht aus. An Schlaf wollte sie nicht denken. Wenn er sich ihr nähern würde, könnte sie zumindest den Versuch unternehmen, in anständiger Kleidung zu fliehen. Daran dachte sie, aber auch an die Kette um ihren Hals.

„Mein Gott, die Kette! Fromm, die beiden Weiber. Sie werden sie entdecken, mir entwenden, zu barer Münze machen, er wird womöglich mir die Schuld daran geben."

Sie entledigte sich des Halstuches, zog das Schmuckstück aus, bückte sich hinunter, um unter das Bett zu schauen. Die enorme Dicke der Staubschicht dort unten beruhigte sie. Anna-Maria ließ die Kette aus ihrer Hand hineingleiten, in der Hoffnung, dass sie für die Zeit ihres kurzen Aufenthaltes erhalten bliebe.

Durst bewog sie aufzustehen. Sie nahm den Krug, goss den Becher ein. Das, was ihr Gertrud als wohltuenden Trunk mit Kräutern aus dem Garten angepriesen hatte, schmeckte ihr tatsächlich gut. Nur etwas süßer hätte er nach ihrem Geschmack sein können.

Von unten aus der Küche hörte sie die Stimmen von Agnes, Gertrud und Fromm. Laute Satzfetzen, Lachen, Gegröle und das Rücken von Stühlen drangen nach oben. Anna-Maria legte sich wieder auf das Bett, starrte erneut zur Decke. Tausend Dinge gingen ihr durch den Kopf. Wie wohl die Nacht verliefe, wie der nächste Tag, was Agnes mit ihr machen würde. Zahllose Gedanken und einige mehr.

Inzwischen war eine Stunde vergangen. Am hohen Geräuschpegel, der seinen Ausgang immer noch in der Küche nahm, hatte sich nichts geändert. Im Gegenteil, es ging noch etwas lauter zur Sache als zuvor. Gab doch Fromm nach der gemeinsamen Entleerung der zweiten Flasche, die Agnes schwankend aus dem Nichts hervorgezaubert hatte, noch die erste Strophe eines bekannten musikalischen Werkes zum Besten. Gertrud lag zum Zeitpunkt der Darbietung bereits am Boden, konnte sich nicht mehr an Fromms Sangeskünsten ergötzen. Dreimal sang Fromm die gleiche Strophe.

„In Dauborn brennt man guten Schnaps.
Trinkst du zu viel, gibst ihr 'nen Klaps.
Doch ist es nicht die deine Maid,
haust besser ab, das ist gescheit."

Die anderen kannte er nicht.

Anna-Maria wollte nicht schlafen, aber sie fühlte den Schlaf immer stärker. Sie schlief ein. Der Gutenachttrunk entfaltete seine Wirkung. Auch Fromm erlag seinem Schlaftrunk, verbrachte die Nacht auf der Bank. Gertrud träumte unter ihm, aber auf dem Boden. Agnes ging schwankend und zufrieden mit dem Tag zu Bett, nicht zuletzt wegen des prall gefüllten Säckchens.

Zur selben Zeit betrat einige Kilometer entfernt Elisabeth das Arbeitszimmer im Idsteiner Anwesen.

„Guten Abend, mein Liebster."

Hans-Georg saß bereits im kunstvoll besticken Schlafrock an seinem großen Schreibtisch aus Eichenholz und unterschrieb im Licht einer daraufstehenden Öllampe einige Haftbefehle. Machten doch wieder Räuberbanden die Gegend um Idstein unsicher. Den einen oder anderen, eigentlich ordentliche Bauern und Handwerker, hatte man angeblich erkannt.

„Wie war das Konzert?"

„Aufregend, ergreifend. Die Musik von Mozart ist ein Geschenk des Himmels. Nur die Heimfahrt empfand ich als äußerst unangenehm. Dein neuer Stallmeister ließ kein Schlagloch, keine Rille aus. Zudem äußerte er mir gegenüber respektlos, wie lange er doch habe warten müssen. Wie heißt er noch?"

„Dinges, Adam Dinges. Ich werde ihn zur Rede stellen oder gleich morgen in der Frühe hinauswerfen. Machte der Mann doch zuerst einen außerordentlich guten Eindruck."

Elisabeth ging zum Schreibtisch, stellte sich hinter Hans-Georg und legte ihre Arme um seine Schultern.

„Ach, mein liebster Hans-Georg, so spät ist es in der Nacht, und du arbeitest noch trotz deines Unwohlseins."

„Mir bleibt keine andere Wahl. Diese Halunken glauben, mich an der Nase herumführen zu können. Sie werden morgen allerdings ihr Wunder erleben. Auch verschiedene Steuerrückstände von Handwerkern sind noch einzutreiben, Papiere fordern Unterschriften."

Hans-Georg bemerkte an Elisabeth einen ungewohnten süßlich-herben Geruch. Er kannte diese Duftnote, konnte sie aber nicht zuordnen.

„Liebster, ich gehe nun zu Bett, die Müdigkeit bemächtigt sich meiner heute sehr. Ich wünsche dir eine gute Nacht. Und arbeite nicht mehr allzu lange."

Er küsste ihre Hand, vernahm wieder den Geruch.

„Ich wünsche dir ebenso eine gute Nacht. Wenn ich diese Dokumente unterzeichnet habe, komme ich zu dir."

Als Elisabeth ihre Umarmung gelöst hatte, fuhr sie mit dem Zeigefinger über den Schreibtisch.

„Anna-Maria war heute wohl nicht sehr gründlich."

Elisabeth betrachtete ihre staubige Fingerkuppe.

„Ach ja, Anna-Maria. Kurz nachdem du das Haus verlassen hattest, wurde ihr ebenfalls blümerant, mehr noch als mir. Sie schien blutarm, worauf ich Fromm anwies, sie mit dem Landauer ins Spital zu bringen. Er soll bei ihr verweilen, bis es ihr besser ergeht. Vermutlich werden sie morgen wieder eintreffen."

„Hoffentlich nichts Ernstes." Elisabeth lachte. „Ich hoffe nicht", schloss Hans-Georg irritiert von ihrer Reaktion an, als er den Geruch von Neuem wahrnahm. Warum lachte sie, woher stammte dieser Geruch, fragte er sich.

„Sollte es wider Erwarten Schwerwiegendes sein, musst du dich umgehend nach einem anderen Hausmädchen umsehen."

„Ja, du hast recht. Nun lass mich die Arbeit beenden."

Hans-Georg reagierte bei dieser Thematik gereizt, was Elisabeth lächelnd überging. Elisabeth küsste ihn auf die Stirn, lachte und verließ das Arbeitszimmer, um in das Schlafgemach zu gehen.

Nachdem Hans-Georg die Haftbefehle nochmals gelesen und unterschrieben hatte, widmete er sich den Steuerrückständen. Das Eintreiben der Steuern war für ihn ein ernstes Problem. Ein weitaus größeres als Räuberbanden und andere Halunken. Neue Steuern wurden erhoben, alte den Bedürfnissen der Obrigkeit angepasst. Bauern, Händler, Handwerker, die ohnehin ein karges Leben fristeten, kamen in finanzielle Nöte. Die Finanzbeamten kannten keine Gnade. Jeder Zahlungsrückstand wurde erbarmungslos verfolgt. An unverschuldete Säumnisse schlossen sich umgehend Zuschläge mit gesetzten Fristen an. Die hart arbeitenden Menschen konnten den Beamten so viel von ihren Problemen, von Außenständen, Gebrechen, Heimsuchungen und Todesfällen berichten, wie sie wollten, die fetten, korrupten, von Lustbarkeiten gezeichneten Staatsdiener kannten keine Gnade. Ihr Denken wurde von der unersättlichen Herrschaft gesteuert, war flach, unmenschlich, auch Jahre später.

Elisabeth stand im Schlafzimmer vor dem großen Wandspiegel mit goldenem Rahmen und legte ihren Briséfächer auf die reich verzierte Kommode daneben. Eine gusseiserne Öllampe brannte darauf. Erst mit dem einen, dann mit dem anderen Fuß entledigte sie sich einer Göre gleich ihrer Schuhe mit vergoldeten Schnallen und großen Schleifen aus dem Stoff des Kleides, indem sie diese mit den Füßen zur Seite schleuderte. Schuhe waren für Elisabeth ein außerordentlich wichtiges Thema. Sie liebte die gemäßigten Formen der englisch beeinflussten Mode.

Ein wenig ungehalten über Anna-Marias Abwesenheit, begann sie selbst, das Oberkleid ihrer Robe aus schilfgrünem Moiré abzustreifen, das sie über einer Hüftrolle trug. Der Unterrock aus elfenbeinfarbener Seide mit Goldstickerei kam zum Vorschein, schließlich die Chemise aus zartem Baumwollbatist und kostbarer französischer Klöppelspitze, die nun einen äußerst wohlgeformten Körper erahnen ließ. Darunter folgte, auch wenn Elisabeth mit ihrer Entkleidung innehielt, die nackte Haut.

Nachdem sie ihre teure Garderobe auf dem Kleiderständer abgelegt hatte, betrachtete sie sich kritisch im Spiegel. Dabei dachte sie mit einem Lächeln an des Gatten Inszenierungen. Und sie wunderte sich auch an diesem Abend darüber, dass er seine Abneigung gegenüber gesellschaftlichen Anlässen, gleich welcher Art, zumindest ihr gegenüber nicht offen kundtat. Es musste das Publikum sein, da war sie sicher. Eine Zuhörerschaft gehobenen Standes aus altem Adel, Klerus und zahlreichen

Honoratioren der Stadt, die reine Formsachen belächelte. Und sie war froh darüber, weshalb sie ihn nie darauf ansprach.

Sie raffte die Chemise. Im Spiegel zeigte sich eine etwa vier Zentimeter lange Narbe an ihrer linken Hüfte. Sie betastete, hasste diese Narbe, die von einem Sturz in der Jugend rührte. Immer wieder betrachtete sie des Abends diesen Makel am vollendeten Körper. Alle möglichen Substanzen hatte sie probiert, um diesen hässlichen Schandfleck zu beseitigen. Salben, Pulver, flüssige Mixturen. Doch nichts von alledem war von Nutzen. Elisabeth ließ die Chemise wieder nach unten gleiten. Sie begann, im Spiegel ihr Haar zu betrachten, das am Vormittag von Anna-Maria zu einem äußerst kunstvollen Knoten aufgesteckt worden war. Elisabeth zupfte an einer feinen Locke, die über ihrer Schläfe hing. Seit einigen Wochen schon bemerkte sie einen eigenartigen Haarausfall. Mehrfach hatte sie Anna-Maria darauf angesprochen. Doch dem Hausmädchen fiel angeblich nichts Besonderes an Elisabeths Haarpracht auf. Sie zupfte noch einmal, dann ein weiteres Mal. Beim dritten Versuch löste sich die Locke nahezu schmerzfrei, wippte zwischen Daumen und Zeigefinger. Zuerst widerfuhr ihr der Schrecken. Doch es war nichts Neues, und so beschloss Elisabeth, auch über diesen Vorfall hinwegzusehen. Sie öffnete einen Fensterflügel, ließ die Locke zwischen Tropfen zu Boden gleiten. Nachdem sie das Fenster wieder verschlossen hatte, rieb sie die Nässe von ihrem rechten Handrücken. Den feinen hellen Streifen auf den Nägeln schenkte sie keine Aufmerksamkeit.

Sie öffnete die oberste Schublade der Kommode, um ihren Schmuck, wie stets, sorgfältig dort abzulegen. Beim Blick in die Schublade schien sie befremdet. Irgendetwas war beim Anblick der geöffneten Schublade anders als sonst. Dann ging ihr auf, was so eigenartig anmutete. Die Kette, die ihr der Vater einst geschenkt hatte, lag nicht wie gewohnt in der Schublade. Elisabeth wunderte sich. Sie ging in ihrer Unterkleidung auf feinen Seidenstrümpfen zurück zum Arbeitszimmer.

„Elisabeth, du noch einmal?“

„Ja, ich vermisse meine Kette, die Vater mir einst schenkte. Du weißt, die goldene Kette mit Edelsteinen."

Hans-Georgs Gefäße waren unvermittelt über Tausende von Kilometern zum Zerreißen gespannt, erzwangen die Worte:

„Die Kette, mein Gott!"

„Was meintest du gerade?"

„Ach nichts."

Er hatte tatsächlich nicht an die Kette gedacht, warf mit zitternder Hand das Tintenfass um, was Elisabeth erstaunt registrierte.

„Was ist mit dir, hat dich meine Frage derart irritiert, dass deine Hand dir nicht mehr gehorcht?"

„Ach nein, Liebste, ich bin nur etwas müde, unachtsam wegen der vielen amtlichen Vorgänge. Sie überfordern mich fast. Sicherlich hast du die Kette irgendwo anders abgelegt. Sie wird sich schon finden."

„Vermutlich hast du recht. Komm, Hans-Georg, mach das morgen fertig. Wir gehen zu Bett."

Hans-Georg nickte, löschte das Licht der Öllampe und der Kerzenleuchter bis auf einen, den er nahm, um Elisabeth ins Schlafgemach zu folgen. Auf dem Weg dorthin bemerkte er wieder diesen Geruch.

Grube

Ihre Augenlider öffneten sich kurz nach zehn Uhr. Mit leichtem Kopfschmerz erhob Anna-Maria ihren Oberkörper und blickte noch schlaftrunken in Richtung eines der Fenster. Es regnete, leichter Brandgeruch stieg ihr in die Nase. Sie stand auf, ging zum Fenster. Durch die mit Tropfen übersäte Scheibe sah sie, wie der schwarz lackierte Landauer davonfuhr. Es klopfte. Anna-Maria fuhr zusammen. Agnes trat ein.

„Einen recht schönen guten Morgen, mein Kind. Heute haben wir noch viel vor. Zieh dir besser etwas aus und komm dann herunter."

Agnes war kurze Zeit später in der Küche mit der Zubereitung des Hans-Georg zum dauerhaften oder zumindest vorübergehenden Familienfrieden verhelfenden Trunkes zugange. Wenn sie sich zurückbesann, war es ein recht einträgliches Geschäft mit Hans-Georg und all seinen Freunden, aber auch mit Fromm und all dessen Freunden. Agnes verdiente gut an Hans-Georg, Fromm und deren Freunden. Es regnete Ledersäckchen, ein Meer von Gulden. Wusste Agnes doch, worauf es im Leben ankam.

Allerlei Gläser mit Pulvern, Kräutern und Flüssigkeiten standen auf dem Tisch. Agnes nahm fünfzig Gramm Sadebaumspitzen für ihren Absud. Dazu kamen sechs weitere Zutaten pflanzlicher Herkunft. Die Antwort auf die Frage nach der Tröpfchengröße bereitete ihr auch diesmal Kopfzerbrechen. Sie setzte alles zusammen mit kaltem Wasser an, brachte das Ganze anschließend zum Kochen. Die Kochdauer der Mixtur, die zwischen Freud und Leid, Leben und Tod entscheiden sollte, betrug etwa dreißig Minuten. Danach seihte sie den Trunk ab und ließ ihn abkühlen.

„Kind, komm bitte nach unten!"

Anna-Maria schritt zögernd die schmale Treppe mit dem morschen Geländer hinunter zur Küche. Es gab knackende, dann wieder quietschende Töne von sich. In der Küche erblickte sie ängstlich all die Utensilien auf dem Tisch, bemerkte einen unangenehmen Geruch. Es roch nach Stinkwacholder, ein ebenfalls treffender Name für den Kindsmord.

„Liebste Anna-Maria, komm hierher, setz dich. Du hast offenbar meinen Rat, etwas auszuziehen, nicht befolgt."

Anna-Maria schien die Worte von Agnes nicht wahrzunehmen, ließ sich auf Fromms Schlafstätte nieder. Agnes schenkte einen Becher mit dem Absud ein, stellte ihn vor Anna-Maria auf den Tisch.

„Trink das, es wird dir helfen."

Sie zögerte eine Weile.

„Trink es endlich, ich will nicht ewig warten!"

Anna-Maria überwand sich, nahm den Becher und trank, die Nase rümpfend, mit verkniffenen Augen den ersten Schluck recht halbherzig. Die übrigen Zutaten des Rezeptes intensivierten den Gestank des Absudes fast aufs Unerträgliche. Agnes nickte zufrieden. Doch Anna-Maria hielt inne, sah mit Argwohn auf den Becher in der Hand.

„Weiter, Kind. Du musst auch den Rest austrinken."

Anna-Maria setzte den Becher erneut an die Lippen. Dann trank sie ihn mit gleichem Ausdruck wie zuvor in einem Zug aus, hustete heftig, versuchte, den fürchterlichen Geschmack mit dem Handrücken von den Lippen zu wischen, stellte den entleerten Becher zurück auf den Tisch.

„So, mein Kind, nun heißt es warten."

Anna-Maria sah sie schweigend an. Agnes wusste nur allzu gut, welch ein Drama sich in der nächsten Zeit abspielen würde. Eine Tragödie mit ungewissem Ausgang. Der erste Akt war vollzogen. Agnes schob den Becher unter scharrendem Geräusch zu den anderen Utensilien, stand auf und verließ die Küche, um nach oben zu gehen. Auf der Treppe blieb sie kurz stehen, sah hinunter zu Anna-Maria, die ihr Gesicht in den Händen vergraben hatte, angespannt auf die Wirkung des abscheulichen Absudes wartete. Tränen tropften von ihren Handgelenken auf den Tisch, auf dem schon unzählige vertrocknet waren. Eine Tür fiel ins Schloss.

Den Kopf an die Wand gelehnt, die Beine breit unter den Tisch gestreckt, die Arme auf die Bank gestützt, sah Anna-Maria zur Decke hinauf. Der viele Fliegenkot an der verputzten Decke, man konnte sie noch mit viel Wohlwollen als hell beschreiben, fiel ihr auf. Unzählige Pünktchen aus dunklem Fliegenkot. Pünktchen an Pünktchen. Anna-Maria begann, sie zu zählen. Sie fing in der von ihr aus gesehen rechten Ecke der Decke an.

„Eins, zwei, drei, vier, fünf, sechs, sieben."

Schon nach zehn Minuten war sie bei Pünktchen zweihundert angekommen.

Sie glaubte, sich verzählt zu haben, worüber sie fast ärgerlich schien. Doch sie hatte Glück im Unglück. Es war die Stelle mit einem kurzen, aber auffälligen Riss in der Decke, die sie aufatmen ließ. Dort hatte sie Pünktchen hundertfünfundachtzig gezählt, das hatte sie sich gemerkt. Heilfroh darüber, nicht wieder ganz von vorn anfangen zu müssen, zählte sie vom markanten Riss aus weiter und war von diesem Zeitpunkt an darum bemüht, sich beim Zählen etwas mehr zusammenzunehmen.

„Zweihundertsiebenundsiebzig, zweihundertachtundsiebzig, zweihundertneunundsiebzig, zweihundertachtzig."

Sie hielt inne. Bei zweihundertachtzig begann eine oval geformte, recht auffällige Beule, die sich hinsichtlich ihres Farbtons deutlich von der übrigen Decke abhob. Sie wies insbesondere im Bereich der Anna-Maria abgewandten Schmalseite eine starke bräunliche Verfärbung auf. Vermutlich war der Grund dafür in der Lage der Beule zur Abluft der Kochstelle zu suchen. Im Bereich dieser Unebenheit erkannte sie rasch zwölf Pünktchen. Zwölf und zweihundertachtzig. Anna-Maria überlegte angestrengt. Sie hatte wohl und gerne Rechnen gelernt, aber das war lange her, die Schulzeit kurz.

„Zweihundertzweiundneunzig."

Ja, das musste stimmen, dachte sie, merkte sich auch diese Stelle gut, da unvermittelt ein ungewohntes Empfinden auftrat. Sie musste die erhebliche Konzentration fordernde Zählung des Fliegenkots für einen Moment aussetzen.

„Zweihundertdreiundneunzig, zweihundertvierundneunzig, zweihundertfünfundneunzig, zweihundertsechsundneunzig."

Das seltsame Gefühl wurde stärker.

„Zweihundertsiebenundneunzig, zweihundertachtundneunzig, zweihundertneunundneunzig."

Es nahm seinen Ausgang in der Magengegend.

„Dreihundert, dreihunderteins."

Sie dachte krampfhaft an die Beule, fasste sich mit beiden Händen dorthin, von wo das merkwürdige, ständig stärker werdende Gefühl seinen Ausgang nahm. Sie sah auf ihren Bauch.

„Dreihundertzwei."

Plötzlich verspürte sie Schmerzen, die rasant anwuchsen. Ein Brechreiz machte sich zudem bemerkbar. Anna-Maria richtete sich auf. Sie strebte zwar noch das dreihundertfünfzigste Pünktchen an, doch ihr Interesse am Fliegenkotzählen war unversehens Vergangenheit, Risse und Unebenheiten waren vergessen. Sie hätte ohnehin noch Stunden, unter Berücksichtigung weiteren Verzählens gar Tage dafür gebraucht, um alle Pünktchen zu erfassen. Auf den Wänden waren sie auch.

„Agnes! Wo bist du?"

Schmerzen und Brechreiz nahmen zu. Auch die Pünktchen.

„Agnes, hilf mir!"

Sie begann zu würgen. Nun waren es insgesamt siebzehntausendvierhundertsieben.

„Agnes!"

Jetzt siebzehntausendvierhundertzwölf. Fünf Fliegen waren auf Nahrungssuche, so viel sei dazu noch verraten. Anna-Maria sprang auf, stieß gegen den Tisch, wodurch sie einige Gegenstände mit lautem Getöse zu Boden beförderte. Der nächste verzweifelte Ruf nach Agnes wurde in Erbrochenem erstickt. Stehend neben dem Tisch, mit der Hand darauf gestützt, tief gebeugt, nach Luft schnappend, übergab sie sich, was sie zweimal wiederholte. In der Küche verbreitete sich übler Geruch, vom einen zum anderen Augenblick stank es unbeschreiblich. Die Zirkulation ihres Blutes, vom Idsteiner Abend, der nächtlichen

Fahrt und einer unruhigen Nacht ohnedies geschwächt, bereitete Schwierigkeiten, wodurch sie für einen Augenblick der Schwindel überkam. Sie stürzte zu Boden. Im Sturz schlug sie mit der Stirn gegen die Tischkante. Blut tropfte.

„Agnes!“

Anna-Maria wand sich, vor Schmerzen und Übelkeit am ganzen Körper zitternd, auf dem Boden der Küche. Sie versuchte aufzustehen, doch weiter als bis auf die Knie schafften es die geschwächten Glieder nicht. Das Blut lief hinein in das Erbrochene, und Anna-Maria vermischte beides, drückte die Flüssigkeiten in ihren Rock, indem sie darauf hin und her rutschte. „Agnes“, sprach sie stöhnend, kraftlos, leise. Krämpfe durchfuhren ihre Organe vom Nabel abwärts.

„Agnes!“

Jene hatte die Geräusche der Wirkung vernommen, eilte hinab in die Küche.

„Das ging diesmal aber schnell.“

Agnes beugte sich zu Anna-Maria hinunter.

„Wirklich sehr schnell.“

„Agnes, es soll aufhören, sofort!“

„Das wird schon wieder. Versuche aufzustehen, ich helfe dir dabei.“

In gemeinsamer Anstrengung schafften sie ihre Körper auf die Bank. Anna-Maria begann wieder zu würgen. Agnes holte von einem Regal rasch eine große Schüssel aus Steingut herbei, die sie ihr auf den Schoß stellte. Anna-Maria erbrach weitere Male. Agnes stand erneut auf, um angesichts der klaffenden Stirnwunde etwas Blutstillendes zu besorgen. Ein Halstuch musste als Verband herhalten, anderes fand sie in der Eile nicht. Agnes setzte sich neben Anna-Maria, verarztete die Stirn. Dann drückte sie Anna-Marias Kopf an ihre Brust. Agnes spürte in diesem Augenblick etwas, das sie bei ihrer Arbeit noch nie zuvor verspürt hatte. Sie empfand einen leichten, jedoch deutlich spürbaren Anflug von Mitleid mit der Kreatur am Busen. Es beunruhigte sie.

„Kind, ich bringe dich nach oben. Wir müssen nun abwarten, versuche aufzustehen.“

Gertrud war damit beschäftigt, Huflattich, Hirtentäschel, Spitzwegerich, Taubnesseln und Lungenkraut zu ernten, bevor all die wertvollen Kräuter altern würden. Es regnete und Brandgeruch zog unter den Wolken durch den Taunus. Ihre Hand wollte gerade ein Kraut packen.

„Gertrud, komm schnell herein, hilf mir!“

Gertrud fasste den Korb mit den Kräutern, lief zum Haus. Anna-Maria war zusammengebrochen, reglos liegen geblieben. Ein Tröpfchen war offenbar zu groß geraten.

Als Gertrud die Küche betrat und Agnes erblickte, stockte ihr Atem. Nicht des Gestankes wegen. Sie erkannte Panik in Agnes Gesicht. Das gefiel ihr nicht, ganz und gar nicht. Es befremdete sie. Das durfte es nicht geben.

Gertrud half Agnes, den ohnmächtigen Körper ins Bett zu schaffen, wobei sie in Momenten größter Anstrengung das Gefühl nicht loswerden konnte, dass die Anwesenheit der jungen Frau ihr Leben rigoros verändern würde. Agnes befreite Anna-Maria von ihrer Kleidung, zog ihr mit einiger Mühe eine nicht passende, aber frische Chemise unter Gertruds argwöhnischen Blicken an.

Am späten Nachmittag des folgenden Tages wachte Anna-Maria auf. Agnes saß neben ihr auf dem Bett. Sie wachte bis Mitternacht und seit einer Stunde neben ihr, zum Unmut von Gertrud, die aus diesem Grunde schon am frühen Abend mit einem Dauborner ins Bett gegangen war. Die Flasche brauchte recht lange, bis sie bei Gertrud angenehmere Empfindungen bewirkte. So verbrachte sie bis zur Ermüdung noch die halbe Nacht grübelnd über das Geschehene in ihrem Bett. Bis zum Aufwachen von Anna-Maria war sie am folgenden Tag mit fremder Wäsche befasst, was weiteren Verdruss bewirkte. Dass Anna-Maria der Bewusstlosigkeit entkam, stellte sich für Agnes fast wie ein Wunder dar. Nicht wenige Ohnmächte in ihrem Haus hatten sich nur als Übergang erwiesen.

Das Erste, was Anna-Maria spürte, waren unerträgliche Kopfschmerzen und ein überaus merkwürdiger Geschmack auf der Zunge. Agnes konnte dies auch ohne ein Wort von Anna-Maria an ihrem Gesichtsausdruck erkennen.

„Du hast einen fürchterlichen Geschmack auf der Zunge, wenn ich nicht irre."

Anna-Maria nickte, hielt sich die rechte Hand auf die pochende Stirn. Agnes fasste die andere, drückte sie tröstend.

„Mein Trunk war nicht wirksam. Wir sollten die Prozedur wenigstens einmal wiederholen, bevor ich anderen Mitteln den Vorzug gebe, da ich meine, den Missgriff erkannt zu haben."

Sie hätte derartige Worte noch so leise dahinflüstern können, Anna-Marias Ohren wären sie nicht entgangen.

„Nein!"

Sie sprang aus dem Bett, lief zur offenen Tür, stürzte regelrecht hinunter in die Küche. Agnes stürzte hinterher und schlug, nachdem sie das morsche Geländer durchbrochen hatte, mit dem Becken hart auf dem Steinboden auf. Ein Schrei, dann Stöhnen. Trotz einer Sturzhöhe von nur einem Meter hatte die Schwerkraft bei den ebenso mürben Knochen der alten Hebamme ihre Wirkung voll entfaltet. Anna-Maria erschrak, als sie den Schrei hörte. Dann näherte sie sich, noch immer vom Kopfschmerz geplagt, ganz langsam dem seltsam verkrümmten Körper.

„Kind, ich glaube, ich habe mir etwas gebrochen. Dem Empfinden nach scheint es das Becken zu sein."

Anna-Maria beugte sich zu ihr hinunter, blickte in das vom Schmerz verzerrte Gesicht.

„Nimm meine Hände, ich helfe dir aufzustehen."

Agnes streckte ihre Arme aus, Anna-Maria ergriff sie, zog mit aller Kraft. Wieder ein Schrei.

„Nein, so geht das nicht. Rufe Gertrud. Ihr müsst mir zu zweit helfen."

Die Vorsehung hatte es gewollt und Gertrud betrat mit dem entleerten Waschpott den Raum. Als sie die Szene überschaute, ließ sie ihn fallen.

„Was hast du Weib mit ihr gemacht?"

„Agnes ist durch das morsche Geländer gestürzt."

„Das Kind, es kann nichts dafür. Es war meine eigene Unachtsamkeit.“

Gertrud beugte sich zu Agnes hinunter, wobei sie Anna-Maria mit einem Blick ansah, der hätte töten können.

Unter großen Schmerzen, von den Frauen gestützt, gelangte Agnes auf ihr Bett. „Ich werde das mit Anna-Maria übernehmen“, meinte Gertrud. Sie mochte die Fremde mit ihren schwarzen Haaren von Anfang an nicht. Schon als sie des Abends aus dem Landauer stieg. Anna-Maria lief ein Schauer über den Rücken.

„Nein, liebe Schwester. Das geht nicht. Für meine Rezeptur braucht man ein sehr feines Gefühl. Das soll nicht heißen, dass ich es dir nicht zutraue, aber man muss die Rezeptur des Absudes schon einige Male bereitet haben, damit kein unnötiger Schmerz entsteht, wie Anna-Marias Besinnungslosigkeit dies um ein Haar deutlich gemacht hätte. Ich denke, sie bleibt bei uns, wird mir in den kommenden Tagen, Wochen eine wertvolle Hilfe sein.“

„Warum? Ich kann den Auftrag auch erfüllen.“

„Nein!“, schrie Agnes, vom Schmerz gepeinigt. „Nein und nochmals nein!“

Gertrud verließ befremdet von Agnes’ Entscheidung den Raum. Am Abend ging sie wieder aus Verzweiflung mit dem Dauborner ins Bett. Sie beanspruchte die Flasche so sehr, dass sie völlig entleert aus dem Bett fiel.

Es war früh am Morgen, gegen sieben Uhr.

„Anna-Maria, liebes Kind, komm zu mir!“

Agnes hatte sich noch spät in der Nacht Gedanken darüber gemacht, was sie Fromm erzählen würde. Gegen die Schmerzen am geborstenen Knochen hatte Anna-Maria unter ihrer Anleitung ein wirksames Mittel gebraut, was Agnes nicht nur von den stärksten Qualen befreit, sondern ihr auch deutlich gemacht hatte, dass die Kleine durchaus zu gebrauchen war. Doch ihre Gedanken trieb nicht nur der Eigennutz. Es war auch dieses Fünkchen Mitleid dabei, das sie grübeln ließ. Solche Empfindungen konnte sie als besonnener Mensch an und für sich nicht gebrauchen. Sie schob das Ganze auf ihre achtundfünfzig Jahre, ein Alter, in dem manche Leute langsam anfangen, seltsam zu werden.

„Anna-Maria! Ach, da bist du schon. Kind, du musst sofort handeln."

„Warum, was ist passiert?"

„Einen Augenblick. Gertrud!"

Die Schwester betrat kurze Zeit später den Raum.

„Was gibt es? Wozu brauchst du mich? Du hast doch die da."

„Ihr müsst draußen, etwas entfernt vom Haus, Erde aufwühlen und wieder festtreten. Es muss aussehen, als wenn dort jemand vergraben worden wäre. Anna-Maria ist verstorben", sagte Agnes stockend unter wiederkehrenden Schmerzen. Die Genannte erstarrte.

„Keine Angst, mein Kind. Die Erde deckt ihr mit Reisig ab, so als wenn niemand die Stelle entdecken sollte, solange sie frisch ist. Vielleicht will er sie sehen."

„Aber du kannst doch nicht …"

„Schweig, liebe Schwester!"

„Was willst du Fromm berichten? War es der Absud, der Gutenachttrunk?"

„Nein, das Geländer. Ihr müsst euch nun beeilen. Fromm äußerte nicht, wann er heute hier auftauchen wird, um sie zu holen. Geht nach draußen, fangt an!"

Es herrschte einige Sekunden völlige Stille im Raum. Nur das Geräusch der vom Wind gegen die Scheiben gepeitschten Tropfen war zu hören. „Dann komm!", herrschte Gertrud Anna-Maria an. Die Frauen gingen nach draußen, um eine Grube zu graben.

Gegen Mittag, der Himmel hatte sich aufgeklart, näherte sich Fromm hoch zu Ross, ein zweites mitführend. Anna-Maria sah ihn durch das Fenster der Stube. Aufgeregt lief sie zu Agnes. Gertrud erblickte ihn von der Küche aus.

„Agnes! Fromm, er kommt!"

„Schnell, Kind, geh rasch nach oben, hinauf zum Dachboden!"

Es klopfte. Gertrud öffnete die Tür.

„Guten Tag, Hans-Peter. Tritt ein."

„Den wünsche ich dir auch, liebste Gertrud. Wo ist die Kleine? Was ist denn mit dem Geländer geschehen?"

„Ach, lieber Hans-Peter. Fragen über Fragen. Lass uns zu Agnes hinaufgehen, dann erfährst du mehr."

Fromm wunderte sich über die Geheimnistuerei, folgte Gertrud über die schmale Treppe nach oben.

„Agnes, bist du etwa erkrankt? Und wo ist Anna-Maria?"

„Ach, Hans Peter, mein lieber Junge, wie soll ich es erklären? Nachdem ich Anna-Maria meinen Absud verabreicht hatte, kämpfte sie wie alle zuvor mit den abscheulichen Wirkungen. Ich wollte sie daraufhin nach oben ins Bett schaffen, als sie auf der Stiege eine Ohnmacht überwältigte. Das Kind durchbrach das altersschwache Geländer, stürzte schnurstracks mit dem Kopf voran auf die Steine. Vor Schreck verlor ich ebenfalls den Halt, sodass auch ich nach unten fiel. Bei mir ist es beim Schmerz geblieben."

„Willst du damit etwa sagen, dass ich umsonst gekommen bin?"

„Ja."

„Wo ist sie?"

„Gertrud hat sie am Hollerbusch vergraben."

„Gertrud alleine?"

„Willst du mir der einundsechzig Jahre wegen Schwäche unterstellen?"

„Nein, keineswegs. Ich bin überzeugt, dass ihr sie nicht im Haus verfaulen lassen würdet."

„Willst du die Stelle sehen?"

„Nein, Agnes, das erspare ich meinen Stiefeln."

„Gertrud, komm, gib dem Hans-Peter noch einen Doppelten, damit er auf dem Rückweg nicht fröstelt."

„Danke, jetzt nicht. Ich brauche einen klaren Kopf für Erklärungen, werde nun unverzüglich aufbrechen."

„Gertrud, begleite Hans-Peter nach draußen."

Fromm ging schweigend zu den Pferden. Nachdem er aufgesessen war, schaute er zu Gertrud, die in der Haustür stand, ihn fröstelnd beobachtete.

„In zwei Tagen sehen wir uns wieder, liebste Gertrud, in zwei Tagen."

Die Tür fiel ins Schloss.

„Anna-Maria, du kannst wieder nach unten kommen!", rief Agnes durchs Haus.

Hans-Georg pflegte sonntags im Anschluss an das Mittagsmahl ein wenig zu ruhen, welches ihm und Elisabeth seit zwei Tagen von einer kurzfristig eingestellten, wenig begnadeten Köchin bereitet wurde, sodass er den Schlaf an diesem Tag übellaunig der Speise vorzog. Gerade als er eingenickt war, schreckte er vom Klang der Hufe auf.

„Sie kommen."

Er sprang auf, lief ins Arbeitszimmer, sah aus dem Fenster in den Hof. Was er erblickte, gefiel ihm ganz und gar nicht. Erregt riss er einen Fensterflügel auf.

„Was ist mit Anna-Maria?"

„Begraben."

Hans-Georg wurde blass.

„Die alte Hexe hat es tatsächlich versaut."

Er schloss das Fenster, drehte sich um. Elisabeth stand vor ihm. Er hatte nicht bemerkt, dass sie den Raum betreten hatte.

„Sagtest du gerade etwas, Hans-Georg? Ich hörte Pferde, Stimmen. Anna-Maria ist mit Fromm zurück, wenn mich nicht alles täuscht."

„Du täuschst dich sehr. Wir werden ein neues Hausmädchen suchen müssen."

Nachdenkliche Blicke begegneten sich, aus unterschiedlichen Beweggründen.

„Es war also tatsächlich etwas Ernstes. Drei Tage sollte sie zur Beobachtung bleiben, sagte Fromm, zur Sicherheit. Das arme Kind. Gott hab sie selig! Wer sorgt für das Begräbnis? Es sollte kein Armengrab sein."

„Ich werde es veranlassen, alles regeln."

Es herrschte Stille im Raum. Beim Anblick von Elisabeth überkam Hans-Georg ein Gedanke, der seine Blässe mehrte. Er kreiste um ein Schmuckstück.

Besuch

Zwei Säcke aus Leinen, prall gefüllt, darin Brot, Speck, Zwiebeln, Pastinaken wie auch allerlei anderes Gemüse, überdies Wein, Branntwein, Zunder, Wäsche, Nadeln, Garn und Tabak, hingen an den Enden eines dünnen Seils aus Hanf, das sich unter den Lasten in einen anmutigen Nacken quetschte. Pausenlos schlugen die Säcke, pendelnd bei jedem Schritt hinauf auf den Berg, wider die Beine, gegen die Knie. Bleiern drückte sich der übervolle Tornister in den jungen Rücken. Einem k. k. Infanteristen war er einst im Taunus abhandengekommen, nachdem er sich nicht mehr gerührt hatte. Fett und Ruß der rauledernen Schnürschuhe waren machtlos gegen den nassen Dreck, in den sie von den pendelnden, drückenden Lasten gepresst wurden. Sie sogen sich voll mit dem Wasser des Drecks, mit den feinen Tröpfchen, die unentwegt vom Himmel schwebten. Jeder Schritt, jedes Geäst, über das sie stolperte, steigerte die Qualen trotz einiger Schlucke vom Branntwein, den die auffallend hübsche Erscheinung auf dem Weg zu den Köhlern zu sich nahm. Es war eine Mühsal, die sie seit Tagen herbeigesehnt, die sie ihrem jüngeren Bruder bereitwillig abgenommen hatte, der sich darüber zwar wunderte, zugleich aber beglückt war, der Aufgabe einmal mehr entbunden zu sein.

Johanna aus Oberseelbach, ältestes Kind von Heinrich und Else Kugelmann, erreichte, am Ende ihrer Kräfte, den ersten Meilerplatz in dem Moment, als Lindt und Gettenauer den Verunglückten in seine Hütte schleppten. Johanna brachte ihrem Vater immer öfter Essbares, Kleidung, notwendige Dinge für den nassen, kalten und düsteren Alltag. Auch für Lindt und die anderen war immer etwas dabei. Sie sah Gettenauer aus Prietz' Hütte kommen.

Weiße Wundflächen erstreckten sich von den Zehen des rechten Beins bis über das Knie. An den Rändern der Verbrennung hätten Nervenzellen für kaum erträgliche Schmerzen gesorgt, wäre nicht die Ohnmacht gewesen. Lindt selbst hatte Brandnarben am ganzen Leib, doch noch nie hatte er eine derart starke Verbrennung gesehen. Er überlegte, Prietz nach Idstein ins Spital zu schaffen.

„Johanna, was trägst du stets die Dinge herauf? Das sollte die Aufgabe von Conrad sein. Dein Bruder ist doch von kräftiger Gestalt. Es ist mir ein Rätsel, wie er dich jedes Mal dazu überredet. Ich hoffe, der Schlingel macht stattdessen etwas Vernünftiges, geht eurer Mutter zur Hand. Du weißt, dass dein Liebreiz keinen Schaden an Lasten, Wind und Wetter nehmen sollte. Das käme uns teuer zu stehen."

„Ja, Vater."

„Heinrich!"

„Hörst du? Die anderen brauchen mich. Prietz ist verunglückt. Der Friedrich kümmert sich um ihn. Lass ihn also diesmal zufrieden, störe ihn nicht mit deinem Gerede. Stell die Dinge oben ab und mach, dass du auf den Hof zurückkehrst."

„Ja, Vater."

Kugelmann folgte Gettenauer, um Görg und Brötz am schadhaften Meiler behilflich zu sein. Eile war geboten. Johanna ging, keuchend unter der Last, nach oben, stellte die für den Alltag der Köhler unverzichtbaren Dinge am gewohnten Flecken ab, entleerte den Tornister bis auf eine Flasche mit Branntwein und schulterte ihn wieder.

„Wie steht es um ihn?"

Lindt bekam einen ordentlichen Schrecken.

„Was kommst du so hereingeschlichen?"

„Ich wollte fragen, ob du Hilfe benötigst."

„Nein. Geh fort, Johanna! Helfen kannst du hier nicht. Komm, lauf zurück nach Oberseelbach! Mach dich auf den Weg. Du siehst doch, was hier los ist. Verschwinde!"

Prietz war noch immer stumm. Lindt hatte sich auf eine alte Holzkiste neben seiner Schlafstatt gesetzt.

„Nun geh schon, ich kann dich hier und jetzt nicht gebrauchen! Ich werde den Prietz nach Idstein ins Spital bringen."

„Warum sprichst du so verdrießlich? So kenne ich dich nicht. Ich kann dir zur Hand gehen, der Prietz ist schwer."

„Nun lass mal. Dein Vater hat Hilfe zugesagt. Er wird sicher bald kommen. Wenn ich den Prietz abgeliefert habe, werde ich nach meiner lieben Frau und meinem Kind schauen, die ich schon viele Tage nicht sah. Diese Gelegenheit ist günstig."

„Ich habe dir etwas mitgebracht."

„Was ist es?"

„Hier, nimm, Vater wird sie nicht vermissen."

„Ein edler Tropfen, doch wie mir scheint, ist bereits ein wenig davon verdunstet."

„Ich habe gekostet, wollte sichergehen, dass er für deinen Gaumen gut genug ist."

Lindt lachte, wenngleich ihm nicht danach zumute war.

„Du lachst mich aus?"

„Johanna, niemals würde ich mir dies herausnehmen."

„Du würdest nichts Belächelnswertes, gar Törichtes an mir finden?"

„Gewiss nicht."

„Findest du überhaupt etwas an mir?"

Lindt sah sie an. Für wenige Sekunden schienen ihre Augäpfel ineinander verhakt. Die Antwort schuldig bleibend, nahm er einen Schluck aus der Flasche.

„Ausgezeichnet, dein Mitbringsel, einfach vorzüglich, Johanna!"

„In deinem Haar hat sich etwas verfangen."

„In meinem Haar?"

„Ja, dort. Lass es mich entfernen, es scheint ein Insekt zu sein."

„Großer Gott! Was ist es? Mach schnell, Johanna!"

Ihre feingliedrigen Hände griffen in seine fettigen Locken.

„Hast du es?"

„Noch nicht."

„Was wütest du in meinem Haar?"

„Gleich habe ich es. Es ist flink, scheint gefräßig, obendrein gefährlich."

„Was dauert es so lange? Rede keinen Unsinn."

„Einen Augenblick noch."

„Hast du es?"

„Ja."

„Dann entferne es und dich gleich mit. Ich muss mich um Prietz kümmern, ihn nach Idstein bringen."

„Hier, sieh es dir an. Dein Blut klebt an seinem gierigen Maul."

„Was erzählst du da?"

„Komm, sieh es dir selbst an. Schau auf meine Hand. Nein, besser nicht. Du würdest den Anblick sicher nicht ertragen."

„Lass das. Warum hältst du mir die Hand vor Augen?"

„Weil ein Köhler immer schwarz sehen sollte. Sonst müsste er des Überlebens wegen Dinge verspeisen, die hin und wieder in seinem Haar herumkrabbeln. Da beim Köhler Friedrich heute noch nichts im Haar krabbelte, nicht einmal ein flinkes, gefräßiges, gar gefährliches Insekt, würde er jetzt schrecklich Hunger leiden, der arme Friedrich."

„Du kleine, durchtriebene Hexe!"

„Lass meinen Arm los! Du bereitest mir Schmerzen."

„So soll es sein."

Kaum hatte Lindt dies ausgesprochen, verlor Johanna das Gleichgewicht, riss Lindt von der Kiste mit zu Boden.

Johanna kicherte unter Lindt.

„Bist du vom Wahnsinn befallen?"

„Ja, von einem unheilbaren."

Lindt richtete sich auf.

„Verschwinde umgehend! Ich werde mich jetzt um Prietz bemühen, ihn ins Spital bringen, nach meiner Frau, meinem Sohn sehen. Also raus hier! Für die Flasche sei dir gedankt."

Johanna befolgte seine Aufforderung ohne weitere Äußerungen. Sie stand auf, richtete ihren Rock und ging mit dem Gefühl, dass Lindt nicht das gesprochen hatte, was er sprechen wollte.

„So ein Luder!"

Ihm war, als hätte er eine Vorliebe für flinke, gefräßige und obendrein gefährliche Insekten an sich entdeckt.

Befreiung

Eine Maus huschte über die Dielenbretter des Dachstuhls, dann eine zweite, eine dritte. Anna-Maria kannte sie alle, sogar ausgesprochen gut. So gab sie ihnen im Lauf der Zeit Namen. Knickohr war immer die Schnellste. Stummelschwänzchen die Neugierigste. Eine Katze hatte ihren Schwanz gekürzt. Hans-Peter nannte sie die dritte Maus, denn sie war hässlich, des entstellten Kopfes wegen, und gemein. Sie gönnte den beiden anderen keinen Happen von dem, was Anna-Maria ihnen von ihren kargen Malzeiten unter dem Dach überließ. Ob Hans-Peter tatsächlich männlich war, wusste Anna-Maria nicht, doch dies war ihr gleich. Stummelschwänzchen liebte sie über alles, wenn man bei Mäusen, gehasstem Ungeziefer, das Mehl mit Ausscheidungen verunreinigte, Korn vernichtete, von Liebe sprechen konnte.

Es roch nach feuchter Wäsche, die an einer langen Leine hängend den Raum teilte. Regen prasselte auf die Dachschiefer. Den überaus zahlreichen Spinnen brachte Anna-Maria weniger Liebe entgegen, wobei sie an einigen auffällig großen Exemplaren durchaus Interesse fand. An einen Pfosten gelehnt, kauerte sie auf einem Strohsack und beobachtete die Nagetiere im Schein einer kleinen Öllampe. Stummelschwänzchen hatte eine Auseinandersetzung mit Hans-Peter. Mit einer entschlossenen Bewegung des rechten Beines betätigte sich Anna-Maria als Schlichterin. Die Streithähne sausten in verschiedene Richtungen davon.

Johanna schlief im Leinentuch, betäubt von Morphium und Codein, Stoffen, die einem winzigen Säckchen voller Samen des Mohns durch Lutschen entwichen waren. Nur das Gesicht des Kindes schaute aus dem Leinentuch heraus. Zwei Wochen zuvor hatte es das Licht der Welt erblickt. Kein Schrei drang dank der Drogen durch die Bretter.

Anna-Maria verweilte in den vergangenen Monaten des Öfteren unter dem Dach, mitunter bis zum nächsten Morgen. Sie fröstelte all die Stunden, trotz des Mantels und der Decke, die sie umgaben. Es war zugig auf dem Dachboden des alten Hauses von Agnes und Gertrud. Ein Krug mit Wasser, ein Holzeimer für die Notdurft und die Lampe waren ihr ganzer Reichtum unter dem Dach, der lediglich vom goldenen Schmuck mit edlen Steinen übertroffen wurde, den sie stets unbemerkt mit nach oben nahm.

Für Agnes war Anna-Maria ein Segen. Alles war dank ihrer Hilfe einfacher geworden. Denn Agnes' Becken war leider nicht so geheilt wie erhofft. Gertrud ging Anna-Maria aus dem Weg, obwohl auch sie aus Anna-Marias Anwesenheit allerhand Vorteile zog.

Der Sommer hatte sich nicht zu erkennen gegeben. An den wenigen Sonnentagen saß Anna-Maria in ihren Arbeitspausen auf der Bank vor dem Haus und genoss die Wärme, trotz des Brandgeruches, vor dem ein Entkommen unmöglich war. Für Agnes und Gertrud erwies sich diese Jahreszeit als wenig einträglich. Nur eine Dame weilte kurz im Haus. Aus Limburg sei sie geschickt worden, hieß es. Anna-Maria stand Agnes tatkräftig zur Seite, als es um die Zubereitung des Absudes ging. Doch ihre Kenntnis um die Größe von Tropfen war verschwindend gering, Agnes Vertrauen überaus groß, wodurch die bis dahin vermeintliche Grube vorm Hollerbusch doch noch vollendet und ihrer Bestimmung übergeben werden konnte.

Am Pfingstmontag, man schrieb den 8. Juli 1778, tobte ein außerordentlich schwerer Sturm in der Gegend. Er richtete verheerende Schäden an. Ein Wolkenbruch riss bei Esch, Bermbach, Walsdorf und Wörsdorf, allesamt kleine Dörfer um Idstein, Häuser, Ställe, Scheunen und Mühlen weg, begrub Menschen und Tiere in seinen Fluten. Hagelkörner von beachtlicher Größe fielen in solchen Mengen vom Himmel, dass sie noch zwei Tage lang die Landschaft bedeckten.

Auch an jenem Abend, an dem erstmals Johanna neben ihr lag, drangen Geräusche aus der Küche bis zum Dachstuhl. Grölen, Satzfetzen, Lachen, Klirren von zerspringenden Gläsern. Laut ging es unten zu, wie immer, wenn sie im gehassten Unterschlupf weilte. Einige Male glaubte Anna-Maria, eine ihr vertraute Stimme zu erkennen.

Unentwegt fragte sie sich, wer wohl alles in der Küche saß, währenddessen sie auf ihre Tochter starrte. Und warum, so hatte es für sie zumindest den Anschein, traf sich ein Haufen Kerle, deren Stimmen stets dieselben zu sein schienen, von denen sie eine zu kennen glaubte, ab und an dort unten? Warum sie immer unter das Dach musste, fragte sie sich. Ihre Neugierde wuchs ins Unermessliche, getrieben von Langeweile, der Monotonie ihres Daseins. Sie überwältigte schließlich die Vernunft.

Anna-Maria entledigte sich der Decke und des Mantels, kroch zur Luke des Dachbodens, öffnete sie ganz langsam, wollte sie doch jegliches Quietschen oder Knarren nach Möglichkeit vermeiden. Die Stimmen und Geräusche wurden lauter. Ein Duftschwall stieg ihr in die Nase, aus Tabakqualm, Essensgerüchen und Alkohol. Mit größter Vorsicht lehnte sie die Klappe an die Wand.

Die rechte Sohle trug noch nicht das ganze Gewicht, als sie in der Abwärtsbewegung innehielt. Ihre vordere Hälfte ließ einen kleinen Zwischenraum zur obersten Stufe der steilen Leiter, sekundenlang. Der Rock hatte sich irgendwo verfangen.

„Verflucht!"

Erschrocken von ihrer Äußerung, verharrte Anna-Maria regungslos, in der Hoffnung, dass sie nicht bis zur geselligen Runde vorgedrungen war. Die Sohle vollzog eine vorsichtige Aufwärtsbewegung, stand danach wieder fest auf einem Dielenbrett. Eine Hand tastete sich den Stoff entlang, bis sie den Übeltäter fasste. Nagel hieß er. Alt, krumm, dick, verrostet und auf der Lauer nach Röcken junger Weiber steckte er unmittelbar seitlich des Scharniers. Anna-Maria löste ihr Verhängnis, und abermals ging es mit der Sohle abwärts. Diesmal weiter. Die andere folgte. Der Geräuschpegel nahm zu.

„Komm, Agnes, noch einen!"

„Sauf nicht zu viel, wir haben heute Nacht noch einiges vor."

Lautes Gelächter. Die Anna-Maria offenbar bekannte Stimme begann, laut zu grölen:

„In Dauborn brennt man guten Schnaps.
Trinkst du zu viel, gibst ihr 'nen Klaps.
Doch ist es nicht die deine Maid,
haust besser ab, das ist gescheit."

Erneut lautes Lachen aus rauen Kehlen. Anna-Maria ging langsam in die Hocke und sah vorsichtig durch die Stäbe des erneuerten Treppengeländers nach unten in die Küche. Um Agnes und Gertrud saßen sieben Gesellen. Sie aßen, rauchten, soffen, rülpsten, zwei der Burschen fuchtelten mit Pistolen umher. Doch das war nicht das, was ihr überaus großes Unbehagen bereitete. Es war die Gestalt im weinroten Justaucorps. Anna-Maria hatte schon seit geraumer Zeit vermutet, dass die ihr bekannte Stimme zu Fromm gehörte. Auf der Stelle verharrend, beobachtete sie die Szenerie.

„Leg die Pistole hin, Ziegenpeter! Ich mag dieses Herumgefuchtele nicht. Trink lieber noch einen mit mir."

Agnes erhob eine halb leere Flasche mit Klarem. Lautes Gegröle aus allen Kehlen. Anna-Maria zuckte zusammen. Einer der Männer stand auf, war im Begriff, sich humpelnd der Haustür zu nähern. Ohne den Hauch einer Regung, stellte ihm Fromm, der am äußersten Ende der Eckbank saß, ein Bein. Der Mann fiel mit einem Aufschrei zu Boden. Wieder Brüllen, Johlen. „Der Blinzler fällt immer wie ein Sack Kartoffeln", schrie Balthasar Horn. Einige der Männer schlugen vor Vergnügen mit den Fäusten auf den Tisch. Ein Glas fiel herunter und zerbarst. Agnes hielt sich die Hand vor die Stirn.

Seit einem Vorfall vor etwa sechs Monaten, bei dem der Blinzler von der Polizei angeschossen worden war, hatte er ein gelähmtes Bein, was häufig zum Vergnügen der Eichelberger Bande beitrug. Besonders ihr Hauptmann hatte seine Freude mit dem Blinzler. Blinzelte er doch bei Späßen umso mehr, ein Tick, mit dem er seit seiner Kindheit allerlei Schabernack auf sich gezogen hatte. Und der Hauptmann war es immer, der dem Blinzler wieder auf die Beine verhalf, dem wichtigsten seiner Männer. War er es doch, der die Botschaften der gezinkten Pfosten, Pfähle, Bäume weitertrug. Die Hilfe des Hauptmanns kannten alle nur zu gut, auch Agnes und Gertrud. Die beiden Frauen wussten, dass der Dauborner nicht unbedingt die Zielgenauigkeit von Pistolen erhöhte, sodass sie sich vorsichtshalber erhoben, um sich in eine Ecke der Küche zurückzuziehen.

Fromm holte zwei Pistolen hervor, stand auf, richtete die eine auf den Mann am Boden, der gerade dabei war, sich an einem Stuhl hochzuziehen, und schoss. Pulverdampf mischte sich nach dem fürchterlichen Knall mit all den Gerüchen in der Küche. Der Blinzler fuhr zusammen, Anna-Maria, Agnes und Gertrud ebenso, als das Geschoss neben ihm auf dem Steinboden aufschlug. Die Bande grölte. Allen voran ihr Hauptmann Hans-Peter Fromm.

Fromm trat neben den Blinzler, schleuderte den Stuhl mit einem kräftigen Tritt durch die Küche. In dem Augenblick, als der Blinzler wieder zu Boden sackte, schoss Fromm mit der anderen Pistole. Ein weiterer Steinsplitter flog aus dem Boden, hinterließ ein kleines Loch, eines von vielen. Die Lautstärke in der Küche schwoll neuerlich an. „Hör endlich mit dem Unfug auf!“, brüllte der Blinzler.

„Hans-Peter, es reicht!“

„Schon gut, liebste Agnes.“

Fromm steckte die Pistolen weg und beugte sich als durchaus verantwortungsbewusster Anführer hinunter zu seinem verstimmten Bandenmitglied. Er reichte ihm die Hand.

„Komm, Blinzler, du verstehst doch meinen Spaß.“

„Ja, schon gut. Doch ich werde mich nie an diese Art von Späßen gewöhnen.“

„Das sollst du auch nicht. Wo bliebe dann der Spaß?“

Fromm zog den Blinzler auf die Beine, und sie setzten sich wieder.

„Noch einen Klaren, die Herren?“

„Nein, Agnes, es reicht. Wir müssen bald los“, entgegnete Fromm.

„Ich nehme noch einen."

Agnes goss mit Schwung ein. Das Glas lief über.

„Na dann zum Wohle, liebe Schwester!"

Draußen war es bereits stockfinster, es regnete unentwegt. Die Geräusche in der Küche wurden leiser. Anspannung machte sich breit. Fromm dachte darüber nach, wie sie die Sache diesmal in Angriff nehmen sollten. Seine Augen schweiften nachdenklich im Raum umher.

Er schaute zum Blinzler, dieser grimmig zu ihm, er sah auf die stehenden und liegenden Flaschen, manche voll, andere fast geleert. Er starrte eine ganze Weile auf das Fenster, auf die Tropfen, die an ihm klebten, dann auf die Kerzen auf dem Tisch, die Öllampe an der Wand, deren Licht in den Tropfen glitzerte, er betrachtete das geflickte Geländer der alten Treppe, er dachte kurz darüber nach, wer es wohl gerichtet hatte, sein Blick wandte sich wieder zur Öllampe, die er für mehrere Sekunden fixierte. Er blickte zurück zur Treppe.

Anna-Maria wich zurück, hastete hinauf. In der Küche war es noch laut genug, um die eiligen Schritte zu übertönen. Fromm blickte noch immer zur Treppe. Ein breites Grinsen begann, sein Gesicht zu überziehen.

„Meine liebste Anna-Maria, du kleines Miststück!"

Gertrud hatte Fromm beobachtet, las in seiner Mimik, was geschehen war. Sie schwieg, genoss das Gelesene, spürte die nahende, lang ersehnte Befreiung.

„Sagtest du gerade etwas, Hans-Peter?"

„Nein, Agnes."

„Ich dachte."

„Weißt du, liebste Agnes, ich bewundere dich für deinen Mut, uns so oft Unterschlupf zu gewähren. Auch deine Redlichkeit gegenüber Kunden und mir schätze ich wohl. Ach Agnes, was wären all die Menschen ohne deine aufrichtige Gesinnung, deine Verschwiegenheit!"

„Hans-Peter, schmeichle mir nicht. Das alles ist doch selbstverständlich, so großzügig, wie du immer bist."

„Ja, Agnes, so ist es offenbar. Vor allem deine Verschwiegenheit. Männer, wir brechen auf!“

Die Bande begab sich zu den Pferden. Fromm blieb in der Tür kurz stehen, drehte sich um zu Agnes, die noch am Tisch saß.

„Lügen haben kurze Beine, je älter, desto kürzer. Ja, liebste Agnes, desto kürzer. Wir sehen uns. Ich denke, recht bald.“

Agnes wunderte sich über Fromms merkwürdiges Gerede, als er die Tür von außen mehr als heftig zuzog. Anna-Maria kniete vor der verschlossenen Dachluke.

„Er hat mich gesehen.“

Unentwegt fuhr sie sich mit den Händen durch das Haar. Schritte waren zu hören. Sie kamen näher. Stummelschwänzchen hatte wieder Streit mit Hans-Peter.

„Anna-Maria, du kannst herunterkommen. Sie sind weg.“

Die Stimme von Agnes trug ein wenig zu Anna-Marias Beruhigung bei.

In der Küche, es war etwa zehn Uhr dreißig, saßen Agnes und Gertrud beisammen, kippten noch ein Glas vom edlen Brand, aßen den Rest vom Käse und Brot.

„Da bist du ja, mein Kind. Wie geht es denn der Kleinen?“

„Sie schläft noch immer, Agnes.“

Agnes stand auf, ging zu Anna-Maria und sah nach dem Kind. „Ach, du Kleines. Du süßes Ding. Morgen wirst du wieder kreischen.“

„Es war recht laut. Zwei Schüsse hörte ich. Was ist geschehen?“

„Ach nichts. Nur wieder ein paar Bauernburschen aus der Gegend. Du weißt doch, dass sie hin und wieder bei mir zu einer Runde einkehren. Ist doch näher und bequemer, als bei diesem Wetter bis nach Idstein zu ziehen. Der Klare macht eben fröhlich. Die Schüsse fielen des Vergnügens wegen.“

„Aber warum muss ich immer nach oben verschwinden? Bereits das sechste Mal.“

„Anna-Maria, was denkst du? Eine Horde gedaubornerter Kerle und ein junges hübsches Frauenzimmer im Haus. Wer weiß, was da alles geschehen kann. Und jetzt mit dem Kind. Was sollen diese Kerle denn denken?"

Gertrud hörte stillschweigend zu.

„Nun geh in deine Stube, es ist schon spät."

„Ja, du hast recht, spät ist es."

Anna-Maria ging nach oben, die Kette unterm Rock.

Sie lag auf dem Bett, dachte darüber nach, still und heimlich in der Nacht zu verschwinden. Aber wohin, mit dem Kind, das gerade aufwachte, zu quäken begann? Sie wusste keinen Rat, aber Fromm würde kommen. Anna-Maria stierte an die Decke mit den Holzbalken. Brandgeruch zog in den Raum. Das Kind wurde lauter. Anna-Maria setze sich auf, nahm es zur Brust.

Bilder einer besseren Zeit gingen ihr durch den Kopf. Sie dachte an Hans-Georg, dessen Tochter an ihr saugte, sie leicht biss, an den Tag vor etwas mehr als eineinhalb Jahren, an dem sie ihre Dienste im Idsteiner Anwesen angetreten hatte. Neunzehn war sie gerade geworden. Schon nach ihrem ersten gemeinsamen Abend mit Hans-Georg wollte sie mehr. Weitaus mehr. Sie wollte in den prächtigsten Roben elegant durch das Anwesen, durch die Stadt, durch die Welt spazieren, edle Parfüms auf ihrer Haut zerstäuben, feinste Speisen genießen, in mondänen Kutschen, gezogen von den edelsten Rössern, zu gesellschaftlichen Anlässen gefahren, von Hans-Georg auserwählt werden, all dieser Dinge wegen.

Johanna war gesättigt wieder in den Schlaf gefallen. Anna-Maria blickte auf die Kette, die sie unter ihrem Rock hervorgezogen hatte, legte den Schmuck um den Hals. Ihre Finger spielten unentwegt an den Applikationen. Immer wieder, während sie nachdachte. Auch darüber, wie oft sie am Morgen winzigste Dosen in Elisabeths Tee gegeben hatte. Das geruch- und geschmacklose Arsenik war reichlich im Idsteiner Anwesen vorhanden. Ratten waren mehrfach gesehen worden. Nach einer Weile schlief sie neben Johanna ein. Brandgeruch war das Letzte, was sie wahrnahm.

Gegen neun Uhr am nächsten Morgen, es war der 18. November 1778, betrat Fromm die Amtsstube der Idsteiner

Polizei. Hans-Georg saß im blauen Rock am Schreibtisch. Er war in Schriftverkehr vertieft, als er Fromm bemerkte.

„Einen guten Morgen, lieber Fromm."

„Den wünsche ich auch."

„Wo warst du wieder einmal die halbe Nacht? Ich habe auch noch zu sehr später Stunde keinen Lichtschimmer in deinem Fenster erblickt. Es ist mir aufgefallen, da ich keinen Schlaf fand. Nun, es ist ja auch gleich. Es steht mir ohnehin nicht zu, dich über deine freie Zeit zu befragen."

„Vielleicht ist es in diesem Fall sogar recht angemessen, mich zu befragen. Um nicht zu sagen sehr sinnvoll."

Hans-Georg verstand nicht, was Fromm damit meinte, schaute ihn erstaunt an.

„Nun gut, Fromm. Wo warst du also?"

„Bei Agnes."

„Was trieb dich dorthin?"

„Ich hatte nach getaner Arbeit, holte ich doch einige Kisten Ihres begehrten Weines aus Wiesbaden, erneut dieses merkwürdige Gefühl im Gedärm und einen recht unangenehmen Schwindel, sodass ich wieder einmal Linderung bei Agnes suchte, gegen Abend zu ihr nach Lenzhahn ritt. Es wurde spät, wie immer bei Agnes, holt sie doch stets den Brand hervor."

„Ja, der Wein. Ich habe die Kisten gesehen. Dir sei gedankt. Geht es nun besser mit Gedärm und Schwindel?"

„Ja. Es ist überhaupt in den letzten Monaten besser geworden."

„Wie? Plagen dich solche Zustände schon lange?"

„Ja, seit über einem Jahr."

Er konnte nicht wissen, wie sehr das Hausmädchen ihn hasste.

„Aber was ist denn nun bei Agnes vorgefallen? Warum ist es so sinnvoll, dich nach deinem abendlichen Verbleib zu befragen?"

„Ich habe Anna-Maria gesehen."

„Was sagtest du soeben? Anna-Maria? Sagtest du das tatsächlich?"

„Ja, sie saß auf der Treppe und beobachtete mich offenbar, als ich in Agnes' Küche weilte. In dem Augenblick, da ich sie entdeckte, lief sie hastig hinauf."

Hans-Georg stand auf, lief in der Stube hin und her.

„Das darf doch nicht wahr sein!"

Dann brüllte er.

„Hast du Agnes zur Rede gestellt? Bin ich von Idioten, Wahnsinnigen und Verrätern umgeben?"

„Nein, ich wollte nicht voreilig und eigenmächtig ohne Ihre Anweisungen handeln."

„Wir handeln sofort. Das gottverdammte Weib muss weg! Sie würde mir aufs Fürchterlichste schaden. Und wenn sie bei den Weibern haust, hat sie vermutlich mit Agnes' Beistand das Kind zur Welt gebracht. Hast du etwas von einem Kind bemerkt?"

„Nein, ich bin ihr nicht nachgegangen."

„Nun gut, Fromm."

Hans-Georg setzte sich wieder, tief ausatmend.

„Du erledigst das, Fromm. Wie, das überlasse ich dir. Wenn es in Agnes' Haus ein Kind gibt, erledigst du das auch. Du weißt, ich werde mich erkenntlich zeigen. Keiner darf sie finden!"

Fromm nickte, war zufrieden, auch mit sich selbst, der Zurückhaltung am Abend wegen. Er setzte seinen Dreispitz auf, ging zur Tür.

„Ach, Fromm! Da wäre noch etwas. Anna-Maria hatte mir damals eine Kette entwendet. Eine auffallende goldene Kette mit Applikationen aus dunkelblauen und hellen, glasklaren Edelsteinen. Bringe sie mir mit, sofern die Alten sie noch nicht zu Barem gemacht haben."

Fromm drehte sich nicht um, er nickte wieder und verschwand, wobei er darüber nachdachte, was Applikationen sein mochten. Hans-Georg blickte noch einige Sekunden zur Tür.

„Wenn er sie nicht zu Barem gemacht hat."

Fromm war kaum aus der Tür entwichen, als ein Gefreiter außer Atem die Stube betrat.

„Herr Oberst, die Eichelberger Bande hat gestern Abend die Dammmühle bei Wehen überfallen. Ein junger Bursche hat es mir gerade berichtet. Schüsse seien gefallen."

„Wo ist der Bursche?"

„Er wartet draußen vor der Tür."

„Dann bringt ihn gefälligst herein!"

„Jawohl, Herr Oberst!"

Als der Gefreite wenige Minuten später zurück in die Stube kam, zuckte er mit den Schultern.

„Der Bursche ist fort."

Hans-Georgs Gesicht zeigte eine gewisse Röte, als er mit der rechten Faust brachial auf seinen Schreibtisch einschlug. Schreibutensilien hüpften.

„Ich bin tatsächlich von Idioten, Wahnsinnigen, Verrätern umgeben! Raus, sofort raus und nach dem Burschen suchen! Mit drei, vier Mann. Sofort!"

Der Nachmittag war bereits fortgeschritten, Agnes in der Küche mit allerlei Dingen befasst. Gertrud saß am Küchentisch, vertieft in eine Handarbeit. Es regnete. Ein Stockwerk höher hatte Anna-Maria die kleine Johanna auf ein Leinentuch gelegt, befreite sie von Exkrementen, daneben lag die Kette. Johanna schlief. Mit den kleinen Säckchen war das Zusammenleben für Mutter und Kind einfacher geworden.

Es schien fast wie ein häusliches Idyll, wären da nicht Anna-Marias Gedanken an Fromm und Gertruds Vorfreude gewesen. Auch zwei Reiter, die sich dem Haus näherten, passten nicht zu einem Idyll. Agnes sah sie durch das Küchenfenster kommen. Anna-Maria betrachtete die Kette. Schon längst hätte sie in das Versteck gemusst.

„Anna-Maria! Hörst du? Gehe rasch nach oben unters Dach. Schnell, beeile dich!"

Anna-Maria wickelte Johanna eilig in das Leinentuch, stopfte die Kette hinein, eilte nach unten.

„Was machst du hier? Bist du von allen guten Geistern verlassen? Eile flugs unters Dach!"

Anna-Maria verschwand in der Stube nebenan. Agnes folgte ihr.

„Kind, was treibst du? Bist du von Sinnen?“

Agnes’ spröde Gefäße waren fast an der Grenze ihrer Belastbarkeit, der Druck ihres Blutes stieg ins Unendliche. Gertrud saß gelassen bei ihrer Handarbeit. Anna-Maria öffnete das Fenster der Stube, kletterte auf die schmale Fensterbank und sprang.

„Komm sofort zurück! Hast du gehört?“

Anna-Maria lief zu einer Gruppe kleiner Bäume mit dichtem Unterholz nahe dem Haus. Dort kauerte sie nieder. Agnes sah ihr nach.

„Um Gottes willen!“

Es klopfte dreimal.

„Gertrud! Anna-Maria ist mit dem Kind aus dem Fenster gesprungen und fortgelaufen.“

Gertrud ließ ihre Handarbeit fallen. Das gefiel ihr nicht. Erneut klopfte es, etwas stärker, einmal mehr.

Bum, bum, bum, bum.

Agnes öffnete.

„Hans-Peter. Ach, mein lieber Hans-Peter. Was für eine Überraschung! Du heute hier, so unerwartet mit dem Heinrich? Kommt herein, lasst euch umarmen!“

Fromm und Wenzel betraten die Küche. Agnes umarmte Fromm, der seinerseits einen Arm um Agnes legte.

„Lügen haben kurze Beine, je älter, desto kürzer. Steht dir deshalb der Schweiß auf der Stirn?“

Agnes sank nach den gehauchten Worten und einem leisen Knacken mit weit aufgerissenen Augen nahezu geräuschlos an Fromm hinunter auf die Steine. Erst dort angekommen, nahm man ein Geräusch wahr.

Bum.

Wenzel hatte die Tür hinter sich zugeschlagen. Gertruds alter Körper schien fast von der Bank zu springen, eilte ebenfalls in die Stube zum Fenster. Sie hatte es erreicht, als Wenzels stumpfes Messer in den Rücken drang. Ein Schrei. Wenzel drehte die Schneide im Fleisch. Einmal, zweimal, dreimal. Blut quoll aus dem alten Rücken, drang durch die Kleidung. Der Fleck wurde größer. Gertruds Augäpfel glotzten von Röcheln begleitet aus dem Fenster in die Ferne, dann wurde sie stiller.

„Lass die Dreherei! Die Alte verreckt auch so. Wir müssen nach den beiden anderen sehen."

Wenzel drehte das Messer noch einmal, was Fromm dazu bewog, den Zeigefinger zu heben. Dann zog Wenzel es heraus. Der Körper sackte hinab. In großer Eile durchsuchten die beiden das Haus.

„Sie ist nicht hier, Fromm. Vielleicht hat sie sich schon gestern Abend, in der Nacht oder heute in der Früh davongestohlen."

„Das glaube ich nicht, Freund. Oben in der Stube fand ich frischen Kinderschiss am Tuche. Beeilen wir uns."

Fromm und Wenzel begaben sich nach draußen, bestiegen die Pferde im strömenden Regen. Anna-Maria rannte derweil hinunter nach Lenzhahn, wo sie auf Menschen zu treffen hoffte. Ein Gedanke, den sie zu ihrem Verhängnis mit Fromm teilte. Sie erreichte das Dorf, lief durch die Ortsstraße. Nirgendwo ein Mensch. Doch dann: Eine Gestalt hastete über die Straße. Als sie Anna-Maria erblickte, verschwand sie zügig hinter einem Tor, das laut zufiel. Anna-Maria eilte dorthin. Das Tor wurde mit scharrendem Geräusch verriegelt. Sie klopfte daran. Einmal, zweimal, dreimal. Immer fester. Ihre Hand schmerzte. Doch vergeblich.

„Ist da wer, ist irgendwo jemand?"

Ein Fenster wurde geschlossen, ein Hund unter Jaulen ergriffen, in einen Hof gezerrt. Wieder schloss sich ein Tor.

„Ist da einer?"

Anna-Maria sah sich verzweifelt um. Nirgendwo war ein Mensch. Niemand wollte irgendwer sein. Sie verließ die stille Straße, deren Menschen. Ohne Ziel eilte sie davon.

Es vergingen Minuten.

„Fromm, dort oben ist sie!"

„Ich weiß."

Liebesleid

Lindt hatte seinen Ochsen zwischen die Karrenbäume gespannt und machte sich neben dem Wagen herschreitend auf den Weg nach Idstein. Beharrlich rieselten unter Prietz Reste von Holzkohlen vergangener Transporte aus dem Weidengeflecht herab, womit das Leitergestell ausgekleidet war. Prietz war noch immer stumm. Rund sieben Kilometer hatten sie vor sich.

Bei Oberseelbach bog Lindts Wagen in die Landstraße ein, die nach Idstein führte. Von nun an war er Teil eines gesellschaftlichen Ereignisses, größer, gewaltiger, unvorstellbarer als all diejenigen von Adel, Bürgertum und Klerus zusammengenommen. Es war von einer Dimension, die nur von den Armeen der Plünderer und Requirierer dann und wann übertroffen wurde, was die Zahl der Teilnehmer betraf. Und doch war es nur ein alltägliches Ereignis und die Gesellschaft fern derjenigen der prunkvollen Feste, Konzerte, Schauspiele, Empfänge. Sie bestand aus der gewaltigen Schar von Kohlenfahrern. In langer Reihe kamen sie Lindt entgegen, folgten sie ihm. Kohlenfahrer und Köhler wie er. Es wäre abwegig gewesen, die Gespanne zählen, ihre Anzahl auch nur schätzen zu wollen. Einspänner, Zweispänner, Leiterwagen, Kastenwagen, Pferde, Ochsen, Wagen mit Vorspann, gar Handwagen bildeten eine lebendige Kette vom einen zum anderen Horizont. Alles, was im Taunus transportieren, ziehen konnte, war augenscheinlich unterwegs. Die Straße war schwarz vom Kohlenstaub, der feucht an Rädern, Hufen und Sohlen klebte. Über allem zog der beißende Rauch.

Einige der Leute kannte er. „Sei gegrüßt, Lindt!“, rief ihm eine der unzähligen Gestalten zu. Es war Niklas Mühl aus Dasbach. Lindt grüßte zurück, hob einen Arm. Die meisten Männer schwiegen, gingen mit ernsten, fast vergrämten Gesichtern, geplagt von täglichen Qualen, von Kälte, vom Regen, neben ihren Wagen mit wertvoller Ladung her. Viele von ihnen wussten nicht, ob sie am nächsten Tag etwas auf dem Tisch haben würden.

Die Kolonne kam zum Stehen, aufgeregte Stimmen waren zu hören. Lindt trat zur Seite, sah das Malheur. Ein zweispänniger Leiterwagen war umgestürzt, ein Ochse im Schlamm eingesackt und weggerutscht, sodass der Wagen aus dem Gleichgewicht gekommen war. Männer liefen zur Unfallstelle, lautes Palaver begann. Weitere Gestalten eilten mit Schaufeln hinzu. Ihr Eifer galt weniger einer Bergung der wertvollen Ladung des Konkurrenten als vielmehr der Absicht, das Hindernis so rasch wie möglich zu beseitigen.

Zu den Stimmen der Männer gesellte sich tierisches Brüllen, das nach einiger Zeit verstummte. Da sich nach Lindts Meinung genügend hilfreiche Hände um das Hindernis bemühten, sah er nach Prietz. Er atmete, das war für Lindt einzig von Bedeutung. An den Stimmen bemerkte er, dass es weiterzugehen schien.

Mit einem Ruck zog sein Ochse den Wagen an. Lindt erreichte die Unfallstelle. Der Leiterwagen lag immer noch auf der Seite, man hatte ihn lediglich Richtung Straßenrand verfrachtet. Daneben saß sein Eigentümer, schaute wortlos zu Boden. Um ihn herum war die schwarze Fracht verteilt. Den gestrauchelten Ochsen hatte man mit schweren Gegenständen erschlagen, der andere stand auf einem verwahrlosten Acker, scharrte mit dem Huf im steinigen Grund.

„Geh weiter! Wir haben schon genug Zeit wegen des verfluchten Ochsen verloren."

Lindt war kurz stehen geblieben. Er hatte das Bedürfnis, den Mann neben dem Wagen anzusprechen, als die Stimme von hinten rief. Er ging nachdenklich des Weges. Einige Zeit später blickte er auf Dasbach hinunter, dachte an Charlotte und seinen Sohn. Aus der Entfernung sah er zur „Dasbacher Heide", dann zu seinem unweit davon gelegenen Hof, einem bescheidenen Eindachhof. Vor dem kleinen Gasthaus stand die schwarze Kalesche von Arenberg. Die Versuchung war groß, doch Prietz' Schweigen war größer, obwohl er ihn im Grunde genommen nicht mochte. Lindt freute sich auf den Rückweg, die Frau, den Sohn.

Gegen Mittag erreichte Lindt das Spital. Ein Wärter und eine Schwester halfen, den Verunglückten in den überfüllten Krankensaal zu tragen. Rechts und links lagen Sterbende in den Betten. Zwei Wärter kamen ihm mit einem Toten entgegen, trugen ihn aus dem Saal. Lindt war verstört, hatte er doch noch nie eine solche Räumlichkeit betreten. Sie legten Prietz auf das nächste freie, nicht ganz reine Bett in einer Reihe mitten im Raum.

„Ich hole den Arzt“, sagte die Schwester und verschwand. Lindt sah sich um. Er beobachtete die Labung eines halbnackten Bettlers mit Krückstock. Aus den Türluken der sechs Einzelzellen für gemeingefährliche Geisteskranke glotzten Irre hervor, schrien, sabberten. Die entsetzlichen Schreie eines Mannes krallten sich in sein Ohr, dem man im Begriff war, ein Bein zu amputieren. Lindt hielt sich die Ohren zu. Am liebsten hätte er auch noch seine Augenlider geschlossen, rutschten doch Dahinsiechende auf dem Boden herum, schnappten nach Brot, das eine Schwester verteilte. Schlechten Geruch war er gewohnt, sonst hätte er sich wohl auch noch die Nase zugehalten. Der ganze Raum stank nach Erbrochenem, Blut, Kot, Urin, Fäulnis, Verderben.

Eine beleibte Person, über deren grauer Weste eine lange Schürze aus Leder spannte, trat neben Lindt. Blut haftete an der Schürze, frisches und braunes.

„Guten Tag. Darf ich stören? Ich bin der zuständige Arzt.“

Es handelte sich um den städtischen Wundarzt Doktor Jakob Ritzmann, der trotz seiner einundsechzig Jahre ein rechter Stümper geblieben war. Niemand wagte, es zu sagen, aber alle dachten und flüsterten es hinter vorgehaltener Hand. Allen voran die Schwestern und Wärter. Mit einem Blick erkannte er natürlich, wen er da als Patienten, wen er in der Person von Lindt vor sich hatte. Dann musterte er Lindt. Sein Blick wanderte von unten nach oben, wobei er sich mehrfach kräftig räusperte, ein Taschentusch aus seiner Hosentasche zog und mit diesem demonstrativ vor seiner Nase wedelte.

„Köhler seid ihr offenbar, beschmutzt von Kohle und von Dreck, wie ich sehe. Und der hier hat sein Handwerk sichtlich falsch verstanden. Wollte er sich selbst verkohlen?“

Ritzmann deutete mit dem Zeigefinger auf Prietz.

„Die Wunden des Verbrennens sehen nicht gut aus. Gewiss nicht."

Lindt hatte fette, verfilzte Locken, war von Brandnarben übersät, seine Kleidung war zweifelsohne in höchstem Maße verdreckt, ebenso sein Körper. Doch er war nicht dumm, nicht einfältig. Wut überkam ihn. Zum ersten Mal empfand er ein freundschaftliches Gefühl für Prietz. Sein Puls kam in Fahrt. Der Doktor beugte sich hinunter.

„Er lebt. Hat er Angehörige, oder muss man ihn im Falle eines Falles auf städtische Kosten verscharren?"

„Ich weiß nicht, ob es da jemanden gibt."

Lindts Puls beschleunigte sich ein weiteres Mal, obendrein angefeuert von Schreien eines weiteren Amputationspatienten. Das Grauen im Saal, dessen Doktor, Reste von Alkohol, der umgestürzte Wagen, der schweigende Mann, das erschlagene Tier, das „Geh weiter!" tobten unter den fettigen Locken.

„Nun, wir könnten mit gemahlenem Samen des Bockshornklees versuchen, die Wunden zu besänftigen."

Der Doktor rief nach der Schwester. Sie möge ihm das Bockshornmehl mit Wasser zu einem Brei verkochen und auf mehrere Leinentücher verstreichen. „Der Brei wird die Wunden kühlen, seine Säfte in Einklang bringen."

Ritzmann war, wie noch die meisten seiner Kollegen, Vertreter der Vier-Säfte-Lehre, auch Humoralpathologie genannt. So wie sich der gesamte Kosmos aus den vier Elementen Feuer, Erde, Wasser und Luft zusammensetze, beruhe die Vitalität des Menschen auf der Wechselwirkung und dem richtigen Verhältnis von Schleim, Blut, gelber und schwarzer Galle, so glaubte er.

Lindts aufgewühltes, erhitztes Inneres, das den Kopf für Sprache sperrte, ließ lediglich ein „Aha" zu. Ritzmann stieß mit dem Zeigefinger gegen die Hüfte des Patienten, der sich auch dann nicht rührte, aber doch atmete.

„Dumm ist das, wenn man sich mangels Intelligenz als Köhler selbst verkohlt, nicht wahr? Wie ist denn das Missgeschick passiert? Wollte er das Ungeziefer in seiner Hose wegbrennen?"

Die Sperre fand ein jähes Ende.

„Sein Bein steckte fast bis zum Arsch im Meiler. Als wir vermuteten, es sei gar, zogen wir ihn heraus. Doch es schmeckte nicht, sodass wir dachten, den ganzen Mann zum Quacksalber nach Idstein zu bringen, damit der noch allerlei an seinem Leiden lernen, aus seinem Verderben Nutzen ziehen könnte."

Ritzmann geriet außer sich.

„Hinaus, sofort, du Dreckstück, Missgeburt eines Köhlers! Verschwinde, oder ich vergesse mich!"

Schwestern und Wärter schmunzelten, als sie den Doktor toben sahen, obgleich sie den Grund seines Ausbruchs nicht kannten.

„Ich melde dich der Polizei, du heruntergekommener Kerl!"

In höchstem Maße erregt, gestikulierte der Doktor mit dem Einsatz des ganzen Körpers. Dabei trat er einen Eimer um, sodass sich aus diesem nebst einem Schwall Blut diverse Knochenbruchstücke über den Fußboden ergossen. Lindt registrierte die Äußerungen des Studierten nicht mehr, rannte zum Ausgang.

Nie hatte er derart Böses erlebt, was ihn jedoch für künftige Ereignisse, ohne es zu wissen, von Grund auf schulte. Irgendetwas war mit ihm geschehen, mit ihm, dem Köhler und Bauern Friedrich Lindt. Hatte doch das Dreckstück, die Missgeburt, den Doktor, den Studierten, aufs Gründlichste getroffen, um nicht zu sagen beleidigt.

Der Nieselregen hatte aufgehört. Lindt setzte sich auf eine Steinbank neben dem Eingang zum Spital, raufte sich die fettigen Locken, dachte nach. Nun hatte er die günstige Gelegenheit, nach Frau und Kind zu sehen, doch er überlegte, ob es richtig war, Prietz zurückzulassen, den er nicht mochte, betreut vom tief getroffenen Humoralpathologen, um sich an familiären Freuden zu ergötzen.

Kutschen fuhren an ihm vorbei, gut gekleidete Damen und Herren gingen vorüber, verlotterte Gestalten schwatzten an einer Fassade gegenüber angelehnt, ein schwacher Sonnenstrahl erleuchtete seine Haarpracht, durch die er abermals mit den vernarbten Händen fuhr. Lindts Gedankengänge waren zwiespältig. Lediglich der Hunger, der ihn langsam überkam, ließ ihn zum vorläufigen Verbleib in der Stadt tendieren. Er kramte in den Taschen seiner Pantalons, förderte drei vergammelte Münzen ans Tageslicht, stand auf und entschloss, sich auf dem Wochenmarkt einen Kanten Brot zu kaufen. Seinen Ochsen mit dem Karren band er auf einem unweit gelegenen Platz an. Dort waren bereits zahlreiche Wagen versammelt.

Lindt schlenderte durch die Gassen, flankiert von schmucken Fassaden, in Richtung Markt. Er fühlte sich beobachtet, was er allerdings als Hirngespinst deutete. Immer mehr Menschen begegnetem ihm, je näher er dem Marktplatz kam. Die zunehmende Lautstärke der Marktschreier bekundete die Nähe des Ziels. Ein Krämerwagen, gezogen von Hunden, wäre ihm beinahe über die Füße gefahren. Er sprang gerade noch zur Seite.

An der nächsten Hausecke bahnte sich ein heftiger Streit an. Ein Hausierer war von zwei Wachleuten aufgegriffen worden. Das Hausieren war während des Wochenmarktes strikt verboten. Sowohl Einheimischen als auch Fremden, gleich ob Christen oder Juden. Und zwar so lange, bis der Markt durch Abzug der Wache samt Fahne und Spiel aufgehoben wurde. Die Wachleute wollten die Ware des Hausierers einziehen, wogegen er sich heftig mit Stimme und Gesten wehrte. Lindt ging weiter. Er wollte sich keineswegs mit leerem Magen in irgendwelche Streitigkeiten verwickelt sehen.

Als er die ersten Stände erreichte, kam ihm ein Schwall von Gerüchen entgegen. Es roch nach Vieh, altem Fleisch, Lumpen. Passanten stanken nach Schweiß, und über allem lag der Geruch von Brand. Lindt genoss die Düfte von Backwaren, Gewürzen, frischem Leder, Parfüms. Eine unüberschaubare Menschenmenge bewegte sich zwischen den Ständen, der Geräuschpegel schien für Lindt am oberen Ende angelangt. Fast alle eintausendsiebenhundert Einwohner der Stadt und viele Menschen mehr glaubte er versammelt. Und es waren tatsächlich sehr viele mehr. Sie kamen nicht nur aus der Umgebung, auch von weit her. Im Oktober 1795 trafen die Österreicher nach dem Sieg von Erzherzog Karl über den französischen General Jean-Baptiste Jourdan in der Schlacht von Handschuhsheim in der Stadt ein und nahmen Einquartierungen vor. Im ganzen Taunus lagen ihre Regimenter. Und so kam es, dass Lindt auch unbekannte Worte und Uniformen bemerkte. Die Personen, die ihm zuerst fremd, gar exotisch anmuteten, waren im Grunde genommen nicht anders als alle anderen. Denn sie feilschten, lachten, gestikulierten wild umher, als seien sie Nassauer.

Die Marktschreier überboten sich gegenseitig, Hühner gackerten, Hunde bellten, Rinder brüllten, Pferde wieherten. Alles, was für Lindt denkbar schien, wurde auf dem Markt feilgeboten: Manufakturwaren, Vieh, Felle, Pferdehaare, Schweineborsten, Federn, Fleisch, Wein, Gewürze, Lumpen, Altmetall, Tabak, auch Schmuck, Gold, Silber und Brot. Lindt stand vor dem Bäcker, sah auf die Ware.

„So wie du ausschaust, kannst du dir mein Brot nicht leisten, auch wenn du noch so lange darauf stierst", sprach der Bäcker.

„Man wird sehen, werter Meister."

Lindt griff in seine Hosentasche, holte die Münzen hervor, hielt sie seinem Gegenüber mit gestrecktem Arm auf der Handfläche entgegen. Er war im Begriff, etwas zu sagen, als eine andere Hand in Windeseile zuschnappte. Weg waren sie, die Münzen. Zugleich spürte Lindt einen Schlag gegen seine rechte Hüfte, was ihn veranlasste, reflexartig dorthin zu sehen. Er erkannte noch, wie eine jugendlich wirkende Gestalt in der Masse entwischte. Und er wusste, dass es sinnlos gewesen wäre, die Verfolgung aufzunehmen. Umso bekannter erschien ihm ein Gesicht, das er für eine Sekunde erblickte. Es verschwand ebenso in der Menge. Wieder hatte er das merkwürdige Empfinden, dass ihn jemand im Auge behielt.

„Ihr Drecksdiebe!"

Doch nachjagen wollte der Bäcker niemandem, bangte er doch um sein Brot. Zudem war er nicht mehr der Jüngste, was eine Verfolgung von vornherein hätte scheitern lassen. „Man wird nun nicht mehr sehen", sagte Lindt verärgert, ungehalten über sich und seine Dummheit. Wusste er doch, dass man auf dem Wochenmarkt kein Geld offen auf die Hand legen sollte. Diebe, Kinder und Heranwachsende aus bitterarmen Familien beobachteten jeden und alles im Menschengewühl.

„Deinem Äußeren nach bist du Köhler, nicht wahr?"

„Ja, hin und wieder."

„Woher kommst du?"

„Aus Dasbach", antwortete Lindt lautstark, um den Marktschreier wenige Meter neben ihm zu übertönen, der nach einer Pause wieder seiner Arbeit nachging.

„Dort gibt es doch die ‚Dasbacher Heide', das kleine Gasthaus mit dem vorzüglichen Schnaps. Ich kam vor zwei Wochen aus Wiesbaden, hatte etwas mit der Finanzobrigkeit zu klären, war aber nicht der Rede wert. Dabei nahm ich die Gelegenheit beim Schopfe, im Gasthaus zu pausieren, zudem zog ein eisiger Hagelsturm auf. Ein guter Schnaps, reichlich vom feinsten Schinken wurde mir von der Wirtin, einer hübschen jungen Frau, gereicht. Dazu Brot, so köstlich, als wäre es meines gewesen. Ein wohlgekleideter Herr im dunkelblauen Frack saß in Begleitung eines Kerls in recht altbackenem Rock am Nebentisch. Er übernahm meine Zeche. Gute Erinnerungen sind das an Dasbach. Die Wirtin und der feine Herr schienen sich recht gut zu kennen."

„Die hübsche junge Frau ist die meinige, kümmert sich um Gasthaus und Kind, während ich mich um Feld, Ochsen und Kohle bemühe."

„Was du nicht sagst! Die Welt scheint klein, viel kleiner, als ich dachte. Ich will es kaum glauben. Komm, du solltest dir einen Kanten Brot mitnehmen. Ach was, hier, nimm es ganz!"

Der Bäcker legte das Messer wieder beiseite.

„Wie meintet Ihr das: ‚recht gut kennen'?"

„Ich weiß es nicht genau, aber als ich die beiden so von meinem Tisch aus beobachtete, kam mir das Gefühl. Nur so. Sie setzte sich an den Tisch und redete ausschließlich mit dem Herrn im Frack. Dabei sah sie ihn nicht an wie eine Wirtin, sagte mir mein Gefühl. Aber was sagt schon mein Gefühl, dachte ich doch erst, du seiest ein übler Bursche."

„Aha, dachtet Ihr. Nun, habt Dank. Vielleicht sieht man sich. Womöglich in der ‚Dasbacher Heide'."

Lindt nahm das Brot unter den Arm, ging weiter. Da die Sonne stärker durch die Wolken brach, sah er sich noch eine Weile zwischen den Händlern um. Dabei vergaß er völlig die Zeit. Drei Stunden verbrachte er im bunten Treiben, sprach mit Händlern, bestaunte die Waren. Beim Stand des Fleischers dachte er an Prietz.

„Ich muss zurück."

Lindt kehrte um.

Als er den Markt verlassen hatte, beschleunigte sich sein Schritt. Edle Herren mit Damen unter Sonnenschirmen flanierten an ihm vorbei. Einige der Herren blickten Lindt des Brotes wegen, von dem er Stücke im Gehen abriss und aß, abfällig an. Einige der Damen blickten ihm unauffällig nach. Er glaubte, wieder beobachtet zu werden.

Vor dem Eingang des Spitals blieb er stehen. Er fand nicht den Mut, hineinzugehen. Eine weiß gekleidete Schwester mittleren Alters mit einem Korb voller schmutziger Wäsche erschien im Eingang, ging an Lindt vorbei.

„Entschuldigen Sie, liebe Schwester, dass ich Sie auf der Straße anspreche, aber ich wollte mich nach dem Befinden eines Bekannten erkundigen. Ich habe ihn gegen Mittag mit Verbrennungen am Bein ins Spital gebracht."

Die Schwester blieb stehen.

„Ja, guter Mann. Ich glaube zu wissen, wen Ihr meint. Ihr könnt hineingehen."

„Nein, lieber nicht."

„Warum nicht?"

„Ich habe meine Gründe."

„Ach, dann wart Ihr es vermutlich, der den Doktor heute so aufbrachte."

Sie stellte den Korb ab.

„Zugegebenermaßen ja."

„Ihr wisst ja gar nicht, wie gut das allen tat. Der alte Knochen hatte so etwas endlich einmal verdient. Passt auf: Damit Ihr Euch nicht noch länger den hübschen Lockenkopf zerbrechen müsst, werde ich mich nach Eurem Freund umsehen und berichten. Ich bringe noch die Wäsche fort, Ihr wartet hier."

Lindt nickte, wartete.

Wieder ging die Schwester an ihm vorbei, freundlich lächelnd mit leerem Korb, und verschwand im Spital. Es verging eine halbe Stunde, eine weitere, eine dritte folgte, derweil Lindt das ganze Brot auf der Steinbank wartend verspeiste. Es war bereits gegen achtzehn Uhr dreißig, als die Schwester aus dem Spital kam. Rote Flecken zierten ihre schlichte Kleidung. Lindt stand auf, schüttelte Krümel ab.

„Ihr müsst das lange Warten entschuldigen. Ich musste dem Doktor bei zwei Idioten, die nicht zu beruhigen waren, und bei einer schwierigen Wunde zur Hand gehen."

„Schon gut. Was ist mit meinem Bekannten?"

„Man hat ihn auf ein Bett an der Wand gelegt. Er lebt. Umschläge aus Leinentüchern mit dem Brei des Bockshornklees hat er erhalten. Über sein Befinden kann ich nichts sagen, der Doktor war in viel zu großer Eile, als dass ich ihn hätte auf diesen Fall hin ansprechen können. Es tut mir leid, aber mehr kann ich nicht berichten."

„Dass er lebt, ist die Hauptsache. Die Umschläge werden schon helfen."

„Werdet Ihr verfolgt?"

„Bitte?"

„Ja, ich frage mich, ob Euch jemand hinterherspioniert."

„Wie kommen Sie darauf?"

„Ich sah soeben das Gesicht eines jungen Mädchens dort hinten neben dem alten Baum hervorschauen. Es beobachtete uns. Jetzt ist es wieder verschwunden."

„Einen Moment, liebe Schwester."

Lindt lief zum Baum. Niemand war zu sehen.

„Da war nichts."

„Doch, ich habe es genau gesehen. Vermutlich wird uns jemand aus Langeweile, aus jugendlicher Neugier beobachtet haben."

Lindt fand es merkwürdig, passte die Schilderung der Schwester doch zu seinem Empfinden.

„Liebe Schwester, ich verabschiede mich und werde morgen wieder hierher kommen. Vielleicht gibt es dann Besseres zu berichten. Habt Dank für die Mühe."

„Es war mir ein Vergnügen."

Nachdem er die Stadt verlassen hatte, reihte er sich wieder in die Kolonne der Kohlenwagen ein. Es waren zu dieser Tageszeit, gegen neunzehn Uhr dreißig, deutlich weniger Fuhren unterwegs. Er musste wieder an Prietz und den Doktor denken. Der Gedanke, der Alte könnte vielleicht seinen Zorn an ihm auslassen, beunruhigte ihn. Diese Vorstellung wich jedoch mit jedem Meter, den er Dasbach näher kam, der Freude über das baldige Wiedersehen mit Frau und Kind. Der Himmel zog sich stärker zu. Kühler Wind kam auf. Prietz starb noch am Abend.

Er bemerkte sie später als alle anderen. Über ein großes Feld trabten hundertzwanzig Wesen heran. Sie schienen aus einer anderen Welt zu kommen. Unter ihnen Reiter mit Helm und Reiter mit entstellten Köpfen. Hinter den Rücken der nahenden Gestalten hatten ihre Rösser gewaltige Buckel und enorme Wülste zu ihren Flanken, die mit den Tieren zu gespenstischen Silhouetten verschmolzen. Es waren Linien-Dragoner, darunter vier Offiziere, eine berittene Vorhut der französischen Sambre-Maas-Armee, die unter General Jourdan von der Lahn erneut in den Taunus vordringen sollte. Sie hatten unbemerkt über den Rhein gesetzt. Die Buckel und Wülste erwiesen sich als Futternetze, prall gefüllt mit Heu. Die Wagen hielten an.

Lindt hörte französische Worte, die er nicht verstand, sie muteten ihm aber wie Befehle an. Der erste Dragoner ritt an ihm vorbei. Sein grüner Rock mit rotem Futterzeug war ausgeblichen, der Kragen zerschlissen, Weste und Hose, blassgelb, waren von Löchern übersät, völlig verdreckt, Knöpfe des Rockes abgerissen. Die nächsten Dragoner folgten unmittelbar, dann fast die ganze Schwadron. Einige Reiter hatten braune, andere rote Hosen, deren verblichene, vielfach mit Flecken, Rissen und Löchern übersäte Stoffe aus Beutezügen stammten. Lindt nahm bei einigen von ihnen einen abscheulichen Geruch wahr, der selbst den allgegenwärtigen Geruch des Brandes überdeckte. Es stank nach eitriger Satteldrücke.

Ein paar Reiter blieben zurück, hinderten die Wagen an der Weiterfahrt. Die an Lindt vorbeiritten, musterten ihn und seinen Wagen von oben herab. Ein unrasierter, tief gebräunter Dragoner, den Oberlippenbart gezwirbelt, sah ihn besonders genau an, deutete mit dem Zeigefinger auf seine Hose.

„Très bien."

Lindt verstand nicht, was er sagte, grinste freundlich zurück. Er war zwar schon drei Jahre zuvor französischen Soldaten begegnet, Dragoner kannte er jedoch nicht. Die Uniformen gefielen ihm, trotz ihres heruntergekommenen Zustandes. Vor allem der Helm mit tief abgesenktem Augenschirm, über dem ein Busch schwarzer Rosshaare lang hinter dem Kopf hinunterfiel und im aufgekommenen Wind flatterte. Viele hatten den Helm mit einer Leinwand verhüllt.

Die Offiziere waren seitlich auf dem Feld zurückgeblieben, berieten sich, um sich dann ebenfalls zur Straße zu begeben. Einige Wagen weiter hinten kam es zu einem Tumult. Lindt hörte Schreie, deutsche und französische Worte.

„Ihr französisches Pack! Verschwindet! Schon einmal habt ihr mir alles vom Hof gestohlen. Verschwindet, haut ab, ehe euch die Österreicher den Garaus machen, euch die Hälse durchschneiden!"

Lindt lief zum Ort des Aufruhrs. Er befürchtete, das Geschrei eines Einzelnen würde die Franzosen gegen alle aufbringen. Ein Offizier war zur Stelle, gab einem Soldaten Anweisungen. Er hatte verstanden, was der Kohlenfahrer gebrüllt hatte.

„Verschwindet, ihr Diebe, Raubgesindel! Fort mit euch über den Rhein!"

Der Dragoner ritt auf den erregten Mann zu, zog den Säbel und versetzte ihm einen Schlag gegen den Hals. Der Mann sackte, beide Hände den Hals fassend, absonderlichen Schall von sich gebend, auf die Knie. Blut quoll zwischen den Händen hervor. Dann kippte er zur Seite in den schwarzen Schlamm, röchelte. Lindt wollte zu ihm eilen, wurde aber schon im Ansatz seines Vorhabens von einer Flinte gestoppt, die jäh vor seiner Brust erschien. Er verstand, konnte nur zusehen, wie der Mann im Dreck verblutete.

Einige Dragoner stiegen aus den Sätteln. Sie begannen, bei Wagen, die von Pferden gezogen wurden, Tiere zu begutachten. Brauchbare Rosse spannten sie unter heftigem Protest der Besitzer aus. Schüsse fielen, Schreie folgten. Abgespannte Wagen kippten die Franzosen an den Straßenrand. Einige mit, andere ohne Ladung. Lindt ging zurück zu seinem Wagen. Ochsen konnten die Franzosen beim Fouragieren nicht gebrauchen, zu seinem Glück. Zumindest nicht die Dragoner.

Lindt bemerkte etwa zweihundert Meter in Richtung Idstein erneute Unruhe. Zwei Dragoner trieben eine junge Frau vor sich her. Es war Johanna. Hatte er doch recht mit dem Gefühl, beobachtet zu werden! Er dachte an die Worte der Schwester.

„Johanna!"

Er lief ihr entgegen. Ein anderer Offizier stieß zu den treibenden Soldaten. Lindt kam nicht weit, war im Nu umstellt.

„Friedrich, hilf mir!"

Johanna hatte Lindt erblickt. Doch er konnte ihr nicht helfen. Der Offizier sprach sichtlich verärgert, äußerst lautstark mit seinen Leuten. Ein Kohlenfahrer kam näher, ging auf Lindt zu. Es war ein älterer Mann mit freundlichem Gesicht, leicht an den Schläfen ergrauten Haaren, die unter seinem schwarzen Dreispitz hervorschauten, um bis auf den Kragen seines dunklen Mantels zu reichen. Noch ehe er zu Lindt stieß, wurde auch er von einem Dragoner aufgehalten. Der Reiter umrundete ihn mit schnaubendem Ross, zog den Säbel, fuhr ihn mit barschem Ton an.

„Tu veux aller où, toi?"

„Je voudrais parler à cet homme là-bas, à ce charbonnier en pantalon long", sagte der Kohlenfahrer, zeigte dabei auf Lindt.

„D'accord. Vas-y!"

Der Dragoner unterstrich seine Worte mit einer Kopfbewegung in Lindts Richtung. Der Kohlenfahrer ging zu ihm.

„Vielleicht kann ich helfen. Ich verstehe die Franzosen. Ich beherrsche ihre Sprache, zumindest ein wenig."

„Dann sage ihnen bitte, sie sollen das Mädchen in Ruhe lassen. Erzähle ihnen, ich sei ihr Bruder, dass wir hart ums Überleben kämpfen müssen, dass ich Bauer, Köhler bin, dass wir nichts mit Österreichern, Preußen und Kriegen zu tun haben. Sprich zu ihnen, in Gottes Namen!"

„Ich werde mein Bestes geben, Freund."

Der Mann drehte sich um, ging auf den berittenen Offizier zu, begleitet von einem Dragoner. Lindt hatte das Gefühl, dass er den Fremden kannte. „Was willst du von mir?", fragte der Offizier in gebrochenem Deutsch.

Nach kurzer Unterredung kam der Kohlenfahrer zurück.

„Was ist nun?"

„Sie wollten ihren Spaß, was der Offizier jedoch gegenüber seinen Leuten unter Androhung einer schweren Strafe unterband. Ihr könnt gehen, das Mädchen und du. Wir alle sollen weiterziehen."

Einer der Offiziere gab das Zeichen zum Aufbruch. Lindt atmete auf, hatte er doch Schlimmes befürchtet. Johanna fiel ihm erschöpft in die Arme. Lindt drückte sie an sich. Fast eine Ewigkeit verharrten sie in der Umarmung. Er begehrte Johanna. Schon lange Zeit. In den Nächten am Meiler dachte er unentwegt an sie, aber auch an seinen Sohn, seine liebe Frau.

„Wie kannst du nur so dumm sein? Derart töricht, mir bis Idstein mit all diesen Kohlenfahrern zu folgen, in der Stadt zwischen der Menge, unter Gesindel, Dieben, Soldaten für Stunden herumzulaufen", sprach Lindt leise in ihr Ohr, drückte sie noch fester an seinen schmutzigen Mantel. Sein Verlangen gegenüber Johanna offenbarte sich am ungünstigsten Ort, den er je hätte dafür wählen können. Andere Kohlenfahrer fluchten, schimpften, mussten seinen Wagen auf unsicherer Straße umgehen. Schwarzer Schlamm, tiefe Spurrillen machten jedes Manöver zum Wagnis. Lindt hörte sie nicht. Johanna sah ihn schweigend, noch heftig atmend an.

Lindt sog ihren Atem in sich hinein. Tiefer und tiefer. Immer weiter. Es schien, als wollte er sie ganz in sich aufnehmen. Er genoss ihren Atem so, wie er noch nie etwas zuvor in seinem Leben genossen hatte, bis er den Geruch aus ihrem Hals erstmals bewusst wahrnahm. Er war sehr fein, äußerst leicht. Ihr Atem, den er so begierig in sich hineinsog, ließ eine andere, weitaus größere Begierde in ihm erwachen. Johannas Atem roch nach Gesöff. Nur ganz leicht, aber stark genug, um Begierden zu wecken. Lindt drückte sie von sich.

„Wir müssen weiter, Johanna. Wir halten alle auf."

„Ich bin nicht gerne derjenige, der eure Wiedersehensfreude beenden muss, doch dein Ochse steht ordentlich im Weg, lieber Freund. Außerdem will ich weiterziehen, ehe das Wetter schlechter wird, der Tag zu Ende geht", sagte der ältere Kohlenfahrer.

„Ja, du hast recht. Wir sollten weg von hier. Wie heißt du eigentlich? Wir sind dir zu Dank verpflichtet."

„Racky, Manfred Racky."

„Ich werde mir den Namen Racky merken. Sicherlich. Diesen Namen muss man sich merken."

Johanna schmiegte sich noch immer an Lindts Schulter, währenddessen sich erneut ein Kohlenfahrer lautstark über den Wagen empörte.

„Ich glaube, dich irgendwoher zu kennen. Woher kommst du? Und wieso sprichst du die Sprache der Franzosen?"

„Ich komme aus Kurmainz, aus Oberjosbach. Seit die Wälder an der Aar verschwunden sind, bestellt die Michelbacher Hütte, ungeachtet der Zölle, selbst jenseits der Grenzen Kohle. Eine gute Gelegenheit für mich, mit Fuhren ein paar Kreuzer mehr zu verdienen, zahlt doch der Arenberg recht gut."

„Meinen Preis für die Kohle will er stets drücken. Aber woher glaube ich dich zu kennen?"

„Wir hatten vor geraumer Zeit die Ehre miteinander. Vielleicht erinnerst du dich ein wenig mehr, wenn du an die Buche denkst, die du unrechtmäßig verkohltest, lieber Friedrich Lindt."

Der gute Mensch war einer der Oberjosbacher Dorfältesten.

„Ja, jetzt erinnere ich mich. Dann bin ich dir zu zweifachem Dank verpflichtet, wo du mich doch vor dem Zorn der anderen gerettet hattest."

„Es stimmt, du hattest unglaubliches Glück, dass sie mein Wort sehr schätzen. Doch ein weiteres Mal werde ich sie nicht zurückhalten können, lieber Freund. Nun, lass uns weiterziehen, bevor der nächste Kohlenfahrer es nicht mehr bei Worten belässt und der Himmel den Schlamm unter unseren Füßen zu Brei verwandelt."

„Ja, aber sage mir doch noch, woher du die Sprache der Franzosen kennst."

„Lass uns erst weiterziehen. Warte, ich hole meinen Karren."

Der Wind nahm zu. Johanna hing noch an Lindts Schulter, dem die Uhrzeit missfiel. Er hatte kaum Zeit für seinen Sohn. Ausgerechnet an diesem Tag, an dem er die beste Gelegenheit dazu gehabt hätte, sogar ein paar Stunden mit ihm zu verbringen, war es so spät geworden. Der Kleine würde bereits schlafen. Charlotte auch. Letzterer Gedanke erregte ihn. Racky folgte Lindts Wagen.

„Meine Urgroßeltern kamen vor etwas mehr als hundertvierzig Jahren in diese Gegend. Genau genommen nach Niedernhausen. Sie kamen aus Wallonien, lebten damals nahe an der Grenze zum Königreich Frankreich", begann Racky zu erzählen. „Sie wurden nach dem verheerenden Krieg wie viele andere auch vom protestantischen Grafen von Nassau-Idstein angeworben, um die fast leeren Dörfer wiederzubesiedeln, auch wenn sie Katholiken waren. Die wallonische Sprache ist dem Französischen sehr ähnlich. Sie haben die Sprache als Erinnerung an ihre Wurzeln den Kindern und Enkelkindern weitergegeben. Und wenn man den heutigen Tag betrachtet, so war dies ein großes Glück. Für euch, für die anderen, vielleicht sogar für alles auf der Welt."

„Ja, vielleicht."

Als sie den Abzweig nach Dasbach erreicht hatten, verabschiedeten sie sich. Es war gegen dreiundzwanzig Uhr. Lindts Leiterwagen scherte aus der lockeren Kolonne aus. Er ging sehr langsam, um zu vermeiden, dass es seinem Wagen gleich dem vom Vormittag erging. Auf halbem Weg hinunter nach Dasbach bäumte sich der Wind zu einem eisigen Sturm auf, ungeheure Wassermassen fielen hinab zur Erde. Winzige Rillen am Wegesrand weiteten sich zu Furchen, wandelten sich alsbald zu Gräben, durchflossen von brauner Brühe. Lindt, Johanna und der Ochse gingen nun einen schnelleren Schritt.

Alles war dunkel. Kein Kerzenschimmer. Vor der „Dasbacher Heide" stand Arenbergs Kalesche. Die Pferde waren im Stall. Lindt spannte den Ochsen aus. Sie gingen mit dem Tier zur kleinen überdachten Viehkoppel hinter dem Gasthaus, wo sie den Ochsen unterbrachten.

Lindt öffnete vorsichtig die Tür zum Schankraum.

„Leise!"

Lindt legte einen Finger an die Lippen, der einem Wellenbrecher gleich das von der Stirn über die Nase rinnende Wasser kurzzeitig umlenkte.

„Ganz ruhig! Wir sind nicht allein. Sieh, dort drüben am Stuhl hängt der weinrote Rock von Arenbergs Kutscher."

„Der Kutscher von dem, der dir die Kohle abkauft?"

„Ja. Vom Pächter der Michelbacher Hütte, Sohn des Idsteiner Polizeiobristen."

„Und wie heißt sein Kutscher, dem der rote Rock gehört?"

„Warum willst du das des Nachts wissen? Ist das wichtig?"

„Ja, wie heißt er?"

Lindt überlegte.

„Fromm heißt er, glaube ich zumindest. Doch, Arenberg rief ihn immer Fromm."

Johanna hielt sich die Hand vor den Mund.

„Was ist mit dir? Ist dir nicht wohl?"

„Ach nichts. Ich bin nur noch etwas angespannt wegen der Sache mit den Franzosen."

„Dann ist es gut. Ich möchte Arenberg und Fromm nicht aufwecken. Wir müssen ganz leise sein. Warte."

Johanna nickte. Lindt entfernte sich ein paar Schritte, kramte, für Johanna nicht erkennbar, irgendwo herum. Er kam mit einer Flasche zurück. Lindt grinste, öffnete sie, indem er den Korken mit den Zähnen zog, nahm einen Schluck, dann einen zweiten, dritten, vierten und fünften Schluck. Er rülpste ausgesprochen leise, wischte sich mit dem Ärmel seines Mantels über den Mund.

„Willst du auch?"

„Ja."

Johanna nahm die Flasche, trank ebenfalls einen zweiten, dritten, vierten, fünften und gar sechsten Schluck. Lindt war sprachlos, sah in einen Spiegel. Deshalb fehlte noch einer! Er nahm Johanna die Flasche ab, trank diesen Fehlenden.

„Sechs."

Erschöpft setzte er sich auf einen Stuhl. Ja, er dachte daran. Das Unwetter nahm noch an Stärke zu, Blitze erhellten in kurzen Abständen den Raum.

„Ich sehe oben nach, welches Zimmer frei ist. Warte hier."

Lindt ging vorsichtig die Treppe hinauf. Das Holz knarrte. An der ersten Tür links bemerkte er, dass sie nicht ganz geschlossen war. Er hörte leises Schnarchen. Durch den Türspalt meinte er, Fromm auf dem Bett erkannt zu haben. Lindt schloss die Tür vorsichtig, ging zur nächsten, öffnete sie. In diesem Zimmer war niemand. „Merkwürdig, Arenberg schläft offenbar ganz oben in der Kammer. Das ist äußerst seltsam", sagte er leise und ging wieder hinunter.

„Johanna, geh nach oben in das erste Zimmer rechts, warte dort auf mich. Ich eile zum Ochsen, der braucht noch was zu fressen. Ich komme gleich zurück."

„Ja, Friedrich."

Sie nahm die Flasche, trank noch zwei, drei Schlucke, ging mit ihr die knarrende Treppe hinauf.

Lindt hatte gelogen. In Gedanken an Johannas Vorzüge dachte er keinen Augenblick an den Ochsen. Er wollte sichergehen, dass Charlotte schlief. Sie hatte die Angewohnheit, vor dem Zubettgehen noch einmal kurz aus dem Fenster der Schlafstube zu schauen. Von dort aus konnte sie die Viehkoppel einsehen. Warum sie das machte, das hatte er sie nie gefragt.

Er rannte hinüber zum Hof. Es prasselte vom Himmel, als wollte jemand die Welt ertränken. Blitze zuckten, Donner hallte. Vorsichtig öffnete er die Haustür. Es war dunkel, bis auf die Bruchteile von Sekunden, in denen Blitze das Innere des Gebäudes erhellten. Lindt schlich die Stufen zur Schlafstube hinauf. Stille, dann ein Donnergrollen.

Lindt griff zur Klinke der Stubentür, drückte sie ganz langsam nach unten, öffnete die Tür. Ein greller Blitz erhellte für eine Sekunde die Schlafstube. Nackt. Beide. Charlotte schlief tief und fest in den Armen von Arenberg. Lindt sah nur ein nacktes Bein auf der Decke liegen, aber er ahnte die Blöße beider. Zwei, drei Minuten blickte er wie versteinert auf das Bett, das weitere Blitze gespenstisch erhellten. Er betrachtete des Paares süßen Schlaf. Dann schloss er die Tür, schlich nach unten.

„Ist es meiner Wenigkeit gestattet, neben Ihnen Platz zu nehmen, schöne Frau? Dietrich Arenberg mein Name, Pächter der Hütte zu Michelbach."

„Gewiss, der Herr. Komm, Friedrich, rutsche ein wenig zur Seite! Ist der Herr etwa mit dem hiesigen Obristen der Polizei verwandt?"

„Ja, das ist mein Vater."

„Darf ich nachschenken?"

„Oh ja, gerne, schöne Frau."

„Wer ist der größte Feind des Grenadiers? Die Sense! Nimmt Deckung und Nahrung."

„Ich habe dich schon lange nicht mehr so lachen gehört, Charlotte. Vor allem nicht so gewöhnlich, so derb."

„Entschuldigt, aber das Lachen Eurer Frau erscheint mir äußerst entzückend. Endlich mal ein Fest ohne Regen."

„Er würde Eurem Rock sicher schaden."

„Friedrich, wie sprichst du?"

„Ich werde mir noch etwas von der köstlichen Suppe holen."

„Mach das, Friedrich."

„Habt Ihr gesehen, wohin die beiden gegangen sind, die Euch gerade noch gegenübersaßen?"

„Nein."

„Wo warst du? Eine Ewigkeit suchte ich dich."

„Habt Dank für den reizenden Abend. Und Ihr passt gut auf sie auf! Sie ist ein Juwel, Ihr seid ein Glückspilz. Ich bin erwartungsvoll, gespannt auf die erste Lieferung."

„Er scheint dich beeindruckt zu haben."

„Ach was, Friedrich."

„Darum feilschte er."

Lindt eilte in die Wohnstube. Dort suchte, tastete er im Dunkeln äußerst hastig nach der Zunderbüchse. Als er sie fand, öffnete er sie, nahm den Feuerstahl mit dem kleinen Rad an einer Metallfeder und drehte es, bis der Funken des angeschlagenen Feuersteins den beiliegenden Zunder zum Brennen brachte. Dann nahm er einen Leuchter, entzündete mit einem Hölzchen zitternd die Kerzen, um wieder nach oben zu eilen. Panik überkam ihn. Der Gedanke, er könnte Charlotte verloren haben, ließ ihn nicht mehr los. Mit einem Gemisch aus Angst, Wut, Enttäuschung, Hass und Klarem trat er mit voller Wucht die Tür der Schlafstube auf.

„Lindt!"

„Friedrich!"

„Du, Lindt?"

„Du, Friedrich?"

„Ja! Ihr Liebenden!"

„Oh Gott, Dietrich! Friedrich!"

„Ihr beide! Charlotte und Dietrich!
Gott stehe euch bei! Dir – und dir auch!"

„Friedrich, beruhige dich! Mein lieber Mann!"

„Ja, Lindt, bitte beruhige dich, werter Lieferant!"

„Gott stehe euch bei, dir, Charlotte, und dir, Dietrich!"

Lindt schrie geradezu hysterisch, den Leuchter zitternd in der Hand, den Busen der Frau, das Entsetzen von Arenberg erhellend. Kerzenwachs beträufelte vor Lindts Füßen den Holzboden in interessanten Mustern. Arenberg sprang auf, griff nach seiner Kleidung. Charlotte verharrte regungslos, aufrecht sitzend, die Decke vor den Busen haltend, die Miene verzweifelt.

„Friedrich, mein lieber Mann, beruhige dich! Bitte besänftige dich. Wir müssen reden."

Lindt war in Raserei verfallen. Charlottes Worte brachten das Fass zum Überlaufen.

„Niemand außer mir redet hier. Schweig, schamloses Weib! Halte dein Mundwerk, oder ich vergesse mich, du Hure! Auf, Arenberg, los, verschwinde, geh nach unten, mach dich davon!"

Johanna ergriff die Müdigkeit, des Wartens auf Lindt verdrossen. Ihre Hand spielte unter dem Rock. Die andere ließ die Flasche fallen. Es vergingen drei Minuten.

„Verflucht!"

Fromm war vom nächtlichen Flaschenklang erwacht, wollte eine Öllampe mit der Phosphorbüchse entzünden. Dabei war etwas von der Chemikalie auf den Daumen getropft, hatte sich entzündet, als er das in Schwefel getränkte Holzstäbchen überaus hastig aus der Büchse zog. Sein chemisches Feuerzeug war natürlich ein Luxusartikel aus Dietrich Arenbergs Bestand, aus dem er es sich vor einiger Zeit entliehen hatte. Er war fest entschlossen, es bis zu seinem Ableben zurückzulegen, rechnete mit einem hohen Alter. Weitere fünf Minuten vergingen.

„Was haben wir denn da? So ein junges hübsches Ding, ganz allein auf weiter Flur."

Fromm stieß laut auf.

„Friedrich? Bist du es?"

„Was soll das weibische Gefrage nach irgendeinem Friedrich?"

„Wer bist du? Was willst du hier? Bist du es, Fromm?"

Die Gestalt schwankte auf sie zu.

„Fromm?"

„Ja, liebste Johanna, ich bin es. Der liebe Hans-Peter. Der Allerliebste. Ich hörte ein Geräusch, wurde wach. Zuerst hatte ich dich nicht erkannt."

Fromm wunderte sich keinen Augenblick darüber, dass er Johanna an diesem Ort vorfand, dazu kreiste zu viel vom Dauborner in den Gefäßen, der auch in der „Dasbacher Heide" feilgeboten wurde.

„Wenn du mich anfasst, erzähle ich es ihr!“

„Das ist mir heute völlig gleich. Heute wie gestern und morgen. Ich komme ein wenig zu dir, dann gehe ich wieder schlafen.“

„Fromm, bitte nicht!“

Fromm stellte die Öllampe auf ein kleines Schränkchen, zog Schuhe und Hosen umständlich, schwankend aus.

„Bitte, Fromm, lass es gut sein!“

„Komm, Kindchen, stell dich nicht so an! Das machst du doch auch sonst nicht. Bei ihr und den anderen. Gesehen hab ich's noch nicht, aber du tust es, das weiß ich, sogar recht oft.“

Fromm kroch über Johanna, versuchte die Tat. Sie trommelte mit den Fäusten gegen seine Schultern.

„Lass es sein! Geh fort, du stinkst!“

„Du auch, Kindchen.“

Johanna zog ihn an den Haaren.

„Hör auf, ich erzähle es ihr!“

„Das ist mir heute völlig gleich. Heute wie gestern und morgen.“

Mit größter Anstrengung gelang es Johanna, sich seitlich unter Fromm herauszustehlen.

„Völlig gleich. Heute wie gestern und morgen. Gleich und völlig, wie gestern oder heute.“

Er unternahm noch den Versuch, ein bekanntes musikalisches Werk in das ärmliche Kopfkissen zu brummen. Dann herrschte Ruhe, die nur vom gelegentlichen Donner unterbrochen wurde. Johanna beobachtete Fromm noch einige Zeit, um sicher zu sein, dass er ihr nicht noch einmal zu nahe kommen würde. Dann ging sie hinunter in den Schankraum, suchte eine Flasche.

Arenberg lief mit seiner modischen Kleidung im Arm die Treppe hinunter zum Flur. „Ich darf mich wohl noch ankleiden!“, rief er nun ebenfalls aufs Äußerste gereizt nach oben, betrat humpelnd die Wohnstube. Er war auf der letzten Stufe mit einem Fuß umgeknickt. Lindt ging ihm mit dem Leuchter hinterher. Charlotte stand, inzwischen mit einer Chemise und einem Rock bekleidet, oben auf der Treppe. Sie schluchzte fürchterlich, das Gesicht in den Händen vergraben. Lindt folgte Arenberg in die Stube, der hastig dabei war, Hosen und Stiefel anzuziehen.

„Na, Lindt, fühlst du dich nun gut? Schau dich an, was für ein heruntergekommener Köhler du bist. Oder sieh besser mich an, dann weißt du, was deine Frau braucht."

Arenberg lachte. Lindt stellte den Leuchter auf einen Stuhl, ging mit errötetem Gesicht auf Arenberg zu, in dem Moment, als auch Charlotte angekleidet in der Stube erschien.

„Friedrich! Bitte halte ein!"

„Genug, mein Freund! Höre auf dein Weib, denn ich warne dich nur einmal!"

Lindt blickte in den Lauf einer Pistole, die im Kleiderberg auf dem Tisch verborgen gewesen war. Ebenso teuer und edel wie der Berg selbst. Arenberg hatte sie am Abend geladen, aus Furcht vor nächtlichem Gesindel.

„Willst du mich damit etwa beeindrucken?"

„Nein, ich werde dich mit dieser Waffe erschießen."

„Oh Gott, nein! Mach das nicht!", schrie Charlotte. Arenberg stand auf. Lindt trat einen Schritt zurück.

„Dann schieß doch, du Hurensohn!"

„Sagtest du Hurensohn? Hast du das wirklich gesagt? Das solltest du doch lieber zu dem Kleinen da oben in seinem Bettchen sagen."

„Wie meinst du das?"

Lindts Röte verblasste. Charlotte schluchzte.

„Na, dann rechne doch einmal nach! Eins und eins, zwei und zwei. Oder kannst du nicht rechnen, was ich vermute, sonst hätte ich dich nicht über Monate übers Ohr hauen können, lieber Köhler. Dann probier es doch einmal mit deinen dreckigen Fingern. Erinnerst du dich nicht an das Erntedankfest im September des vorletzten Jahres? Drei Wochen zuvor warst du stets bei deinem Meiler, bei deinen ebenso dreckigen Gesellen. Dann, eine Woche vor dem Fest, lagst du darnieder, geschwächt vom Fieber und der Scheißerei. Sicher sahst du dabei besser aus als jetzt. Und danach hast du deine liebe Charlotte mehr als vier Wochen wegen dauernder Kohlenfahrten nicht berührt. Nun rechne einmal, lieber Köhler, bevor mir der Arm schwer wird, ich abdrücken muss."

„Sie hat dir solche Dinge erzählt?"

Charlotte schluchzte.

„Ja, solche und einige mehr."

„Ich habe euch auf dem Fest überall gesucht. Gesorgt hatte ich mich, und dies offenbar zu Recht."

Charlottes Tränenfluss mehrte sich.

„Sorgen? Nein, die hättest du nicht haben müssen. Es war wunderbar. Nein, Charlotte war es, als sie sich im Heu hingab."

Arenberg lachte. Eine blitzartige Bewegung übersah er dabei. Die Waffe fiel.

„Wo bleibt nur Friedrich?"

Johanna rannte unsicher auf den Beinen durch das Unwetter zum Hof.

Arenberg bückte sich, Lindt trat kraftvoll ins Gedärm.

„Hört um Gottes willen damit auf!"

Arenberg krümmte sich im Schmerz, über der Pistole. Lindt stürzte sich auf ihn. Charlotte ging dazwischen. Mit beiden Armen umfasste sie den Oberkörper ihres Mannes, wollte ihn vom Geliebten wegziehen.

Johanna bemerkte den Kerzenschein in der Wohnstube, hörte Geräusche. Durchnässt erklomm sie den Sockel des Gebäudes aus Quarzit. Die Butzenverglasung gewährte ihr kaum Einsicht. Sie sah schemenhaft Gestalten, die sich scheinbar zu einem Knäuel formiert hatten. Ein lauter Knall. Das Knäuel schien sich zu lösen.

„Friedrich! Was ist bloß mit ihm?"

Johanna stieg vom Sockel, kauerte sich dagegen. Blitze zuckten. Wind und Tropfen empfand sie als eisig.

Charlotte kippte zur Seite.

„Charlotte!", schrie Lindt. Arenberg erstarrte, blickte entsetzt zur Frau neben ihm am Boden. Lindt beugte sich über sie.

„Charlotte, was ist mit dir?"

Er sah Blut aus der Brust rinnen. Arenberg hatte sich vom Schreck erholt, stand auf, zog, ohne dass Lindt es bemerkte, sein Gilet an. Charlotte atmete nicht, Lindt sah immer mehr Blut an ihrer Brust. Er sah rot.

„Du hast sie getötet!“

Er ergriff den ersten erreichbaren Gegenstand. Arenberg wollte fort von diesem Ort, nur weg, bereits im Frack, als Lindt das Schaukelpferd warf. Es verfehlte Arenberg, durchschlug das Fenster und ging unweit von Johanna nieder. Sie fasste allen Mut, stieg auf den Sockel, blickte durch die geborstene Verglasung in die Stube.

„Lindt, hör damit auf! Es ist genug geschehen. Es war ein Unfall. Ich habe die Pistole zu fassen bekommen, der Schuss ging los. Ich wollte nicht schießen, auch nicht auf dich. Es war ein Spiel, wenn auch ein böses.“

Arenberg griff zu seinem Zylinder.

„Ein Spiel? Du hast mein Weib getötet, redest von einem Spiel?“

Lindt atmete schwer, stand breitbeinig im Raum.

„Lieber Lindt, ich bitte dich. Ich werde jetzt gehen. Morgen werde ich es meinem Vater erklären, er wird die Sache für alle wohl regeln.“

Arenberg setzte den Zylinder auf.

Johanna schaute noch immer unbemerkt herein.

„Bist du völlig von Sinnen, Arenberg? Du schändest mein Weib, tötest es, redest von Spiel und Sache!“

Lindt schrie, blickte zu Charlotte, um im gleichen Augenblick auf Arenberg loszugehen.

Inzwischen wurden hinter den Fassaden umliegender Häuser Lichter entzündet. Türen öffneten sich, Nachbarn traten in das Unwetter, geweckt von ungewöhnlichen Geräuschen, von lauter Stimme. Ein Mann sah Johannas Silhouette am Fenster.

„Ist dort etwas passiert?“

Johanna antwortete nicht. „Hallo! Ist dort drüben etwas geschehen?“, rief eine andere Stimme. Drei Männer mit Laternen näherten sich dem Hof. Dass Johanna bewegungslos am

Fenster verharrte, machte das Geschehen für sie noch seltsamer. Sie kamen näher, redeten miteinander.

Lindt packte Arenberg an den Schultern, begann, ihn zu sich zu ziehen und wieder zurückzustoßen. Er tat dies ganz langsam. Arenberg schien gelähmt.

„Warum habe ich dir Kohle verkauft? Ich hätte dir nie einen einzigen Krümel davon verkaufen dürfen, Arenberg. Niemals hätte ich Charlotte mit auf das Fest nehmen dürfen. Wieso hast du das getan? Weshalb war ich so einfältig, habe nichts bemerkt?"

Er bewegte Arenberg langsam vor, dann zurück.

„Arenberg, warum?"

Was Johanna beobachtete, erfüllte sie mit Entsetzen. Sie stierte stumm in den Raum, in dem Lindt Arenberg langsam an den Schultern vor und zurück bewegte. Lindts Worte wurden leiser.

„Warum?"

Er bewegte ihn vor und zurück.

„Warum, Arenberg? Bitte sag es mir!"

Vor und zurück, bis er merkte, dass seine schmutzigen Hände ins Leere griffen. Arenberg sackte vor Lindt stumm zusammen. Lindt betrachtete seine Hände, stand versteinert zwischen Körpern. Er schien in Trance, in einer anderen Welt, als ihn eine Stimme ins Diesseits beförderte.

„Mörder!"

„Kommt alle her, hier ist ein Mörder am Werk!"

Lindt sah zum Fenster. Sechs Augen glotzten, zwei entsandten Tränen. Indessen waren in weiteren Häusern Kerzen und Laternen entzündet worden. Das Dorf war auf den Beinen, strömte im Unwetter zu Lindts Hof.

„Der Lindt hat seine Frau erschossen und einen feinen Herrn erschlagen!", rief einer der drei Männer am zerborstenen Fenster, was vom Donner übertönt wurde.

„Was ist los?"

Eine Menschentraube versammelte sich um Johanna am Fenster. Blitze zuckten, Laternen funkelten. Stimmengewirr.

„Lindt hat den Arenberg ermordet!“

„Ich geh’ hinein. Kommt mit!“

Panik ergriff Lindt, er lief zur Tür, die zum Stall führte. Er drückte sich im Dunkeln an den Gäulen vorbei. Einer hätte ihn im Schreck beinahe gegen die Wand gequetscht. Er öffnete die Tür an der Rückseite des Hofes, eilte in das Unwetter. Johanna löste sich aus der erregten Masse, rannte um den Hof herum. Sie sah in die Dunkelheit.

„Friedrich, warte auf mich!“

Johanna hörte die aufgeregten Stimmen der Dorfbewohner. Einige schallten aus dem geborstenen Fenster, andere von der Straße.

„Großer Gott, es ist Charlotte, die da blutend liegt!“

„Mein Gott, Charlotte!“

„Friedrich hat den Arenberg, seine Charlotte gemordet!“

„Wir müssen den Pfarrer holen!“

„Wo ist denn das Kind?“

„Die Polizei in Idstein muss verständigt werden!“

„Wir müssen es seinem Vater sagen, gleich morgen in der Früh!“

„Was machst du hier? Warum hast du das Haus verlassen? Geh sofort zurück, oder ich haue dir den Hintern weich! Das ist nichts für Kinder!“

Kindergeschrei erklang in erbärmlichen Variationen.

„Sofort, habe ich gesagt!“

„Christina! Nimm den Jungen mit ins Haus! Warum lässt du ihn hier herumlaufen, in Gottes Namen?“

„Schon gut. Ich habe nicht bemerkt, dass er aus dem Haus ging.“

Das Schreien entfernte sich, die Variationen blieben.

„Da war doch ein Mädchen am Fenster!“

„Ja, wo ist sie hin?“

„Wer ist sie? Kennt jemand das Mädchen?“

„Nein, die hat hier noch niemand gesehen.“

„Ihr geht zur Dasbacher Heide. Die anderen kommen mit mir. Wir müssen sie finden. Sie hat alles gesehen!“

Ein greller Blitz erhellte die Szenerie um Lindts Hof. Dann folgte der Donner.

„Wenn wir noch länger hier draußen stehen, wird uns der Blitz erschlagen!"

„Aber hoffentlich nicht dich. Da du mir immer noch zwei Gulden schuldest."

„Hoffentlich erschlägt er dich!"

„Es ist nicht die Zeit, zu streiten."

„Vielleicht hast du recht."

Die Leute, ihr Geschrei waren Johanna nicht geheuer. Verängstigt und benebelt sah sie in die nasse, kalte Dunkelheit hinaus. Brandgeruch lag über allem. Der Ochse war hungrig.

Davon

Heinrich Kugelmann packte das Grauen. Dann gab er eines der beiden Ochsenhörner Brötz. Die beiden wollten das sich bessernde Wetter nutzen, um in der Nacht Furcht zu verbreiten, das Grauen vom Hohlen Stein zu mehren, auf dessen Gipfel sie standen, damit Gettenauer ungestört beginnen konnte, eine stolze Buche in der Oberjosbacher Gemarkung zu schlagen, eine der noch ganz wenigen in der Gegend. Später sollten sie zu ihm stoßen, beim Fällen behilflich sein. Görg hielt Wache bei den Meilern. Keiner von ihnen hatte Lindts Kommen spät in der Nacht bemerkt, und Lindt gewahrte nichts vom schaurigen Treiben am Hohlen Stein, das vom Bauernjungen aus Lenzhahn einst beobachtet worden war, als er sich zu früher Stunde vom Hof geschlichen hatte, um den nächtlichen Lauten des Getiers im Dunkeln zu lauschen.

Fremdartige Töne schallten vom Hohlen Stein durch die Nacht. Abwechselnd, dann im Duett spielten Kugelmann und Brötz virtuos auf ihren leicht modifizierten Hörnern. Sie ließen sie dröhnen, quietschen, um sie in brummende Klänge übergehen zu lassen. Der Wind war günstig, wehte die Klänge nach Lenzhahn. In den nächsten Wochen und Monaten würden sie vom erlebten Grauen in den umliegenden Dörfern berichten. Von merkwürdigen Tieren mit gewaltigen Zähnen, die schauerliche Töne von sich gaben. Musste man sich doch neugieriges Volk vom Halse halten, damit sich ja nicht einer auf die Lauer legte, wenn sie einen prächtigen Baum in Stücke zersägt auf dem Leitergestell entführten.

Als sich an diesem frühen Morgen des 27. Juni seine Augen öffneten, spürte er nur den Durst. Eine von Trockenheit brennende Kehle trieb ihn noch schlaftrunken von der Pritsche. Lindt begann, nach dem Krug mit Wasser zu suchen, nachdem seine Füße den lehmigen Grund berührt hatten. Als er ihn schließlich fasste, nahm er ein leeres Gefäß an die Lippen, ließ es von der Desillusion ereilt fallen, stand auf, schlüpfte in seine Holzschuhe und ging hinaus vor die Hütte, um sich nach Flüssigem umzusehen. Nieselregen fiel vom Himmel.

„Morgen, Lindt!"

Brötz war dabei, Löcher in Lindts Meiler zu stechen.

„Wir hatten heute Nacht unseren Heidenspaß auf den Felsen. Wie erging es Prietz?"

„Der ist im Spital. Sie haben ihm Tücher auf die Wunden gelegt, mit einem Brei aus Samen eines merkwürdig klingenden Gewächses. Sein Name ist mir entfallen."

„Siehst du heute noch mal nach ihm? Ich würde bei deinem Meiler bleiben und ihm gegebenenfalls die Löcher stopfen."

„Mal sehen. Die Franzosen sind wieder da."

„Die Franzosen, schon wieder?"

„Ja. Eine Reiterschar hat gestern die Wagen angehalten. Einigen hat man die Gäule entwendet, anderen das Leben."

„Haben wohl ein paar beflissene Fürstentreue wieder das Maul zu weit aufgerissen, es nicht halten können. Beim Franzosen hält man es besser, denkt seinen Teil. Egal, was du sprichst, sie legen es gegen dich aus. Alles, was nicht revolutionär ist, hassen sie", sprach Brötz, sich den Schweiß aus dem Gesicht wischend.

„Nein, du irrst. Man klagte vom Leid. Die Rede war vom Überleben."

„Wie auch immer, bist spät gekommen. Warst wohl zu Hause beim Weib? Du siehst so erschöpft aus. Harte Arbeit, oder?"

Brötz lachte. Lindt überkam ein Schauder.

„Was ist los, Friedrich? Du schaust so seltsam drein. Habe ich Abfälliges geredet?"

„Nein, keineswegs."

„Na, das will ich doch hoffen!"

Er lachte wieder, ein Gemütszustand, den Lindt nicht nachvollziehen konnte.

„Wo sind die anderen?"

„Gettenauer ist unten bei Prietz' Meiler. Kugelmann ist runter nach Oberseelbach gegangen. Der Junge vom Nachbarn kam herbeigelaufen. Die Frau vom Heinrich hat ihn geschickt. Johanna ist seit gestern verschwunden. Sie suchen jetzt die Gegend nach ihr ab."

„Johanna."

„Was sagtest du gerade?"

„Nichts."

„Hoffentlich ist ihr kein Unglück widerfahren."

Lindt hörte die Worte nicht, war in Gedanken vertieft. Er musste von diesem Ort schleunigst verschwinden. Beim Meiler würde man ihn früher oder später aufsuchen. Er begab sich in die Hütte, nahm seinen Mantel, kramte ein paar Dinge zusammen, packte sie in eine Tasche aus Leinen, hängte diese am Riemen über die Schulter, ging wieder nach draußen.

„Willst du zu Prietz?"

„Ja, ich gedenke, dies zu tun."

„Überbringe ihm einen Gruß von mir. Und bleib weg von deiner Frau! Allzu lange übernehme ich das hier nicht mehr. Schaffe auch deinen Ochsen und den Wagen herbei! Du weißt, wir müssen übermorgen zwei Fuhren nach Niedernhausen runter zum Eisenhammer liefern. Wo hast du beides überhaupt gelassen?"

Lindt machte sich auf und davon.

„Wo willst du noch hin? He, Lindt, so sag doch was!"

Brötz wunderte sich darüber, dass er die falsche Richtung einschlug. Lindt reagierte nicht auf seine Fragen.

Behutsam, beinahe zitternd näherte sich die Hand, fasste den Stoff, zog ihn langsam zur Seite. Im von Wolken gedämpften Licht des anbrechenden Tages kam unter der Decke die Blässe zum Vorschein, die abscheulichste Farbe, die der Mensch erblicken kann, der Kontrast zum braunen Haar, der Endgültigkeit versprach. Seine warme Hand strich über kalte Haut.

„Er hat keine Wunden, keine Male. Es scheint, als wäre er einem natürlichen Tod erlegen. Ich habe ihn mir vor Ihrem Eintreffen genau angesehen, Herr Oberst."

„Schweigt, Schultheiß, sonst vergesse ich mich! Wie konntest du das zulassen, Fromm? Wo warst du, als Dietrich dich brauchte, versoffenes Stück? Wer ist dieses tote Weib?"

Hans-Georg kniete neben seinem Sohn, blickte unentwegt auf das zu Wachs erstarrte Gesicht von Dietrich. „Sie heißt Charlotte und ist oder besser war die Frau von Friedrich Lindt“, erklärte der Dasbacher Schultheiß Franz Kilb. Pfarrer Johannes Mühl aus Niedernhausen hatte die Hände gefaltet, den Kopf gesenkt, Fromm schlürfte aus einem Becher Wasser. Vor der Eingangstür des Hofes wachten zwei Jäger über die Stille, die nur vom Geschwätz der versammelten Dorfbewohner unterbrochen wurde. Der Regen hatte ihre grenzenlose Neugier nicht vertreiben können.

„Mein Dietrich! Warum hat er dir das angetan, dieser Lindt? Ich werde den Kerl kriegen, ihn eigenhändig zur Strecke bringen, erwürgen, erschlagen, verrecken soll er!“

„Darf ich etwas erklären?“

„Schweig, Fromm! Idiot!“

„Es wäre vielleicht wichtig.“

Hans-Georg bedeckte Dietrich, stand auf.

„Was wäre denn so wichtig?“

„Wir sollten unter vier Augen sprechen.“

„Also gut, alle anderen verlassen den Raum. Herr Pfarrer, Schultheiß, darf ich bitten?“

Hans-Georg deutete in Richtung Tür. Der Pfarrer folgte dem Schultheiß. Die Tür fiel ins Schloss.

„Dann erzähle mir, was so belangvoll ist.“

„Dietrich hatte mit dieser Frau dort eine Liebschaft. Wir fuhren in den vergangenen Monaten mehrfach in diese Gegend. Zuerst ging es hinauf zu den Köhlern bei Lenzhahn. Dietrich wollte sichergehen, dass Lindt mit der Köhlerei befasst war. Dann fuhren wir nach Dasbach, um im Gasthaus Quartier für die Nacht zu nehmen, wenngleich es stets früh am Tage war. Oft saßen wir gemeinsam drüben in der Gaststube, tranken, aßen, schwatzten, schlugen die Zeit tot. Dietrich ging bei anbrechender Dunkelheit zu ihr, wenn der Knabe schlief. Wie oft sie sich davor trafen, entzieht sich meiner Kenntnis. Ich weiß von der Sache erst, seit ich auf Euer Geheiß hin den an Kugeln verstorbenen Kutscher Eures Sohnes vorübergehend ersetzen sollte.“

Was Fromm wohlweislich verschwieg, war die Tatsache, dass er den verschiedenen Kutscher von Dietrich gut kannte. Es handelte sich um Carl Hoffmann, ein Mitglied der Bande von Mathias Weber, dem gefürchteten Räuberhauptmann vom Niederrhein, der zu dieser Zeit durch seine außerordentliche Aggressivität und Grausamkeit aufgefallen war.

„Wie oft habe ich dem Jungen gesagt, er solle eine Sache richtig machen oder lassen."

Dietrich war ganz der Papa.

„Wart ihr gestern nicht bei Lindt am Meiler?"

„Doch, wir waren da. Lindt auch. Es ereignete sich ein Zwischenfall. Einer der Köhler verbrannte sich. Ich vermute, Lindt hat ihn ins Spital nach Idstein gebracht, kam auf dem Rückweg hier vorbei."

„Immer wieder habe ich dir gesagt, du sollst nicht saufen, wenn du einen Auftrag hast. Verflucht, Fromm! Hättest du einen einigermaßen klaren Kopf gehabt, wäre dies nicht passiert."

Hans-Georg wusste, wozu Fromm fähig, dass Dietrich an sich in guten Händen gewesen war.

„Jemand hat etwas von einem Mädchen berichtet, das alles am Fenster beobachtet haben soll. Weißt du etwas darüber?"

„Ich habe draußen davon gehört, man fand sie nicht."

Fromms Erinnerungen an nächtliche Annäherungsversuche waren völlig verblasst. Er hatte sich noch darüber gewundert, dass er am Morgen nicht in dem Zimmer geweckt wurde, in dem er mit dem Brand zu Bett gegangen war.

„Ich werde sie suchen lassen. Irgendeiner von den lumpigen Bauern wird sie vermutlich beschreiben können."

Es klopfte an der Tür.

„Ja, herein!"

Ein Jäger trat ein, grüßte.

„Herr Oberst, Franzosen sind in der Gegend um Idstein gesichtet worden. Dragoner und Husaren. Es kam zu Scharmützeln mit den Österreichern."

„Jourdan, dieser kleine Kurzwarenhändler aus Limoges, er wird wohl bald wiederkommen. Reitet zurück, und passt mit

Euren Leuten auf, dass die Franzosen in der Stadt, sofern sie dort auftauchen, nicht so viel Ärger machen wie vergangenes Jahr. Sollten meine alten Freunde Bozonnet und Pétain unter den Offizieren sein – na, Ihr wisst schon!"

„Jawohl, Herr Oberst!"

„Dann geht!"

Die Tür fiel ins Schloss. Hans-Georg war Diplomat. Ein ausgesprochen guter. Aus diesem Grund kam er bewundernswert mit allen aus. Mit Franzosen, Preußen, Österreichern. Französische, preußische, österreichische Offiziere höchsten Ranges waren bei ihm zu Gast: Bozonnet, Pétain, Bassewitz, Kreisler. Alle waren sie ehrenwerte Gäste in seinem Idsteiner Anwesen. Jeder zu seiner Zeit natürlich. Nur die Räuberbande, die um Idstein immer noch ihr Unwesen trieb, und säumige Steuerzahler bereiteten ihm Probleme. Wieder klopfte es.

„Ja, herein!"

Ein Dorfbewohner trat zögernd ein, nahm seinen feuchten Dreispitz vom Kopf, klemmte ihn hastig unter den Arm.

„Herr Obrist, bitte entschuldigen Sie mein Eintreten, aber ich habe das Mädchen fortlaufen sehen. Das junge Ding, das gestern Abend die schreckliche Tat am Fenster beobachtete. Wir hatten nach ihr gesucht, aber das Unwetter, na ja. Sie muss sich die Nacht über im Dorf versteckt haben."

„Wann hast du sie gesehen?"

„Vor einer halben Stunde etwa, so glaube ich."

„Und warum kommst du erst jetzt zu uns?"

„Ich war schon länger vor dem Haus. Doch der Herr Pfarrer und der Schultheiß wollten mich zuerst nicht hineinlassen. Es gebe hier Wichtiges zu bereden."

„Wohin ist sie gelaufen?"

„In Richtung Oberseelbach, Herr Obrist."

„Hab Dank."

Der Mann verbeugte sich, verließ den Raum, schloss die Tür. Die Nacht hatte Johanna mit dem Ochsen verbracht.

„Fromm, hol schon mal die Pferde, sag meinen Leuten Bescheid! Wir brechen unverzüglich auf."

„Das ist eine kluge Entscheidung, Herr Oberst. Denn irgendwie werde ich das Gefühl nicht los, dass dieses Mädchen etwas mit Lindt verbindet. Was soll sie, hier scheinbar niemandem bekannt, des Nachts im Unwetter vor seinem Hof verweilen? Und wohin soll sich dieser Lindt in stürmischer, regnerischer Nacht begeben haben, wenn nicht zu seiner Hütte?"

„Beeile dich, Fromm, dann kriegen wir das Mädchen noch, bevor es diesen Kerl warnen kann."

Der Himmel hatte sich stärker zugezogen. Dicke Tropfen lösten sich aus dem Grau, vertrieben den Nieselregen.

Johanna konnte Lindts Meiler bereits sehen. Sie keuchte in Rauchschwaden, rang nach Luft, fasste sich an Arme und Beine, ins Gesicht, die Haut vom bewehrten Gestrüpp zerschunden.

„Dort oben ist sie!"

„Wo?"

„Da oben, auf der Anhöhe zwischen den Meilern."

Fromm hatte erkannt, wen sie da verfolgten.

„Ja, Fromm, ich sehe sie."

In diesem Augenblick rutschte Johanna, der Kräfte beraubt, auf den gesättigten Poren aus, schlug der Länge nach hin.

„Friedrich, sie kommen!"

Sie kämpfte mit der Schwerkraft, gegen die Erschöpfung, den Dreck, torkelte, kroch wenige Meter auf den Knien voran. Dann wurde sie an ihrem nassen Haar von einer kräftigen Hand gepackt. „Hast wohl gedacht, du könntest uns zum Narren halten, liebste Johanna!", hauchte Fromm in ihr Ohr, stieß ihr Gesicht mit Gewalt hinunter auf den Komplizen. Sie wandte sich im Griff einer Schlange gleich, in Panik, rang nach Luft, schlug um sich, gab ähnlich einem gepeinigten Tier Unverständliches von sich.

Inzwischen waren die anderen Reiter hinzugekommen, vier an der Zahl. Allen voran Hans-Georg.

„Halte ein, Fromm!"

Er ließ von ihr ab.

„Du kennst mich nicht, Johanna!"

„Hier, nimm dies Tuch, wische dir über das Gesicht, Kind."

Hans-Georg reichte es vom Pferd herab. Es war ein Tuch von erlesenem Gewebe, stark abgenutzt, doch reich bestickt. Darauf war zu lesen: „Ein Mutterherz versteht den Schmerz". Er hatte in die falsche Tasche gegriffen.

„Das war nicht nötig."

Fromm nickte in geheuchelter Demut, Johanna säuberte ihr Gesicht.

„Ihr sorgt mir dafür, dass keiner der Köhler von hier verschwindet! Fromm wird euch den Gesuchten zeigen."

„Jawohl, Herr Oberst!", antwortete sein Feldwebel. Fromm blickte mit breitem Grinsen zu Johanna, bevor er mit den Jägern davoneilte.

„Wie heißt du, woher kommst du?"

„Johanna Kugelmann aus Oberseelbach."

„Was hast du heute Nacht am Fenster in Dasbach beobachtet? Du hast den Mörder meines Sohnes gesehen, diesen Lindt."

„Sie sind der Polizeiobrist aus Idstein?"

„Ja, Kind, aber das tut nichts zur Sache."

„Friedrich ist kein Mörder."

„Er hat meinen Sohn auf dem Gewissen!", schrie Hans-Georg errötend. Johannas Hände zitterten von ihm unbemerkt.

„Also, was hast du gesehen, wieso warst du zu später Stunde in diesem gottverlassenen Ort, wo sich Fuchs und Hase eine gute Nacht wünschen? Nun aber rasch heraus mit der Sprache, oder ich nehme dich in Gewahrsam, stecke dich in die dunkelste Kammer, die sich finden lässt, auf dass dich die Ratten für Wochen küssen, schönes Kind!"

Trotz seiner Erregung, Trauer, Verzweiflung, Wut, seines Hasses überkam ihn in diesem Augenblick das Empfinden, dieses Mädchen zu kennen.

„Anna-Maria."

Johanna blickte verständnislos.

„Sagtet Ihr etwas, Herr?"

„Ach nichts. Was hast du gesehen, wieso warst du zu später Stunde in Dasbach? Nun aber heraus mit der Sprache!"

„Einer der Köhler, der Prietz, war in seinen Meiler eingebrochen, hatte sich fürchterlich verbrannt. Lindt, also Friedrich, bat mich, ihm zu helfen, den Prietz ins Spital zu bringen, was wir auch taten. Auf dem Rückweg wollte Friedrich nach seiner Familie sehen. Es war schon spät, ein Unwetter zog auf. Ich übernachtete in der ‚Dasbacher Heide'. Mein Gott, die Franzosen!"

„Was ist mit den Franzosen?"

„Sie hielten mich fest."

„Die Franzosen sind mir vollkommen einerlei. Was hast du gesehen? Rede endlich, oder ich mache meine Drohung wahr!"

„Ich habe den Friedrich und Ihren Sohn gesehen. Auf dem Boden lag, so glaube ich, die Frau von Friedrich. Sie schien leblos. Ein Schuss war zuvor gefallen, der mich weckte. Friedrich hielt Ihren Sohn an den Schultern, sprach auf ihn ein, als dieser einfach zu Boden sank. Er hat ihm nichts angetan, das müssen Sie mir glauben. Euer Sohn sank herab, einfach so."

„Das soll ich dir glauben?"

„Ja, Herr, einfach so. Bitte, glauben Sie mir!"

„Dein Lindt hat meinen Sohn auf dem Gewissen. Er ist vermutlich aus heilloser Furcht vor diesem Köhler verstorben. Lindt muss gefasst und verurteilt werden."

„Friedrich hat keine Schuld."

Hans-Georg sah sie schweigend vom Pferd herab an. Die Verworrenheit seiner Empfindungen entwickelte für Sekunden groteske Bilder. Anna-Maria kniete, Agnes und Gertrud lachten, Elisabeth roch, Dietrich sprach vom beklemmenden Gefühl, dem Schwindel.

„Verschwinde, Mädchen!"

Er gab dem Pferd die Sporen, folgte den anderen.

„Bitte, lassen Sie ihn in Ruhe! Er hat nichts Unrechtes getan!"

Man hatte die Köhler an Lindts stinkendem Meiler bereits zusammengetrieben, als sich Hans-Georg näherte. Sie waren von den Reitern umstellt. Johanna war unbemerkt gefolgt. „Der Gesuchte ist nicht hier", meldete Hans-Georgs Feldwebel Franz Usinger. Er war Hans-Georg ein Stück entgegengeritten.

„Der Kerl scheint verschwunden!“, rief Fromm aus der Entfernung. Brötz, Gettenauer und Görg standen mit verständnislosen Mienen vor Hans-Georg. „Was ist geschehen? Warum halten uns Ihre Leute fest, wen suchen Sie?“, fragte Gettenauer.

„Der Köhler Lindt hat zweifach gemordet.“

Die Männer sahen sich erstaunt an. „Der Lindt, der mordet keinen, dazu kenne ich ihn zu gut. Das glaube ich nicht“, meinte Görg, ging dabei näher auf Hans-Georg zu. Brötz und Gettenauer standen zwischen den anderen beiden Jägern und Fromm.

„Schweig, du geschwärztes Etwas!“

„Wer von euch weiß, wo der Halunke steckt, wohin ist er verschwunden?“

„Lindt war heute Morgen hier am Meiler. Ich sprach einige Worte mit ihm. Er packte ein paar Dinge zusammen, wollte nach Idstein, um nach dem am Vortag verunglückten Köhler Prietz zu sehen. Doch er ging in eine andere Richtung, was mich wunderte.“

„Er ist also nicht nach Idstein gegangen?“

„Ich könnte es nicht beschwören.“

„Wohin sonst könnte er gegangen sein? Hat der dreckige Kerl eine Zuflucht? Antworte, oder ich werde äußerst ungeduldig!“

Hans-Georgs Pferd kam ihm zuvor. Er hatte Mühe, das Tier ruhig zu halten. „Lindt hat einen Schwager, der lebt in Wehen. Wenn ich es recht bedenke, könnte er dorthin gegangen sein“, meinte Brötz. „Wen soll Lindt eigentlich gemordet haben?“, fragte Görg.

Das Pferd schnaubte, die Tropfen rauschten.

„Sein Weib und meinen Sohn. Er hat meinen Jungen getötet!“

Hans-Georg schrie laut, das Pferd bäumte sich auf. „Gibt es dafür Zeugen?“, fragte abermals Görg. Die anderen schwiegen. Hans-Georg kämpfte zu sehr mit seinem Ross, als dass er auf die Frage hätte antworten können. Johanna trat in diesem Augenblick aus dem nahen Gehölz.

„Ich habe gesehen, wie Euer Sohn starb. Friedrich hat ihm nichts angetan. Er hat ihn an den Schultern gefasst, leise mit ihm geredet. Immerfort. Dann sackte Euer Sohn herab, war tot."

„Johanna! Dein Vater sucht dich überall. Geh hinunter. Auf, mach schnell! Sie sorgen sich."

„Ja, verschwinde, Mädchen, und halte endlich dein Mundwerk, deine Litanei ist unerträglich!"

Hans-Georg hatte das Tier in den Griff bekommen. Johanna verschwand. „Warum sollte der Lindt seine Frau und Euren Sohn meucheln? Hat er doch ebenso einen Sohn, genügend Brot, Lohn aus der Köhlerei, eine gute Frau. Es sei denn, es gab gewisse Verflechtungen zwischen Herzen, die nicht hätten sein sollen. So scheint es mir zumindest", meinte Görg.

„Verflechtungen, Herzen, etwas, das hätte nicht sein sollen. Nehmt den Kerl fest! Er wird in Idstein verhört, gar in Ketten gelegt!"

Feldwebel Usinger, der neben Hans-Georg auf seinem Pferd saß, blickte ungläubig.

„Ihr tut mir Unrecht. Ich sagte nur meine Meinung."

„Festnehmen, sofort!"

Keiner der Männer rührte sich. Fromm grinste.

„Herr Oberst!"

„Wagen Sie, mir zu widersprechen? Ich warne Sie aufs Ausdrücklichste, Feldwebel Usinger!"

„Der Köhler mag zwar verdreckt sein und stinken, soweit ich es aus der Entfernung vermute, doch sollte er trotz alldem seine Meinung äußern können, Herr Oberst. Es gibt keinen Grund, den Mann zu verhaften."

„Das ist Gehorsamsverweigerung, Meuterei!"

„Darf ich etwas raten?", fragte Gettenauer, ging wenige Schritte auf Hans-Georg zu. Alle blickten ihn an, wodurch den Anwesenden des Obristen Armbewegung entging.

„Ein verdreckter Köhler möchte mir, Hans-Georg Arenberg, Oberst der Nassau-Usinger Jägerkompanie zu Idstein, höchster Vollzugsbeamter des fürstlichen Oberamtes Idstein in der Grafschaft Usingen-Idstein, ergebener Diener, enger Vertrauter unseres geliebten Fürsten Karl Wilhelm von Nassau-Usingen, einen Rat erteilen, ein anderer ebenso, vielleicht sogar noch mehr verdreckter Köhler sagt mir seine Meinung, ein dahergekommenes Ding tischt vor aller Ohren Lügengeschichten über den Tod meines Sohnes auf, und mein Feldwebel begeht Meuterei!"

Niemand bemerkte die Pistole am Ende des herabhängenden Armes, die Hans-Georg der Halterung entnommen hatte. Durch eine zügige Bewegung bekam ihr Lauf Kontakt mit des Feldwebels Oberhaut nahe der Ohrmuschel. Im Bruchteil einer Sekunde nach dem Knall verwandelte sich dieser Bereich. Man könnte von einem blutigen, räumlich begrenzten Krater sprechen. Der Feldwebel fiel tot vom Pferd. Das Pferd war erleichtert, zumindest für den Augenblick.

„Fromm!"

Auf Fromm war Verlass. Und so rammte er dem Gefreiten zur Seite kurzentschlossen sein neues, bislang kaum im Ernstfall erprobtes Messer in den Rücken, was zu einem weiteren Fall führte. Mit einem Schuss aus der Pistole in des Gefallenen Brust schloss Fromm dessen Kapitel in der Geschichte ab.

Brötz, Gettenauer und Görg eilten davon. Der zweite Gefreite hatte derweil die Muskete auf Fromm angelegt. Ein Hieb von Hans-Georgs Pallasch setzte eine Hand außer Gefecht, indem er sie abtrennte. Ein unmittelbar folgender Hieb traf den Gefreiten unterhalb des Kopfes. Blut pulsierte, als er zu Boden stürzte, wo er bis zu seinem späteren Auffinden verweilen sollte.

Fromm war überrascht über die Tollkühnheit seines Auftraggebers, über die Perfektion seiner Hiebe. Das hätte er niemals von ihm erwartet. Brötz, Gettenauer und Görg waren im unwegsamen Terrain zwischen Stockausschlägen nicht weit gekommen.

„Fromm, die Franzosen!"

Er verstand, dass Hans-Georg die Gunst der Stunde zu nutzen wusste. Brötz, Gettenauer und Görg erlagen kurze Zeit später einem unzeitgemäß gekleideten Revolutionär. Ein Schuss fiel, Schreie folgten, was Vögel bei der Brut erschrak. Johanna hörte sie auf dem Weg nach Hause, der allein vom Gedanken bestimmt war, in des Vaters Vorräten zu wüten.

„Gut, dass du zurück bist. Ich muss fort von hier, herausfinden, was mit mienem Sohn geschehen ist."

Fromm nickte, als er dabei etwas Bekanntes auf dem Boden erblickte.

„Einen Moment bitte, Herr Oberst."

Er stieg vom Pferd, ging in die Hocke, ergriff einen rostigen, nassen Gegenstand, den er wehmütig in seiner Hand betrachtete. Es handelte sich um das Fragment eines Messers, das am Griff mit Initialen versehen war. „H. P. F." las Fromm, versank in längst vergangenen Zeiten, bis er von Hans-Georg in die Gegenwart zurückgeholt wurde, das Fragment nachdenklich wieder in den Dreck warf.

„Fromm, wir reiten!"

Atem

Lindt hatte sich auf den Weg zum Wehener Grund begeben. Der gerade Weg den Berg hinab blieb ihm jedoch verwehrt. Meiler für Meiler musste er umgehen. Die meisten Köhler gingen ihrem Tagewerk nach, würdigten Lindt keines Blickes. Einer grüßte.

„Einen guten Tag, Lindt. Wohin des Weges?"

Es war der schon ergraute Lorenz Dietz, wie Lindt aus Dasbach stammend. Lindt winkte ihm zu, blieb aber stumm, ging weiter. Wie am vergangenen Tag ließ der Regen nach, ein wenig Sonne brach durch die Tropfen. Lindt öffnete im Gehen seinen verdreckten, durchnässten, völlig verfilzten Wollmantel, um das, was man Luft nennen musste, an sein ebenso durchnässtes graues Kamisol zu lassen.

Er ging strammen Schrittes, dabei stets mit beiden Armen Äste beiseitedrückend, ihnen mit dem Kopf ausweichend. Gelegentlich blieb der Riemen seiner Tasche am Astwerk der sechs bis sieben Meter hohen, unterarmdicken Stangen der Stockausschläge von Eiche und Hainbuche hängen. Dünn und lang waren die Ausschläge des Niederwaldes, die sich zu Abertausenden nach Oberseelbach hinunter in den Himmel reckten. Jung waren sie. Zwanzig Jahre wurden ihnen gewährt, nachdem man sie auf den Stock geschlagen hatte, um verkohlt zu werden. Nun wurden sie wieder gebraucht.

Lindt änderte seine Richtung, lief schnurstracks hinunter in Richtung des nach Abwässern stinkenden Daisbaches, der zu überqueren war, um an Niederseelbach vorbei nach Engenhahn zu gelangen. Von dort war es nicht mehr weit zum Wehener Grund. Als Lindt aus den Stockausschlägen heraus auf ein Feld trat, blickte er hinüber zur Hohen Kanzel, der mit fünfhundertzweiundneunzig Metern höchsten Erhebung der Gegend. Von den kahlen Abhängen des Berges, nur an wenigen Stellen sah man Niederwald, einsame Baumriesen stehen, und von den ebenso entblößten Erhebungen, die allesamt Engenhahn umgaben, zogen Rauchfahnen zu Hunderten, wenn nicht gar zu Tausenden in den Himmel. Sie taten es allenthalben im Taunus über fast kahlen Hängen und Tälern, drohten die mit achthunderteinundachtzig Metern höchste Erhebung des Gebirges, den Großen Feldberg, regelrecht zu ersticken. Brandgeruch lag in der Luft, der Duft des Überlebens. Es roch mit dem Wind bis Frankfurt, Mainz, Wiesbaden, Limburg, Gießen. Mal mehr, mal weniger stark.

Lindt ging weiter über das Feld zu Tal. Der lehmige Boden war von unzähligen Rillen durchzogen, dem Werk von Tropfen. Sie nagten sich tief hinein, bis in den fauligen Fels, seit Langem, immer weiter. An manchen Stellen glichen die Rillen eher tiefen Furchen, hässlichen Narben, verursacht von der allgegenwärtigen Gewalt aus Profit, Hunger und Not. Seine Schritte wurden schneller, die Holzschuhe quetschten sich in den Boden, in das, was von ihm übrig war. Dabei zerstörte, veränderte auch er die Welt von Milliarden Lebewesen, ohne es zu wissen. Geschöpfe, die den Leben spendenden Dreck erst zu dem gemacht hatten, was er einmal gewesen war. Kreaturen, denen von vielen auf der Welt einzig Ekel entgegengebracht worden wäre, hätte man ihrer ansichtig werden können. Winzig, fleißig, unermüdlich und grausam gingen sie zu Werk. Gelegentlich musste Lindt über tiefe Furchen springen, die beinahe kleinen Schluchten glichen, dabei töten, ohne es zu wollen.

Er dachte an das Geschehene. Vor allem aber an Johannas Atem, schon eine geraume Zeit. Und es ergriff ihn Besorgnis, trotz der Sonnenstrahlen, die seine fettigen Locken wohltuend wärmten. Er hoffte, dass in Wehen seine Probleme, zumindest vorübergehend, ein Ende fänden.

Elisabeth stand an jenem Junimorgen auf absatzlosen Slippern, lediglich mit einer weißen Chemise bekleidet, am offenen Fenster des Arbeitszimmers. Sie blickte regungslos in den Hof, die Haare unfrisiert, fast wirr. Die Nachricht vom Tod des Sohnes, die ihr von einem der Jäger Hans-Georgs überbracht worden war, wollte sie nicht wahrhaben. Ihr Sohn, angeblich ermordet von einem widerwärtigen Köhler, wie man ihr vermeldet hatte. Ihre Hände ballten sich zu Fäusten. Jeden Tag hätte sie mit der Nachricht rechnen müssen. Oft hatte sie die Angst davor überkommen, sorgte allein Hoffnung für Trost.

Der Junge krabbelte auf allen Vieren auf dem Pflaster, unternahm erste unsichere Gehversuche auf pummeligen Beinchen, sah herauf zur Mutter, stürzte, schrie.

„Mama, spielst du mit mir? Ach bitte! Hab doch Zeit für mich! Spiel mit mir, Mama! Du bekommst auch die Reiter, oder wir bauen das Papiertheater auf."

„Kind, das geht heute nicht. Ich muss gleich fort."

Die alltäglichen Aufgaben, Pflichten als Frau eines Obristen, Konzerte und andere gesellschaftliche Anlässe waren belangvoller als des Kindes Bedürfnisse.

„Mama, spielst du heute mit mir?"

„Das geht leider nicht. Ich muss heute früh am Abend zum Konzert, noch Vorbereitungen treffen."

Es überkam sie Hass. Auf sich, Hans-Georg, die Welt. Elisabeth schloss das Fenster.

„Mama, spielen Sie mit mir am Abend ein Stück auf dem Cembalo?"

„Das ist heute unmöglich. Ich muss einer Einladung folgen."

Sie sah ihn vor sich stehen. So, wie sie Dietrich das letzte Mal gesehen hatte, im dunkelblauen Frack, als kurz vor dem Aus stehender Pächter der Michelbacher Hütte.

„Liebe Frau Mama, eine ungewohnte Duftnote nahm ich an Ihnen wahr. Darf ich mir eine vielleicht unhöfliche Frage erlauben?"

„Ja, Dietrich, morgen."

Räuber

Lindt hatte das Dorf Engenhahn unter neugierigen Blicken des einen oder anderen Einwohners passiert und den Bergrücken erreicht, der das Idsteiner Land vom Tal der Aar mit dem Wehener Grund trennt. Über diese Anhöhe verlief die Wiesbadener Straße recht genau von Norden nach Süden, vom Dörfchen Eschenhahn herüberkommend nach Wiesbaden. Es war im Laufe des Vormittags sonniger geworden, sodass Lindt seinen Mantel unter dem Arm trug. Er legte eine Pause ein, setzte sich auf einen Baumstumpf, der im Begriff war, neben der unbefestigten Straße zu vermodern. Er zerbrach sich den Kopf darüber, wie er seinem Schwager Franz den Tod der Schwester erklären würde.

Lindt hatte Franz seit seiner Heirat mit Charlotte zwar nicht oft gesehen, aber er wusste, dass sein Schwager unberechenbar und äußerst jähzornig war. Der kleinste Auslöser, selbst ein kleiner Klecks Vogelkot auf dem Bock des Leiterwagens, konnte ihn zum Rasen bringen, wenngleich die Räder seines Gefährts im schwarzen Kohlenschlamm der Taunusstraßen versanken, wenn er mehr oder weniger verfaultes Heu vom Feld zum Stall transportierte.

Franz war zehn Jahre älter als Lindt, Bauer wie er. Mit der Köhlerei hatte Franz nichts im Sinn. Sein Nebenerwerb, von dem er nie etwas erzählt hatte, erbrachte nicht gerade wenig Gulden. Er konnte sich edle Weine aus dem Rheingau leisten, gar Riesling Kabinett aus dem Kloster Eberbach, von dem Lindt an diesem Tag noch reichlich zu genießen beabsichtigte. Der Trauer wegen, die er nicht empfand. Nicht mehr als eine gewisse Schwermut hatte sich seiner bemächtigt. Lindt hasste Veränderungen, fürchtete Verluste. So lag es nicht fern, an den Ochsen und an Philipp zu denken.

Lindt dachte nach. Dabei fuhr er sich hin und wieder durch seine nassen, fettigen Locken, die im raren Sonnenlicht fast golden glänzten. Er war völlig in seine Gedanken vertieft. Denken sollte man aber den Pferden überlassen, sagt ein altes Sprichwort. Vor allem dann, wenn drei von ihnen ganz in der Nähe zur Verfügung stehen.

Lindt wurde aus etwa fünfzig Metern Entfernung von drei französischen Husaren einer Aufklärungseinheit beobachtet. Er hatte nicht bemerkt, dass sie sich auf der Straße genähert hatten. Die Franzosen gaben sich untereinander wortlos Zeichen. Dann ritten sie gemächlich auf Lindt zu, wobei sie ihre wohlgestopften Musketen aus den Halterungen nahmen. Lindt dachte wieder über mögliche Erklärungen gegenüber seinem Schwager nach, als er durch mehrere Schüsse aus seinen Gedanken gerissen wurde. Er warf sich mit einem gehörigen Schrecken in den Gliedern zu Boden.

Nach einigen Sekunden hob er langsam sein Haupt und sah, wie mehrere Gestalten, Lindt glaubte sieben gezählt zu haben, aus dem Buschwerk heraus auf drei reiterlose Pferde zugingen, als er etwas Hartes in seinem Genick spürte.

„Wage nicht, dich zu rühren!"

„Wer seid Ihr? Was wollt Ihr von mir? Was ist hier los?"

„Schweig, du Lump!"

Lindt ahnte nichts Gutes. Wildes Palaver war aus der Entfernung zu hören. Seine linke Hand bekam einen Stein zu fassen.

„Lasst Ihr mich aufstehen?"

„Dann steh auf!"

Als er den Druck in seinem Genick nicht mehr spürte, erhob sich Lindt ganz vorsichtig, drehte sich dabei um. Er blickte auf eine hellblaue Schärpe, die eine graue lange Hose von einem weißen Kamisol trennte, dann in den Lauf einer Pistole, schließlich in das recht jugendliche, von Narben übersäte Gesicht eines Burschen mit Dreispitz, darunter das Haar zu einem Zopf gebunden.

„Vorsicht!"

Lindt schrie aus voller Kehle, der Stein traf hart gegen die Schläfe, der Dreispitz übernahm den Stoß, um davonzufliegen, sein Träger ging wortlos zu Boden. Lindt ergriff die Gunst des

Augenblicks, seine Tasche, seinen Mantel, um sich aus dem Staub zumachen. Er sah noch, wie einer der entfernt stehenden Männer den Kalpak eines Husaren ins Gebüsch schleuderte, als dieser ihn erblickte und die anderen Gesellen auf ihn aufmerksam machte.

„Der Kerl, den wir beobachteten, hat Narben-Niklas erwischt! Dort ist er. Den holen wir uns!"

Lindt rannte die schmale unbefestigte Straße hinunter nach Neuhof, einem etwa zwei Kilometer entfernten Dorf im Tal der Aar. Von dort wollte er weiter nach Wehen. Er rannte um sein Leben, weg vor Räubern der übelsten Art. Die fast kahlen, nur spärlich von Heidegewächsen, Stockausschlägen und einzelnen stattlichen Eichen bewachsenen Sauwasen hinunter nach Neuhof boten kaum die Möglichkeit, sich vor einer Räuberbande zu verstecken. Er drehte sich ständig um, aber niemand schien ihm zu folgen. Eine heftige Diskussion über den Verbleib der Beute war unter den Räubern entbrannt.

Lindt sah hinunter auf Neuhof, in das weite Muldental der oberen Aar, eines Baches, der sich einst als reißender Fluss der überaus frostigen Ära in den Untergrund aus steil stehenden Tonschiefern gefressen hatte. Gespann um Gespann bewegte sich mit Kohle beladen über die von Wiesbaden heraufführende Platter Straße durch Neuhof, einem schwarzen Band gleich die Landschaft durchziehend. Ihr Ziel war die Michelbacher Hütte. Viele Wagen fuhren mit Vorspann, um die Steigungen der Strecke besser bewältigen zu können.

Der Himmel verdunkelte sich, Wind kam auf. Lindt legte eine kurze Gehpause ein, zog den Mantel an. Der Wind wurde kühler. Noch einmal sah Lindt sich um. Dann überquerte er die geschwärzte, von Wagenrädern zerwühlte Straße und folgte einem kleinen Weg entlang des linken Ufers der Aar, der direkt nach Wehen führte. Hin und wieder musste er Umwege laufen, da neu angelegte Bewässerungsgräben und übel riechende Teiche den Weg abschnitten.

Als Lindt an den Resten der Wehener Stadtmauer entlangging, öffnete der Himmel seine Pforten wie schon Tage nicht mehr. Er lief schnellen Schrittes am Schloss mit dem Amt Wehen vorbei, bog in eine kleine Gasse ein, an deren Ende der bescheidene Hof des Schwagers lag. Es war am späten Vormittag, als sich die Tür knarrend öffnete.

„Friedrich, was machst du bei diesem Wetter in Wehen? Komm rasch herein, ehe mir der Flur vernässt – und du noch mehr! Ich hatte schon die Befürchtung, dass es nun so weit sei mit der Einquartierung. Bislang sind wir von den Österreichern verschont geblieben."

Lindt umarmte Lene, die Frau des Schwagers. Sie war von hagerer Gestalt, recht groß, gezeichnet von der harten Arbeit auf dem Hof. Nachdem sie ihre innige Umarmung gelöst hatten, wischte Lene mit beiden Händen hastig Lindts Schmutz von ihrem kurzen gefütterten Jäckchen, das den Stil der großen Roben jener Zeit imitierte. Schürze und Rock folgten im Zuge der Säuberung. Dann rückte sie ihr Halstuch zurecht.

„Es ist schön, dich wieder einmal zu sehen, liebe Lene, aber ich bringe keine gute Nachricht."

„Was ist geschehen?"

„Friedrich, du hier?"

Franz war aus der Stube gekommen, um im Stall des Unwetters wegen nach dem Rechten zu sehen. Unzählige Male hatte Lindt überlegt, wie er es erklären sollte. Es brach kurz und bündig aus ihm hervor.

„Charlotte ist tot."

Für einen Augenblick herrschte Stille.

„Meine Schwester? Tot?"

„Ja, Franz. Tot."

„Was ist ihr widerfahren?"

„Gehen wir doch lieber in die Stube an den Tisch", sprach Lene.

Franz schloss die Tür.

„Was ist geschehen, Schwager? Sprich!"

„Eigentlich begann diese fürchterliche Geschichte schon im September des vorletzten Jahres", fing Lindt an zu erzählen. Lene und Franz starrten ihn schweigend an. Er sprach von Dietrich,

Charlotte, Prietz, von Dasbach. Als er den Vorfall mit den Husaren erwähnte, schauten sie sich kurz an, was Lindt nicht bemerkte. Nur von Johanna sprach er nicht. Franz sprang vom Stuhl.

„Ich hätte niemals zulassen dürfen, dass meine kleine Charlotte so einen wie dich heiratet! So einen Taugenichts, einen Köhler, der Tag und Nacht über Wochen hinweg mit anderen dreckigen Kerlen im Gehölz haust, der mit einem schäbigen Ochsenkarren durch die Gegend zieht, der sich von einem Hochkömmling an der Nase herumführen lässt. Keinesfalls hätte Charlotte einen heiraten dürfen, dessen Dummheit vermutlich so groß ist, dass sie sogar das grässlichste Getier aus dem Dreck unter seinen Füßen schleunigst davoneilen lässt, damit es nicht an der unbeschreiblichen Torheit nagen muss."

„Franz, bitte!"

„Schweig, Lene!"

In diesem Augenblick flog die Stubentür auf. Der achtjährige Jakob, sein ein Jahr jüngerer Bruder Sebastian und die zehnjährige Gisela polterten in den Raum.

„Raus, sofort hinaus!"

So schnell wie die Tür aufgeflogen war, so rasch war sie auch wieder zu. Die Kinder wussten, dass mit dem Vater nicht zu spaßen war. Vor allem dann nicht, wenn er in dieser Stimmlage der Erziehung nachging.

„Wenn eine geladene Waffe im Spiel ist, so erscheint es mir überaus gewagt, fast einfältig, mit einem Kerl zu raufen. Diesen Arenberg hättest du dir auch noch zu einem späteren Zeitpunkt vornehmen können."

„Im Grunde genommen wollte ich mir Arenberg nie vornehmen. Auch gestern Abend nicht. Kurz vor seinem Fall tat er mir sogar leid, dieser Schweinehund."

„Er tat dir leid, der Kerl, der deine Frau bestieg, darüber auch noch prahlte? Ja, er tat dir leid! Dieser arme Mensch, der dir offenbar ein Kuckucksei ins Nest gelegt hat! Siehst du, Friedrich, das Getier hat recht, zu eilen. Würmer und Asseln würden sich angesichts deiner erbrechen. Siehst du es endlich ein? Begreifst du, dass du ein Dummkopf, ein Idiot bist?"

Lene wurde etwas kleiner, Lindt nahm es gelassen.

„Ach Friedrich“, sprach Lene. „Was für ein Unglück!“

Franz ging zum Schrank, holte eine Flasche hervor.

„Ich denke, das muss ich erst einmal begießen, um es zu begreifen.“

Dann stellte er drei Gläser auf den Tisch, goss sie randvoll ein.

„Ich glaube, das haben wir jetzt alle nötig.“

Lindt und Lene nickten. Sie erhoben die Gläser, tranken sie in einem Zug aus. Lindt bemerkte sofort, dass es ein billiger Fusel war. Johanna kam ihm in den Sinn. Franz schenkte nach. Lindt trank aus.

„Du auch noch einen, Lene?“

„Nein, Franz, nicht um diese Tageszeit. Sobald das scheußliche Wetter aufgehört hat, gehe ich hinaus aufs Feld, muss sehen, ob sich neue Furchen und Gräben in den Grund gefressen haben. Die Kinder nehme ich mit. Sie müssen mir, wenn es denn so ist, helfen, die Erde zurückzuholen. Und wolltest du heute nicht noch Geschäfte mit Pferden machen?“

Franz schaute sie mit ernstem Blick an, Lindt goss nach, wodurch die Probleme ganz allmählich im vermeintlichen Nichts versanken. Er grübelte noch darüber, warum sich Bestürzung und Trauer des Schwagers in auffälligen Grenzen hielten, war doch die Schwester verschieden. Lindt wusste nicht viel über seine Frau, wusste nicht, dass Charlotte ihren Bruder gehasst hatte.

Sie hasste ihn seit ihrem neunten Lebensjahr. Seit dem Tag, an dem sich ihr Vater das erste Mal an ihr vergangen hatte. Franz hatte die Begebenheit mitbekommen. Als er damals in des Vaters Augen sah, wurde ihm bewusst, was er niemals hätte wagen dürfen. Fünf Jahre lang ertrug sie die Pein, elf Jahre lang schwieg Franz. Das Leid endete durch einen Unfall des Vaters mit der Heugabel. Auch darüber sprach Franz kein Wort.

Es war am späten Nachmittag, etwa gegen siebzehn Uhr, als Lindt, mit dem Oberkörper auf dem Tisch liegend, mit dem Hintern auf der Bank sitzend, durch einen Schlag auf den Rücken erwachte.

„Was ist?"

„Komm, Friedrich, wach auf, wir müssen feiern!"

„Du, Franz?"

„Ja, ich bin es. Komm, setz dich hin!"

Franz öffnete hastig einen kleinen Beutel, schüttete zwölf Guldenstücke auf den Tisch. Lindt versuchte, das Bewusstsein zu erlangen. Klirrendes Geschirr half ihm dabei.

„Jakob? Zum Teufel noch mal!"

„Ja, Vater!"

„Was ist das für ein Krach?"

„Mir ist etwas aus den Händen gefallen."

„Was denn?"

„Ein Krug mit Milch."

„Dann sammle die Scherben auf, du Saubub! Ich will davon nachher nichts mehr sehen, auch nichts von der Milch. Wir unterhalten uns später darüber. Wenn du damit fertig bist, dann geh nach oben. Hast du gehört?"

„Ja, Vater!"

Jakob wusste nur zu gut, was eine Unterhaltung mit dem Vater bedeutete. Tränen liefen über die kleinen Wangen.

„Ich habe es doch nicht mit Absicht getan", sagte Jakob leise, begann, die Scherben aufzulesen. Dann nahm er ein Tuch, um die Milch aufzuwischen. Jakob war früher vom Feld zurückgekehrt. Er hatte geholfen, den Dreck wieder zurückzuholen. Dabei hatte er sich den Knöchel verstaucht und so sehr geweint, dass ihn Lene nach Hause geschickt hatte. Zum Trost wollte er etwas Milch stibitzen.

„Habe heute ein gutes Geschäft gemacht, Friedrich."

Die Wolken hatten sich im Laufe des Nachmittags aufgelockert, die tief stehende Sonne ließ die Münzen glänzen. Lindt wunderte sich über die ausgesprochen gute Laune des Schwagers. Auch über seinen Sinneswandel ihm gegenüber. Doch in dem Augenblick, in dem Franz ihm ein Glas vor der Nase einschenkte, war er nur noch erstaunt über den Geruch. Es war ein äußerst feiner.

„Komm, trink, das ist ein ganz besonderer Tropfen, ein Birnenbrand aus dem Rheingau."

Sie kippten die Gläser.

„Welch Geschäft hast du denn heute gemacht, Schwager?"

„Ich habe Pferde verkauft."

„Seit wann besitzt du Pferde? Du hattest doch immer nur Säue und Rindviecher."

„Hin und wieder. Ich kaufe und verkaufe. Die Gäule, mitunter wahre Schindmähren, stehen bei Bedarf im Stall eines Bauern in Bleidenstadt. Ich habe hier keinen Platz. Er verlangt ein paar Kreuzer dafür. Kaufen, verkaufen, handeln. Ist doch besser als die Schufterei am Meiler, oder?"

„Und offensichtlich einträglicher."

Lindt spielte mit den schmutzigen Fingern an den Geldstücken.

„Fürwahr, deutlich ertragreicher."

„Du kannst heute Nacht hier bleiben, auf der Bank schlafen. Auch die nächsten zwei Nächte. Bis dahin müssen wir darüber nachdenken, wie wir deine Missgeschicke bewältigen. Es wird sicherlich nicht lange dauern, bis Steckbriefe auch im Amt Wehen verteilt werden. Man wird die anderen Köhler nach deinem Verbleib befragen. Wenn du ihnen nichts von mir erzählt hast, wird es eine Weile dauern, bis die Polizei hier auftaucht."

„Ich habe von dir erzählt."

„Dann bist du also doch ein Dummkopf. Hier, trink noch einen, damit die Dummheit zunehme!"

Franz lachte laut, Lindt trank aus. Es war eine halbe Stunde vergangen, als es an der Haustür dreimal klopfte.

„Ich mache auf!", rief Jakob, der noch einmal in die Küche gegangen war, um unter dem klapprigen Schrank nach Milchlachen und Steingutresten Ausschau zu halten. Den Bereich unter dem Schrank hatte er vergessen, nicht die Unterhaltung.

„Ja, Junge, mach auf, sieh nach, wer da klopft."

Jakob öffnete die Tür. Vier finsteren Gesellen sah er zuerst aufs Schuhwerk, dann ins Gesicht.

„Wer seid ihr?"

„Wir wollen zu deinem Vater. Komm, lass uns schnell herein! Es soll uns keiner hier herumstehen sehen", sagte einer der Männer mit einem Verband unter dem Dreispitz.

„Vater, hier sind vier Männer, die zu dir wollen!“

„Verflucht!“

„Friedrich, du bleibst hier. Ich muss draußen nur schnell etwas regeln.“

Franz hastete aus der Stube, verschloss die Tür hinter sich.

„Jakob, verschwinde nach oben!“

„Ja, Vater.“

„Was macht ihr hier? Wir hatten doch beim Pferdehandel vereinbart, uns erst bei abnehmendem Mond wiederzutreffen.“

„Das stimmt, Franz, doch es hat sich Neues zugetragen“, sagte Narben-Niklas. „Komm, Franz, wir sollten das bei einem Trunk in der Stube bereden.“

„Über die Neuigkeit kannst du mir auch hier an Ort und Stelle berichten.“

„Was soll die Zier? Lass uns in die Stube gehen, oder hast du den edlen Rheingauer schon gesoffen?“

„Das geht heute nicht. Berichte mir auf der Stelle und verschwinde wieder!“

„Warum nicht? Hast du ein fremdes Weib nackend auf dem Tisch liegen, während dein eigenes sich auf dem Feld vom Dreck beflecken lässt?“

Narben-Niklas lachte, die anderen drei Burschen stimmten ein.

„Es reicht nun. Erzähl, oder komm ein anderes Mal wieder!“

„Mich überfällt im Augenblick das Gefühl, dass hier etwas nicht stimmt. Du verbirgst etwas vor uns, lieber Franz. Das sollte unter seinesgleichen unterbleiben. So etwas kann die Gemeinsamkeit aufs Gründlichste versauen, auch wenn du sonst das Sagen unter deinesgleichen hast. Immerhin habe ich für die Gemeinsamkeit heute Vormittag den Kopf hinhalten müssen, als mich der Stein eines Dahergelaufenen gegen den Kopf traf, wie du siehst.“

„Ja, ich habe es gleich bemerkt. Nun aber raus, es reicht mir! Wir sehen uns später.“

Kaum hatte Franz diese Worte gesprochen, schob sich Narben-Niklas rasch an ihm vorbei, öffnete die Stubentür.

„Was machst du nur so ein Theater, Franz? Ist doch keiner da. Aber wie ich sehe, haben dir Glas und Flasche Gesellschaft geleistet. Und den Rest vom edlen Tropfen muss man offenbar vor seinen Freunden schützen. Das werde ich mir merken."

„Nun erzähl endlich von der Neuigkeit!"

Franz war erleichtert, wunderte sich, zog die Stubentür zu.

„Also gut. Matthias Weber und Wilhelm Zülcher sind in Wehen. Sie sind bei der Wagner Else untergekommen, wollen hier abseits des Rheins vorübergehend neue Quellen ausbaldowern, da es am Niederrhein derzeit zu gefährlich sei. Zweimal seien die französischen Gendarmen Webers Leuten recht dicht auf den Fersen gewesen. Die beiden wollen sich morgen Abend mit uns treffen. Ich habe die ‚Kochemer Bayes' vorgeschlagen."

Ihre „Kochemer Bayes" war die Aarschänke in Wehen. Der Wirt arbeitete schon seit geraumer Zeit als Hehler für die Bande von Franz Oellig.

„In Ordnung. Das ist eine überraschende Neuigkeit. Brennt dem Weber doch offensichtlich sein Hinterteil. Ich denke, von dem können wir durchaus noch etwas lernen. Und jetzt hinaus, ich muss zum edlen Tropfen zurück, ehe mein geliebtes Weib mit den anderen Kindern zurückkehrt."

„Das nächste Mal kommen wir früher."

Narben-Niklas lachte, sie verließen das Haus. Franz ging in die Stube, in der Lindt stand. Er hatte den Wortwechsel im Flur hinter der Tür stehend mitbekommen, nachdem er sich im rechten Moment samt Glas in die hinterste Ecke unter der Bank verkrochen hatte.

„Wenn ich mich nicht irre, war der eine im Flur derjenige, den ich heute Morgen am Kopfe traf, der, von dem ich erzählte."

„Ja, lieber Friedrich, da hast du recht."

„Und wenn ich mich des Weiteren nicht irre, machst du mit diesen Verbrechern gemeinsame Sache."

„Lieber Schwager, ich mache mit ihnen nicht nur gemeinsame Sache, ich führe sie an."

„Deine Leute, wenn ich sie einmal so nennen darf, sind Mörder. Sie haben heute Morgen drei Franzosen mit überaus großer Feigheit aus dem Hinterhalt erschossen. Und wenn ich nicht schnell genug reagiert hätte, müsstest du jetzt den edlen Tropfen alleine saufen."

Im Augenblick, als Lindt dies sprach, ergriff er die Flasche, setzte sie an die Lippen, trank drei, vier Schlucke.

„Siehst du, Friedrich, meine Vermutungen über deine Dummheit erhärten sich zunehmend. Das war kein Mord, das war ein Kampf gegen den Eindringling. Sozusagen ein militärischer Sieg der Miliz zum Ruhme von Nassau-Usingen. Der Fürst würde es uns danken, ja selbst Erzherzog Karl von Österreich. Und der Rest des Edlen, den du gerade getrunken hast, wäre auch Lene gegönnt gewesen."

„Du willst doch nicht behaupten, dass ihr nur Franzosen überfallt."

„Nein, auch Müller, Höfe, Juden, Österreicher, gelegentlich auch ein ganzes Dorf."

„Wie viele Leute hast du auf dem Gewissen?"

„Friedrich, lass uns lieber darüber nachdenken, was aus dir wird. Sieh doch, nicht nur familiäre Bande vereinen uns. Du wirst verfolgt, ich werde gesucht, nur genieße ich den Vorteil, dass die Suchenden nicht wissen, wer ich bin. Deine Personenbeschreibung wird in ein paar Tagen vermutlich überall im Fürstentum die Wände zieren."

Es klopfte.

„Weiß der Teufel, warum Lene an die Tür klopft. Nein, das muss jemand anderes sein. Bleib hier."

Franz ging zur Tür, öffnete sie.

„Narben-Niklas. Was willst du noch einmal hier?"

„Du solltest dich vor dem Kerl in der langen französischen Hose mit dem grauen Kamisol, der vorhin in der Stube unter der Bank lag, in Acht nehmen. Er schlägt gerne Leute mit Steinen gegen den Kopf. Aber das ist dein Problem. Läuft er mir aber noch einmal über den Weg, wird es seines."

Franz hatte wie aus dem Nichts Widerstand im Hals, musste schlucken.

„Das ist mein Schwager aus Dasbach, der Bauer und Köhler Friedrich Lindt. Er wird im Idsteiner Land wegen zweifachen

Mordes gesucht und fand bei uns vorerst Unterschlupf. Ich wollte, nachdem er mir von eurem Zusammentreffen berichtet hatte, ein übereiltes Wiedersehen vermeiden, kenne ich doch deine aufwallenden Gefühle nur zu gut."

„Bring ihn morgen mit zum Treffen mit Weber. Mörder können wir immer gebrauchen."

Lindt riss die Tür der Stube auf.

„Ich bin kein Mörder! Ich bin Bauer und Köhler. Meine Kohle glänzt auf dem Bruch stark, fast stahlblau, zerbricht leicht, erzeugt kaum Funken und färbt die Hände nur wenig. Und mit meiner überaus guten Kohle verdiene ich auf ehrliche Weise Geld. Ich bin kein Mörder, ich gehöre nicht zu euch!"

„Was schreist du, Friedrich, beruhige dich!"

„Den Schlag mit dem Stein bitte ich zu entschuldigen. Ich tat es aus der Not heraus, zur Wehr. Ihr hättet mich doch erschossen."

„Das würde ich immer noch, wenn du nicht der Schwager von Franz Oellig wärst. Die Entschuldigung nehme ich an, Köhler."

Lene kam mit den Kindern.

„Tag, die Herren. Ein Treffen außer der Reihe? Heute gibt es keinen Schnaps, Niklas. Ich muss das Abendbrot vorbereiten."

„Das wurde mir bereits deutlich gemacht, liebe Lene."

Lene und die Kinder drückten sich an den Herren vorbei. Narben-Niklas fuhr mit der Hand durch Sebastians Haar.

„Lass sein, ich mag das nicht."

Er war solche Berührungen nicht gewohnt, sodass sie ihn verängstigten. Narben-Niklas zog die Hand zurück, wollte er doch kein Kinderschreck sein.

„Bis morgen Abend."

„Ja, Niklas, bis morgen."

Die Tür fiel ins Schloss.

Am nächsten Morgen wachte Lindt mit schmerzenden Gliedmaßen auf. Hart war die Bank – und schmal. Von seinem Mantel, den er auf einen der Stühle gelegt hatte, ging ein unangenehmer Geruch aus. Er stand auf, begab sich an eines der Fenster, öffnete es. Brandgeruch strömte in den Raum, er atmete tief ein. Es war der Geruch, der ihn an vergangene Tage erinnerte. Er hatte Sehnsucht nach dem Meiler, seinem fürchterlichen Gestank, nach seiner Hütte, der Dasbacher Heide, seinem Ochsen, Charlotte, Johanna. Er dachte an Prietz.

Lindt ging zum Tisch, setzte sich auf die Bank. Im Haus war es still. Franz, Lene und die Kinder waren im Stall mit dem Vieh beschäftigt. Die Tiere mussten trotz der Nebeneinnahmen versorgt werden, da sie das Zubrot sicherten. Lindt war neugierig geworden. Und so beschloss er, Franz am Abend zur Aarschänke zu begleiten. Er wollte wissen, was dieser Weber für einer war. Zu verlieren hatte er ohnehin nichts.

Am Abend, es war bereits dunkel, trafen Franz, Narben-Niklas und Lindt in der Aarschänke ein. Sie waren schnellen Schrittes gegangen, da es kräftig zu regnen begann. Der Himmel schien einmal mehr alle Pforten zu öffnen. Trotz ihres hohen Gehtempos waren sie bereits nass bis auf die Knochen, als sie den Schankraum betraten. Der Brandgeruch in ihren Nasen wechselte gegen den Geruch der Schänke. Es roch nach Bier, Schnaps, Tabakrauch, menschlichen Ausdünstungen und altem Fett. Die Luft im Raum hätte einem Schnitt wohl standgehalten. Der Wirt deutete mit dem Kopf in Richtung Weber, der in einer Ecke neben Zülcher saß. Franz ging voraus, Narben-Niklas und Lindt folgten.

Die Frau des Wirts, eine außerordentlich schlampige Erscheinung, ging an ihnen mit zwei Bierkrügen in den Händen vorbei. „Wen haben wir denn heute hier zu Gast?“, sagte sie lachend zu Lindt, wobei er ihre sieben Zähne sehen konnte. Lindt lächelte freundlich zurück, ging weiter hinter den anderen her. Zwischen den voll besetzten Tischen, an denen auch österreichische Soldaten saßen, der eine oder andere mehr oder weniger volltrunken, kokettierte eine nicht weniger schlampige, wenn auch deutlich jüngere Dame mit den Kerlen. Lindt sah ihr die Hure auf einen Blick an. Er kannte sich mit solchen Dingen recht gut aus, ging es doch im Amt Wehen nicht anders zu als in Idstein. Einer der Männer gab der jüngeren Dame einen Klaps auf ihr Hinterteil, was ihm eine laut klatschende Ohrfeige eintrug. Ein Umstand, der die anderen am Tisch zu einem fröhlichen Lied mit hohem Bekanntheitsgrad animierte. Ein Einarmiger, der nur noch halb so gut klapsen konnte, dafür aber umso stimmgewaltiger war, begann, die erste Strophe zu grölen, alle anderen stimmten ein, auch die Kerle am Nachbartisch. Ein österreichischer Adjutant namens Czukor, trotz des Namens von zweifelhafter ungarischer Abstammung, was den Teint, die Morphologie seines Antlitzes betraf, versuchte es ebenfalls und kippte zum Zwecke der Authentizität noch einen zehnten nach, einen Dauborner wohlbemerkt. Im Raum schallte es:

„In Dauborn brennt man guten Schnaps.
Trinkst du zu viel, gibst ihr 'nen Klaps.
Doch ist es nicht die deine Maid,
haust besser ab, das ist gescheit."

Die hohe Lautstärke im Raum wurde nur durch gelegentliche Flüche und andere Unmutsäußerungen Karten spielender Gesellen übertroffen. Es flogen Dreispitze, hier und da spuckte einer auf den Holzboden. Der Österreicher mit eher steirischem Gesicht lag schlichtweg daneben, was die Melodie betraf, und sein Kopf knallte, klare Nassauer nicht vertragend, als Abschlussakkord donnernd auf den Tisch. Als Lindt sich kurz umsah, präsentierte die junge Dame gerade an einem entfernten Platz den überaus interessierten Mannen ihr bleiches Knie. Es gefiel Lindt.

„Du bist Oellig von der Wehener Bande."

Webers Stimme klang unangenehm.

„Und Ihr seid Matthias Weber."

Weber nickte, meinte, sie sollten sich zu ihm an den Tisch setzen. Lindt schaute wieder nach vorn. Vor lauter Bleichheit hatte er im Gehen nicht bemerkt, dass er bereits vor dem Gast vom Niederrhein stand. Zum Erstaunen der drei war der achtzehn Jahre alte Räuber recht klein und dünn. Er hatte helles schütteres Haar. Das passte so gar nicht zu seinem allerorten im

Hunsrück und Taunus bekannten Namen „Fetzer". Er trug diesen Namen, da er auf fahrende Kutschen sprang und das Gepäck herunterfetzte. Mit einem derartigen Gesellenstück hatte Weber seine Laufbahn als Verbrecher begonnen. Als er sechzehn Jahre alt war, hatte sich Weber beim Militär für den ersten Feldzug der deutschen Fürsten gegen das revolutionäre Frankreich anwerben lassen. Doch die kriegerische Auseinandersetzung endete recht bald in einer katastrophalen Niederlage der Koalition. Weber wurde als Soldat entlassen, da seinem Truppenführer der Sold ausging. Von den Kameraden war er im fachgerechten Plündern und Rauben unterwiesen worden, was ihm zu schnellem Ruhm verhalf. In Frankreich, Nassau, Hessen und Preußen wurde er gesucht.

Die Männer musterten sich unentwegt, die Gesichter ernst. Lindt machte sich Gedanken darüber, wie er nur in eine derartige Runde gelangen konnte. Ab und an suchte sein Blick die Dame mit dem Knie. Während der Suche kam ihm etwas merkwürdig vor, aber er wusste nicht, was. Irgendetwas fiel ihm auf, aber nicht ein. Um seinem Gedächtnis auf die Sprünge zu helfen, bestellte Lindt zur Freude der Wirtin ein achtes Bier, in der Hoffnung, dass Franz auch dieses bezahlen würde. Auch beim Servieren des achten Bieres beugte sich die Wirtin so tief hinunter, dass ihn ihre überaus üppigen Waffen berührten, und zum achten Mal spürte er ihren flehenden Atem, der sich hinsichtlich der Duftnote in keiner Weise von verfaultem Fisch unterschied. Lindt lächelte sie nach jedem Waffenkontakt an, und Johannas Atem ließ die Wirtin schöner werden. Doch gegen das Knie kam sie nicht an, das Lindt wieder suchte. Ob das Knie besser duftete, sollte Lindt nie mehr erfahren dürfen. Denn schlagartig wurde ihm bewusst, was ihm aufgefallen war. Bis auf den Wirt waren alle Kerle im Raum, nicht nur die Österreicher, bewaffnet. Lindt sah Pistolen und Messer, mehr oder weniger gut an den Leibern versteckt. Das beunruhigte ihn weitaus mehr als die Bekanntschaft mit Weber, sodass er sich das Knie aus dem Kopf schlug. Er überlegte, wie er diesen Ort verlassen könnte, ohne aufzufallen. So viel Raubgesindel auf einem Haufen musste doch die Gesetzeshüter anlocken wie der Mist die Fliegen, war seine Befürchtung.

Die Männer um Weber unterhielten sich über gemeinsame Aktivitäten im Amt Wehen und im Idsteiner Land. Sie redeten fast zwei Stunden. Vieles verstand Lindt nicht. Wegen des Lärms und des Rotwelschs, das ihm nicht geläufig war. Das neunte Bier brachte ihm der Wirt, der auf dem Weg zu Lindt der jüngeren Dame zwei Gulden zusteckte. Der Wirt war zufrieden. Mit dem Abend, der Dame, den Gästen. Nur Lindt warf er beim Servieren des neunten Biers einen bösen Blick zu, meinte, dass es jetzt genug sei.

Der Wirt schritt mit dem leeren Krug, dabei einige Worte mit Gästen wechselnd, wieder von dannen. Was ist ein Wirt ohne seine Gäste, dachte er. Denn Gäste, die bezahlen konnten, waren unter den Einheimischen im Taunus eine Rarität. Nur wer bereit war, bis spät in der Nacht zu arbeiten, konnte es zu etwas bringen, sich Bier im Wirtshaus leisten.

Es war nach Mitternacht, als sich Franz, Narben-Niklas und Lindt von Weber und seinem Begleiter vor der Aarschänke verabschiedeten. Es ging alles sehr schnell, da es immer noch regnete. Das Bier hatte an diesem Abend niemand bezahlt. Es wurde selbstverständlich verrechnet. Dass der Wirt just im Moment des Abschieds sein Weib abstach, bekamen die fünf nicht mit. Lindt sah nur kurz, wie eine blutverschmierte Hand an einer Fensterscheibe herunterrutschte, untermalt vom Geräusch der fallenden Tropfen, im warmen Licht von Kerzenschein. Lindt interpretierte das Gesehene als Hirngespinst, als Folge der ersten acht Biere. Er hatte recht.

In den darauffolgenden Tagen half Lindt bei der Arbeit auf dem Feld. Immer wieder mussten sie den Leben spendenden Dreck an seinen Bestimmungsort zurückholen, den pralle Tropfen auf die Reise geschickt hatten. Sie packten die Erde mit ihren Händen, während Franz mit Weber die Gegend erkundete, hier und da Geld für Bier besorgte.

Man schrieb den 5. Juli 1796. Lindt war mit Lene wieder auf dem Feld am Eichelberg oberhalb des Ortes zugange. Die Schäden an der Krume hatten weiter zugenommen. Der Morgen war kalt, aber unerwartet sonnig. Jakob, Sebastian und Gisela halfen bei Aufräumarbeiten auf dem Hof von Lenes Schwester Maria, der in der Nacht von einem Erdrutsch in Schlamm und Geröll beinahe erstickt worden war.

Lindt stieg im Feldgehölz aus Eschen und allerlei anderem Gestrüpp von Lene, als er eine Schar Ameisen bemerkte. Sie krabbelte über die Abhänge des Großen Risselsteins, einer Bergkuppe nördlich der Aar, zu Tal. Das, was aus der Ferne wie Ameisen aussah, entpuppte sich bei genauerem Hinsehen als eine gewaltige Horde von Reitern.

„Siehst du das auch, Friedrich?"

„Ja, ich sehe es."

„Wir müssen zurück zum Hof. Ich kann zwar nicht erkennen, wer sie sind, aber ich habe kein gutes Gefühl."

„Das ist sehr schade."

Lene zwickte ihn beim Aufstehen in die Wange.

„Das wird schon wiederkommen, mein Dreckskerl. Da bin ich mir ganz sicher."

Im Ort hörten sie tumultartigen Lärm. Lindt blieb stehen.

„Was ist, Friedrich, wieso kommst du nicht nach?"

„Einen Augenblick, Lene."

Er ging fünf Schritte zurück, betrachtete ein Papier auf einem Anschlagbrett, das ihm im Vorbeigehen aufgefallen war.

„Kannst du dies vorlesen?"

Lene ging zu ihm.

„Ich werde es versuchen."

Steckbrief

Der zweifache Mörder, der Bauer und Köhler Friedrich Lindt, wohnend in Dasbach, ist nach seinen Morden aus dem Idsteiner Land verschwunden. Alle polizeilichen Nachforschungen lassen vermuten, dass er sich nach dem Tal der Aar, dem Wehener Grund geflüchtet hat. Unten beigefügt, geben wir eine Beschreibung des Gesuchten und

ersuchen alle Behörden, im Betretungsfalle dieses gemeingefährliche Subjekt schleunigst an uns ausliefern zu wollen.
Idstein, 30. Juni 1796
Polizeikommandantur zu Nassau-Usingen
Hans-Georg Arenberg, Obrist

Beschreibung

Alter: 20 Jahre
Höhe: 6 ½ Nassauer Fuß
Gesicht: wohlgeformt, länglich
Nase: gerade
Mund: voll
Zähne: Fehlstellen
Augen: blau
Haare: blondlockig
Bart: meist unrasiert
Kleidung: beige Pantalons, graues Kamisol

„Komm, Lene, wir müssen schnell zum Hof!"

Lene war nicht sonderlich überrascht darüber, war doch der Wehener Amtmann Ibell stets sehr schnell mit der Durchführung von Anordnungen. Der Lärm schwoll an. Als die beiden um die nächste Hausecke bogen, blickten sie auf die Ameisen. Sie waren in Wehen angekommen, gewaltig gewachsen und hatten sich um das Schloss versammelt. Es handelte sich um das Zweite österreichische Kürassierregiment „Erzherzog Ferdinand Karl Anton von Habsburg-Lothringen", so benannt nach dem Regimentsinhaber, unter Major Ferdinand Freiherr von Rohrmoser, den seine Soldaten hinter seinem Rücken liebevoll „Galopp-Ferdi" nannten, obwohl er sie gnadenlos im Dienste von Feldzeugmeister Maximilian Graf Baillet de Latour, dem Oberbefehlshaber der rund sechsundsechzigtausend Mann zählenden k. k. Oberrheinarmee, auf dem Schlachtfeld verbluten ließ. Von der üblichen Gasse für Gehorsamsverweigerer, Vergessliche und Neulinge ganz zu schweigen.

Überall in der Stadt sah man die Berittenen der schweren österreichischen Kavallerie mit ihren glänzenden schwarzen Panzern, die sie auf der Brust über dem weißen Militärrock trugen. Siebenhundertsechzig Mann zählte das Regiment von Rohrmoser, das auf dem Rückzug vor den herannahenden Franzosen in die Stadt eingefallen war. Am 2. Juli hatte die französische Sambre-Maas-Armee zum dritten Mal den Rhein bei Neuwied und Bendorf nach einer gewaltigen Kanonade von über vierzig Geschützen vom linksrheinischen Ufer aus in aller Herrgottsfrühe überquert. Eine Division „Coburg"-Dragoner unter dem k. k. General Fink und die wenige österreichische Infanterie, unterstützt von Artillerie, konnte sie nicht aufhalten, sodass sich sämtliche Österreicher über den Taunus in Richtung Frankfurt zurückzogen, darunter auch das Zweite österreichische Kürassierregiment „Erzherzog Ferdinand Karl Anton von Habsburg-Lothringen".

Von Rohrmoser, seine sechs Rittmeister und Offiziere der beiden Salzburger Linien-Infanterieregimenter, die in Wehen und weiteren Orten des Wehener Grundes lagen, diskutierten lautstark mit einigen städtischen Beamten um Ibell. Die österreichischen Kürassiere wollten ihre Futternetze und Mägen füllen. Von vorübergehenden Einquartierungen war die Rede, so viel bekamen Lindt und Lene trotz des mitunter recht unverständlichen Dialektes mit. Die holde Weiblichkeit unter Wehens Einwohnern, die sich zahlreich vor Ort versammelt hatte, fand großen Gefallen an den prächtigen Uniformen der fremden Soldaten mit den glänzenden Brüsten, die viel schöner waren als die einfachen Nassauer Röcke, was sie lautstark kundtaten.

„Wir sollten uns in eine Nebengasse schlagen, ehe einer der Beamten oder gar Ibell selbst mich erkennt."

„Nun übertreibe nicht. Glaubst du, sie haben das soeben Vorgelesene studiert?"

Ohne von der Menschenmasse bemerkt worden zu sein, gelangten sie zum Hof. Jakob, Sebastian und Gisela waren schon zurück. Viel Unsinn hatten sie gemacht. So viel Unsinn, dass sie von Lenes Schwester Maria trotz des furchtbaren Leids durch die Erde nach Hause geschickt worden waren. Solche Helfer konnten Maria und ihr Mann nicht gebrauchen. Nicht in diesen Zeiten, auch wenn sie noch Kinder waren.

Lene wollte sich gerade den Nachwuchs in der Stube vorknöpfen, den Kindern mit dem Vater drohen, als es an der Tür zweimal klopfte. Lene öffnete zur Erleichterung der Kinder die Tür. Davor standen fünf Österreicher. Ein Offizier der Kürassiere mit vier Mann, die Hüte unter den Armen.

„Gott zum Gruße, werte Bäuerin. Ich muss eine Einquartierung bei Euch vornehmen. Vier Mann, vier Pferde."

Lenes Befürchtungen waren Realität geworden.

„Wir haben im Stall keinen Platz für vier Pferde, Herr ..."

„Leutnant Josef Pichler, Quartiermeister des Zweiten österreichischen Kürassierregiments ‚Erzherzog Ferdinand Karl Anton von Habsburg-Lothringen'", sagte der Mann mit Brustpanzer im weißen Militärrock zackig Haltung annehmend, dabei die Hand am Griff des Pallaschs.

„Dann muss Euer Vieh den Stall räumen. Außerdem benötigen wir für jeden Mann und Tag zwei Pfund Brot, ein halbes Pfund Ochsenfleisch, einen Viertelkrug Schnaps. Dazu Verpflegung für die Pferde. An ordentlichen Palatschinken sollte es den Männern auch nicht fehlen."

„Palatschinken?"

„Ja um Himmels willen, werte Bäuerin! Kennen denn die Nassauer keine Palatschinken? Es handelt sich dabei um eine wohlschmeckende Eierspeise, bereitet aus Eiern, Mehl und Milch."

„Ach, so etwas wie Pfannkuchen."

„Dann lasst uns Pfannkuchen backen", meinte Lindt breit grinsend, der nun hinter Lene stand.

Es vergingen zwei Tage, während derer der Regen so stark zunahm, dass die Aar einem reißenden Strom glich. Zwei österreichische Infanteristen rissen die Fluten bei einer Übung mit. Sie wurden auch nach langem Suchen der Kameraden nicht gefunden. Lindt verließ in dieser Zeit nicht mehr den Hof.

Nicht wegen der Tropfen. Es war die Angst, durch die Beschreibung auf dem Steckbrief erkannt zu werden. Der Versuch, Kleidung von Franz zu tragen, scheiterte am Größenunterschied. Auch in der Aarschänke hatte man einen Steckbrief ausgehängt. Doch der neue Wirt war sich mit Franz und allen anderen schnell einig geworden, entfernte das kompromittierende Papier.

Die einquartierten Österreicher benahmen sich ordentlich, waren nur über Nacht im Haus, in dem es durch die vielen feuchten Kleidungsstücke muffiger roch als je zuvor. Franz, Lene und die Kinder gingen ihrer Arbeit auf dem Hof nach. Gelegentlich schaute Franz nach dem hölzernen Türsturz. Am Morgen des dritten Tages war es so weit. Der Balken war gezinkt. Als Franz die Zeichen las, trat Lindt zufällig in die Tür.

„Was schaust du zum Sturz?"

„Ich lese die Botschaft, lieber Schwager."

„Was für eine Botschaft?"

„Die von Weber."

„Und was sagt sie dir?"

„Lindt, du bist überaus neugierig, vielleicht etwas zu wissbegierig, aber ich will es dir sagen, du hast ohnehin nichts zu verlieren. Die Zeichen verkünden einen gemeinsamen Raubzug gegen den Viehjuden in Oberjosbach. So viel ich ihnen des Weiteren entnehmen kann, werden meine Leute sowie Weber, Zülcher, eine Bande aus dem Idsteiner Land und die Bande von Bückler beteiligt sein. Übermorgen in der Nacht ist es so weit. Treffpunkt ist die Guldenmühle am Daisbach bei Niedernhausen. Etwa zwei Stunden nach Mitternacht sollen alle vor Ort sein."

Lindt überkamen Gefühle von Heimat. Er dachte an seinen Meiler, an die Oberjosbacher Dorfältesten, an Johanna, seinen Hof. An Charlotte und Philipp mochte er nicht denken, doch er tat es voller Wehmut. Er dachte an seinen Ochsen, der ihm stets zu Diensten war, an Dietrich, der ihm leid tat, das Schwein, das ihn betrogen hatte, ihn erschießen wollte. Er hasste und er mochte ihn auf seltsame Weise, den Dietrich. War er doch zu nachdenklich, der Köhler Friedrich Lindt, eine Eigenschaft, die nicht zeitgemäß war.

Für Lindt schien es die Gelegenheit zu sein. Alleine hätte er es nicht gewagt, ins Idsteiner Land zu gehen. Die Gefahr war zu groß, Franzosen oder Hans-Georgs Leuten in die Hände zu fallen. Doch im Schutz der Räuberbande war er sicher. Lindt überlegte, dass er sich von Oberjosbach aus absetzen, zu seiner Hütte gehen könnte. Dort würde niemand mehr nach ihm suchen. Alleine wäre er dort auch nicht. Kugelmann, Brötz, Gettenauer und Görg waren meist bis Mitte Juli am Berg beschäftigt. Und er hoffte, Johanna wiederzusehen. Lindt war guter Dinge.

„Wenn du nichts dagegen hast, komme ich morgen mit."

„Du kannst uns gerne begleiten. Doch ich warne dich. Das wird nichts für schwache Seelen."

„Ich komme mit."

„Gut, dann gehen wir nun der Arbeit nach."

Am nächsten Morgen saßen Lindt, Franz und die Österreicher in der Stube beim bescheidenen Frühstück. Lindt hatte schon einen Krug Wasser hinuntergeschüttet, um den Durst zu vertreiben, den Franz' Schätze am Abend erzeugt hatten. Wann er eingeschlafen war, wusste er nicht. Lindt liebte Rahm mit Früchten. Vor allem dann, wenn es sich bei den Früchten um Himbeeren handelte. Lene brachte den Topf mit Rahm und eine Schale frisch gepflückter Beeren, stellte die Schale auf den Tisch vor Lindt, gab mit einer Kelle einen Klecks Rahm darauf, als Franz ihm zuzwinkerte und mit einer Kopfbewegung in Richtung Tür deutete. Sie standen auf, gingen an Lene vorbei hinaus in den Flur.

„Merkwürdig, diese Nassauer. Immer haben sie was im Geheimen zu besprechen."

„Ach geh, solang's sich um keine Franzosen handelt, sind mir Geschwätz und heimliches Getue regelrecht gleich."

„Mir mangelt's an Topfen in der Früh, den Nassauern fehlt der Anstand. Die kennen keinen Karfiol, keinen Mülibuschn, weder Powidl noch Faschiertes, keine Erdäpfel, Marillen und Fisolen. Ich frag mich die ganze Zeit, ob die prunzen können."

„Aber bittschön, es herrscht doch Krieg“, sagte ein anderer Österreicher und brüllte in den Raum:

„Felix Austria!“

Lene erschrak der Lautstärke wegen aufs Fürchterlichste, der Topf glitt ihr vor der Türschwelle aus den Händen. Das Gefäß blieb ganz, Rahm überzog die Dielenbretter. Die Österreicher lachten.

„Wir treffen uns mit Weber und Zülcher vor der Aarschänke, wenn der Nachtwächter um Mitternacht ins Horn bläst, denn es ist ein weiter Marsch bis zur Guldenmühle. Ich habe jetzt noch zu arbeiten.“

Lindt ging zurück zur Stube. Franz verschwand im Stall. Lene drückte sich in der Tür an Lindt vorbei, um etwas zum Aufwischen zu holen, wobei sie Lindt von den anderen unbemerkt im Schritt packte.

„Nach Mittag ist Franz mit den Kindern auf dem Feld.“

Lindt zwinkerte ihr zu, löste diskret ihren Griff, ging an ihr vorbei.

Es dürfte unstrittig sein, dass die Oberfläche eines rauen Holzes, sagen wir einmal eines alten Dielenbrettes, einem anderen ebenso stumpfen Holz kaum die Möglichkeit des reibungslosen Aneinandervorbeigleitens gewähren würde. Gänzlich anders stellen sich die Dinge dar, wenn die innige Verzahnung zwischen rauem und stumpfem Holz durch eine dicke, fette Rahmschicht aufgehoben wird. Bei derartigem Sachverhalt kann ein hölzerner Schuh auf rauem Dielenbrett bei ausreichender Antriebskraft einem Schlitten gleich davoneilen. Lindt schlug im Sturz äußerst unglücklich mit dem Kopf gegen den Türrahmen, blieb regungslos liegen, sein Holzschuh auch.

„Jesus Maria, hat der einen Schwung!“

„Der Kopf klang auch nicht schlecht“, ergänzte ein anderer Österreicher. Alle lachten.

„Mein Gott, Friedrich, was ist dir widerfahren?“

Lene war entsetzt, die Hände an die Wangen haltend, als sie Lindt auf der Diele sah. Die Österreicher waren aufgestanden, um nach dem Gestürzten zu sehen.

„Friedrich, wach auf! Was ist mit dir?“

Ein Österreicher tätschelte Lindts Wange. An seiner linken Stirnseite trat Blut aus. Lene lief in die Küche, holte ein Tuch, das sie Lindt um den Kopf band. „Los, packt mit an, wir tragen ihn erst einmal auf die Bank!“, meinte einer der Soldaten. Sebastian und Gisela standen in der Tür, stierten auf Lindt.

„Geht, Kinder, wir können euch hier jetzt nicht gebrauchen. Helft eurem Vater im Stall.“

Sebastian und Gisela verschwanden. Lindt wurde zur Bank in der Stube verfrachtet.

„Friedrich, wach doch auf!“

Lindt lag regungslos auf der Bank. Niedergestreckt von Rahm. „Der wird schon wieder“, meinte einer der Österreicher. Franz kam hinzu.

„Was ist geschehen?“

„Friedrich ist auf dem Rahm gestürzt, hat sich den Kopf angeschlagen, wacht nicht auf.“

„Lass mal sehen. Das sieht nicht schrecklich aus. Eine Beule wird er bekommen, eine mächtig dicke. Der wird schon wieder mit seinem Köhlerschädel, glaub mir. Vielleicht hilft ein Schwung Wasser. Lass ihn da liegen, bis er aufwacht. Ich muss noch einiges für heute Nacht vorbereiten.“

Franz verließ die Stube, die Österreicher brachen auf.

Es vergingen etwa zehn Minuten. Lene weilte neben Lindt, als er die Augen öffnete. Er hob den Kopf, sein Gesicht im Schmerz verzerrt, der Blick leicht glasig. Er griff an die Stirn, stöhnte.

„Friedrich, endlich! Ich dachte schon, du würdest überhaupt nicht mehr erwachen, mein starker Reiter.“

Lindt erhob seinen Oberkörper, sah Lene an.

„Wo bin ich?“

„Bei mir in Wehen, du Dummer.“

„Wer seid Ihr?“

„Friedrich, was soll diese Frage?“

„Warum nennt Ihr mich Friedrich, was ist das hier für eine Stube, wessen Haus? Und wieso schmerzt mir der Kopf?“

Lindt wurde angst und bange. Er sprang von der Bank, lief in der Stube hin und her. Dann öffnete er ein Fenster, sah hinaus. Er konnte sich so viel in der Gasse umsehen, wie er wollte, alles war ihm fremd. Lene sah ihn mit ernster Miene an, merkte sie doch, dass Lindt keinen Schabernack trieb.

„Ich heiße Friedrich?“

„Ja. Kannst du dich wirklich an nichts erinnern? Du bist Friedrich Lindt, Bauer und Köhler.“

„Ich bin Köhler? Was macht ein Köhler?“

„Kohle aus Holz.“

„Ach ja, Kohle. Viele machen Kohle aus Holz, sehr viele. Ich rieche es die ganze Zeit. Warum bin ich hier?“

„Ich bin Lene, die Frau deines Schwagers Franz Oellig. Du bist zu Besuch, warst gestürzt.“

„Schwager? Dann habe ich eine Frau?“

„Ja, du hast eine Frau.“

„Wo ist sie?“

„In Dasbach“

„Was ist das?“

„Na, der Ort, wo ihr zu Hause seid.“

„Geht es ihr gut?“

„Besser als vielen anderen.“

„Ist sie schön? Ist sie wohlgeformt? Ist sie der Kochkunst mächtig? Ist sie anmutig, klug und weise, duldsam, fleißig, musikalisch, ehrlich, treu, gesund, Fremden gegenüber immer verschwiegen, mir gegenüber stets ergeben, in allen Dingen willig? Hat sie mir gesunde Kinder geboren? Wohlgebaute, kräftige Jungen, mir ähnlich? Liebt sie mich?“

„Ja, auf ihre Art.“

„Ist das alles wahr?“

„Ja, all dies trifft zu, Friedrich. Auch einen Sohn hast du. Er heißt Philipp, ist etwas über ein Jahr alt.“

Lindt raufte sich auf und ab schreitend seine fettigen Locken. Gelegentlich griff er sich an die Stirn. Die Grundfesten menschlicher Vernunft hatte die Amnesie nicht erreicht. Lene nahm ihre

Haube ab, zupfte ihre Haarpracht mit anmutigen Handbewegungen zurecht, spannte die Brust unter ihrem gefütterten Jäckchen.

„Einen Sohn nur? Das ist schade. Nur einen. Sehr bedauerlich. Das ist wirklich sehr bitter."

„Mag meine Frau, wie heißt sie eigentlich, Katzen?"

„Charlotte."

Lene war überrascht, der Frage wegen.

„Ob sie Katzen mag, das kann ich dir nicht beantworten."

Die Amnesie hatte auch diesen Erinnerungsstrang übersehen. Lindt mochte keine Katzen, wenn Frauen sie mochten. Und Frauen, die Katzen mochten, waren ihm unheimlich. Dies steckte tief verborgen in den Abgründen seiner Hirnwindungen. Einst hatte er im Rausch versehentlich eine erschlagen, eine Katze, obwohl er im Grunde genommen Katzen mochte. Es tat ihm schrecklich leid.

Franz betrat die Stube, während Lindt am Fenster den Duft des Brandes in seinen Rachen sog. Er atmete tief, genoss den Duft, den Atem des Taunus. Er wusste nicht warum.

„Siehst du? Was ich gesagt habe. Ein Köhlerschädel hält so manches aus."

„Wer ist das?"

Franz zog erstaunt die Augenbrauen hoch.

„Was soll denn diese Frage, Friedrich? Willst du mich verkohlen? Ich bin zwar aus gutem Holz, aber verkohlen lasse ich mich von dir nicht, auch wenn du ein Meister deines Handwerks sein magst."

„Franz, warte! Friedrich ist das Gedächtnis abhandengekommen. Es muss am Sturz liegen. Sein Kopf hat nicht nur eine Beule, er ist völlig verwirrt."

„Dann hat er weiteres Unglück auf sich geladen, unser Friedrich."

Franz sah Lene an.

„Noch nie habe ich dich zu dieser Tageszeit ohne Haube, das Haar offen gesehen. Dazu noch aufreizend fallend. Schön sieht das aus, eine wahre Augenweide. Du wolltest doch Friedrich nicht daran erinnern, dass er ein Mann, wenn auch ein dreckiger ist? Seinem Gedächtnis ein wenig nachhelfen?“

„Franz, was soll das Gerede? Du siehst doch, dass Friedrich verwirrt ist.“

„Ich bin nicht verwirrt. Ich bin Köhler, heiße Friedrich Lindt. Und ihr seid sicherlich mein Schwager Franz Oellig.“

„Ja, ich bin dein Schwager. Aber du bist nicht nur Köhler. Du bist ein zweifacher Mörder, ein Taugenichts, ein Räuber, der mit mir, dem Hauptmann der Wehener Bande, in der kommenden Nacht gnadenlos sein Biergeld verdienen wird.“

„Franz! Wie kannst du nur so etwas sagen?“

„Ich glaube, ich kann dies sehr wohl sagen. Und dir sage ich zu gegebener Zeit auch, warum dies so ist, mein geliebtes Weib.“

„Ich soll ein Mörder, Räuber sein? Wo bin ich nur hineingeraten? Wer bin ich wirklich?“

Lindt war am Rande der Verzweiflung, lief in der Stube hin und her.

„Hör mir gut zu, Friedrich! Wenn der Nachtwächter um Mitternacht ins Horn bläst, kommst du mit zur Aarschänke. Hast du das verstanden?“

„Ja.“

„Gut. Nun habe ich noch zu tun.“

Lene spürte, dass irgendetwas nicht stimmte. Franz ging zur Tür. Von dort warf er ihr einen überaus ernsten Blick zu. Hatte ihm doch vor wenigen Minuten ein Nachbarsjunge eine unglaubliche Geschichte über Feldgehölz und allerlei anderes Gestrüpp aufgetischt.

Um Mitternacht blies der Wehener Nachtwächter zwölfmal ins Horn, wodurch er allerlei Bürger aus dem Schlaf erweckte, Lindt und Franz das Signal gab. Als sie vor der Aarschänke eintrafen, warteten Weber, Zülcher und Franz’ Leute schon. „Na endlich. Kommt, wir gehen!“, sagte Weber, und die Männer begaben sich auf den Weg zur Guldenmühle.

Den Zeitpunkt ihres Unternehmens hatten sie günstig gewählt. Der Himmel war kaum bedeckt, wodurch es trocken, wenn auch kühl war, der Mond erleuchtete den Weg. Zudem bewegten sich

Truppen von Jourdan auf den Wehener Grund zu. Die über das Tal der Aar hereinbrechenden Kriegswirren würden Fahndungen nach Raubgesindel erschweren, wenn nicht unmöglich machen.

Fast pünktlich kamen sie an. Die Fenster im Erdgeschoss der Guldenmühle waren erleuchtet, vor dem Gebäude Pferde angebunden. Lindt schätzte, dass es sich um etwa zwölf Tiere handelte. Als die Männer vor dem Eingang standen, vernahmen sie Stimmen. Weber klopfte zweimal. Sofort wurde es drinnen leise. Nach einer kurzen Pause schlug er wieder zweimal mit der Faust gegen die Tür, und nach einer weiteren Pause noch zweimal. Es war das verabredete Klopfzeichen. In der Mühle wurde es lauter. Erst mit scharrendem, dann quietschendem Geräusch öffnete sich die schwere Tür. Ein Mann mit schwarzem Backenbart, der Rest des länglichen Gesichtes unrasiert, mit ebenso schwarzem Haar, das am Hinterkopf zu einem kurzen Zopf gebunden war, stand in der Tür. Es war der einundzwanzigjährige Christian Reinhard, Sohn eines preußischen Soldaten, engster Kumpan von Johannes Bückler, dem Schinderhannes. Alle kannten Reinhard nur unter dem Namen „Schwarzer Jonas".

„Kommt rein, Freunde!"

Sie betraten den großzügigen Raum der Mühle, der mit sechsundzwanzig mehr oder weniger finsteren Gesellen nahezu überfüllt war. Tische, Stühle, Bänke hatte man aus der ganzen Mühle hier zusammengetragen.

„Das wurde auch Zeit. Wir wollen bald den fetten Viehjuden in Oberjosbach besuchen!", rief Johann Leyendecker den Neuankömmlingen entgegen, gelernter Schuhmacher aus Lauschied bei Meisenheim und engster Berater des Schinderhannes. Schallendes Lachen donnerte durch den Raum. Ein Pistolenschuss löste sich. Die Kugel traf die Decke. Niemand reagierte darauf, außer dem dreiundvierzigjährigen Müller Hans-Caspar Werth und seiner acht Jahre jüngeren Frau Caroline, die ängstlich dreinschauten. „Sucht euch ein Plätzchen, zwölf passen noch rein", meinte der Schwarze Jonas.

Alkohol war reichlich geflossen, die Stimmung auf dem Höhepunkt. Die Bande des Schinderhannes und die anderen waren schon zwei Stunden zuvor in der Mühle angekommen. Die sieben verängstigten Kinder hatten sie in einer Stube im Obergeschoss eingeschlossen, die Frau des Müllers genötigt, für alle Pfannkuchen zu backen, Wein heranzuschaffen. Die Mühle war nach Wertgegenständen und Geld durchsucht worden. Achtzig Gulden Silbergeld, fünfundzwanzig Louisdor in Gold, den wenigen Schmuck der Müllersfrau und zwei Pistolen hatten die Räuber gefunden.

Lindt sah sich um. Er erkannte niemanden. Johannes Bückler saß an einem seitlich von ihm stehenden Tisch mit dem Rücken zur Wand. Lindt wurde von ihm eingehend gemustert, da er der Einzige war, den der erst achtzehnjährige Räuberhauptmann nicht kannte. Links von Bückler kippte der sechsundzwanzigjährige Peter Hassinger einen Branntwein hinunter und hätte dabei mit seinem Ellenbogen fast einen Kerzenhalter zu Fall gebracht. Hassinger, ehemals selbst Müller von Beruf, stammte aus dem pfälzischen Albisheim. Er war neben Leyendecker das brutalste Mitglied der Schinderhannesbande. Franz Bayer, ein kräftig gebauter Kerl mit dunklem Haar, Zopf und rundlichem Gesicht, der ebenfalls am Tisch von Bückler mit seinem breiten Kreuz zu Lindt saß, war schon Räuber, als der Schinderhannes noch Windeln trug.

In dem Augenblick, als Bayer sich nach einem vom Tisch gefallenen Messer bückte, gab er Lindt den Blick auf die Person rechts von Bückler frei. Es war ein ebenfalls älterer Kerl von schmächtiger Statur, die Haare allesamt ins Gesicht gekämmt. An den Schläfen war er ergraut, gerade dabei, ein zu weich gebratenes Stück des Pfannkuchens, noch ein anderes kauend, von der Taschenklappe seines weinroten Justaucorps zu wischen. Lindts Blick schweifte zum nächsten Tisch, als Bückler seinen Tischnachbarn mit dem Ellenbogen zweimal, den Fremden weiter mit den Augen fixierend, anstieß.

„Fromm, lass mal sein, sieh dir lieber den merkwürdigen Kerl an, den Oellig und Weber angeschleppt haben. Schau, der da herumsteht und alles anstiert! Hast du den schon mal gesehen?“, fragte Bückler mit heiser klingender Stimme. Fromm sah auf.

Dabei fiel ihm, noch halb gebeugt, der weitgehend zerkaute Bissen aus dem Mund, diesmal auf die Kniehose.

Der muskulöse, über einen Meter neunzig große Josef Löber, „Knochenbrecher-Jupp“ genannt, in Darmstadt geboren und langjähriger Weggefährte von Franz Oellig, hatte kurz zuvor neben Bayer Platz genommen. Fromms Missgeschick entlockte ihm ein hämisches Grinsen.

„He, Fromm! Ich habe dich etwas gefragt. Kennst du den Kerl?“

„Ja, den kenne ich sehr wohl“, antwortete Fromm, während er den Bissen von der Hose entfernte.

„Und woher?“

„Der ist keiner von uns. Er ist Bauer und ein schmutziger Köhler. Als ich den jungen Arenberg noch übers Land kutschierte, er kaufte Kohle bei dem Kerl, waren wir öfter bei ihm. Das war aber nur ein Vorwand. Der Arenberg wollte nur sichergehen, dass der Kerl, Lindt heißt er übrigens, an seinem Kohlplatz war. Er hat den Arenberg angeblich ins Grab befördert, weil der seine Frau bestiegen hatte. Die Frau hat er offenbar auch erledigt, mit einem Schuss. Tags darauf habe ich ihn mit dem alten Arenberg und seinen Leuten verfolgt, aber er ist uns entwischt. Der Alte ist überzeugt, dass dieser Kerl seinen Nachwuchs auf dem Gewissen hat.“

Fromm nahm einen weiteren Bissen vom inzwischen erkalteten Pfannkuchen.

„Das ist ja sehr interessant. Noch interessanter aber erscheint mir, dass er dich keines Blickes gewürdigt, geschweige denn irgendeine Regung gezeigt hat. Entweder ist der Kerl schrecklich gerissen und abgebrüht oder Oellig hat ihm berichtet, wer hier zusammenkommen wird, sodass er vorgewarnt war, wusste, dass er den Kutscher von Arenberg treffen würde. Ich frage mich nur, woher Oellig diesen … was war er noch mal?“

„Köhler.“

„Ja, woher er diesen Köhler kennt.“

Lindt, dessen Kleidungsstücke einige Male von Lene gewaschen worden waren, sodass man ihm den Köhler nicht mehr auf Anhieb ansah, hatte sich inzwischen neben den Müller gesetzt, der am Rande der Verzweiflung schien. „Wenn ich mich mal einmischen darf, Bückler", sagte Knochenbrecher-Jupp.

„Ehe ihr beiden weiter mit entweder und oder herumratet, sage ich euch, wer das ist. Narben-Niklas hat es uns erzählt. Dieser Kerl ist der Schwager von Franz."

Fromm war, was Wiederholungen anging, kein unbeschriebenes Blatt. Neu hingegen waren die auffälligen Wiederholungen, die weitgehend zerkaute Pfannkuchenbissen betrafen. Denn erneut fiel ein derart aufbereitetes Stück der Eierspeise auf das altmodische Justaucorps. Löber konnte sich abermals ein spöttisches Grinsen nicht verkneifen, meinte:

„Mir scheint, es wäre ohnehin Zeit für ein neues Gewand."

Fromm fluchte Unverständliches, während er wieder Eierspeisenfragmente im frühen Verdauungsstadium von der Kleidung entfernte. Dann erhob er sich, ging zu Franz, der mit Weber noch im Raum stand, mit diesem gerade auf die kommende Beute anstoßen wollte. Fromm riss Franz an der Schulter packend herum, was zur Folge hatte, dass auch kostbarer Branntwein vom Glas auf das Justaucorps wechselte. Fromm registrierte dies ohne Kommentar. „Oellig, wie kannst du nur so töricht sein, deinen Schwager, diesen Lindt, mit hierher zu bringen. Vor einigen Tagen hatte ich noch den Auftrag, ihn zu stellen!", brüllte Fromm, um aufgrund des hohen Geräuschpegels im Raum Gehör zu finden.

„Wenn er von der Polizei aufgegriffen wird, dann quatscht er sicherlich. Dann ist es vorbei mit alldem hier, auch mit mir."

Fromms Augen funkelten.

„Lieber Hans-Peter, wie du vielleicht bemerkt hast, wollte ich mit dem Herrn Weber gerade auf kommende Gaben anstoßen. Und da kommt der Hans-Peter von hinten und packt mich derart grob in der Absicht, mit seinem Rock aus besseren Zeiten meinen geliebten Branntwein aufzusaugen."

Für Franz, unberechenbar und jähzornig wie er war, erwiesen sich Fromms Handlung, seine Wortwahl als der kleine Klecks Vogelkot auf dem Bock seines Leiterwagens. Mit beiden Händen stieß er Fromm zu Boden. Unter dem Einfluss von Branntwein und anderen alkoholischen Getränken erschallte lautes Gelächter von allen Seiten. Die einzige Person im Raum, die sich dem Gelächter nicht anschloss, war Bückler. Er wusste, dass man einen wichtigen Mann für kommende Geschäfte nicht auslachen sollte. Fromm stand schweigend auf, wischte mit der Hand über die feuchte Stelle am Justaucorps, ging zurück an den Tisch von Bückler. Ehe sich die anderen versahen, riss Fromm beim Vorbeigehen den Kopf von Löber an den Haaren nach hinten und setze mit seinem Messer einen gekonnten Schnitt durch dessen Kehle. Das konnte er immer noch gut, darin war er Meister geblieben. Einfach elegant zog er die Schneide durch, trotz des Umstandes, dass Löbers fettige Haare beinahe aus Fromms Hand zu rutschen drohten, was jedoch seine Meisterschaft unterstrich. Löber fiel vom Stuhl.

Löber wusste nicht viel über Fromm. Davon, dass man in gewissen Situationen Grinsen gänzlich unterlassen sollte, hatte er keine Kenntnis. Er konnte es einfach nicht wissen, war er doch Hesse, fernab von ordentlichen Gepflogenheiten, was man auch immer in bestimmten Nassauer Kreisen darunter verstehen mochte.

Mit dem Fall wurde es still im Raum. Bückler nahm die Gelegenheit wahr, ein weiteres Stückchen des kalten Pfannkuchens von Fromms Teller zu greifen. Nur das Geheul der Müllersfrau, die zu diesem Zeitpunkt zum Missmut von Bückler nicht mehr in der Lage war, frische Pfannkuchen zu backen, klang durch den Raum. Lindt war der Erste, der sich nach Bückler rührte. Er machte sich auf, um die Müllersfrau zu trösten. Der Müller zitterte zu sehr, als dass er sich hätte seinem Weib widmen können.

Im Augenblick, als Fromm Lindts Vorhaben bemerkte, zog er seine Pistole, zielte auf ihn. Bückler nahm auch diese Gelegenheit blitzschnell wahr, griff das letzte Stückchen des kalten Eierpfannkuchens von Fromms Teller. Er schlang es rasch hinunter und leckte sich die Finger ab. Lindt war stehen geblieben, erstarrt. Er hatte die Waffe in Fromms Hand bemerkt.

„Durchaus lecker, aber kalt."

Fromm ließ sich durch die Worte Bücklers ablenken.

„Das war mein Eierpfannkuchen."

„Stimmt. Das war dein Eierpfannkuchen. Und die Betonung liegt auf ‚war'."

Franz Bayer nutze die Gunst des Augenblicks, schlug Fromm kraftvoll gegen den ausgestreckten Arm, wodurch sich ein Schuss löste. Unglücklicherweise traf Bayer die Hand seitlich. Ein Umstand, der die Bewertung „ungeschickt" verdient hätte. Um nicht zu sagen das Prädikat „äußerst dilettantisch". Und so traf der Schuss, die Fügung wollte es, man könnte auch von Schicksal sprechen, den Müller zwischen die Beine.

Der Einschlag des Geschosses ließ Werth das Zittern vorübergehend einstellen. Er riss die Augen weit auf, atmete tief durch die Nase. Sekunden saß er so da. Die weißen Kniehosen verfärbten sich zwischen den Beinen. Als die anderen dies bemerkten, schrie einer:

„Die schöne Müllerin braucht einen neuen Müller!"

„Mein!" rief ein anderer. „Mein ist das Weib!", und wollte sich die Müllersfrau greifen.

„Halt!", stoppte ihn ein anderer Räuber. „Halte ein!"

Der ganze Raum erbebte in Gelächter. Die Frau des Müllers eilte kreischend und unter anhaltendem Tränenfluss zu ihrem Mann. Als sie ihn in den Arm nehmen wollte, schob er sie mit einer brutal erscheinenden Armbewegung beiseite, stand mit starrem Blick vom Stuhl auf. Das Blut rann in der Hose in Richtung seiner dürren Knie. Wieder wurde es still im Raum. Fromm sah Bayer mit überaus ernstem Blick an, dann Bückler.

„Es war mein Eierpfannkuchen."

„Hättest du nicht so viel Eierpfannkuchen gegessen, wäre dein Rock wie neu, sieht man von der Mode ab, die in Nassau offenbar keine Rolle spielt, lieber Fromm. Ich habe dir noch mehr Unglück mit meinem Hunger erspart."

Fromm sah auf sein Justaucorps.

Müller Werth wankte mehr oder weniger geradlinig, wirren Blickes, in einer von Blut befleckten Kniehose, deren rote Bereiche immer größer wurden, in Richtung Tür. Caroline brach zusammen. Einige der Männer standen auf und schleppten sie in einen Nebenraum, wo sie sich ihrer annahmen. Lindt war unter ihnen.

„Was ist mit meinem Vater? Was habt ihr Räuber, ihr Gesindel, nur mit meinem Vater gemacht?"

Der elfjährige Andreas stand oben auf der Treppe, sah, wie der Vater zur Tür wankte. Er war das mutigste der Müllerskinder, ein kleiner Hitzkopf, auf denselben aber nicht gefallen, wodurch es ihm gelungen war, die versperrte Tür der Stube zu öffnen. Alle schauten zu Andreas, dann wieder dem Müller nach, als er die Tür mit Mühe öffnete und nach draußen torkelte. „Liebe Muttergottes, hilf mir!", schrie der Müller durch die nach Brand riechende Landschaft des Taunus. Tropfen strömten ihm entgegen, ehe er in der Nacht mit Blut zwischen den Beinen, jedoch am falschen Ort, zusammenbrach. Das Wetter war umgeschlagen. Hans-Caspar Werth, der Müller der Guldenmühle, verblutete wegen eines Ungeschicks. Schon mit acht Jahren wollte er Müller werden, als er mit seinen kleinen Händen hölzerne Mühlräder in den Daisbach setzte. Sie waren schon immer eng verbunden, der Müller und der Bach.

Andreas ging eilig die Treppe hinunter, um seinem Vater zu folgen, was er aber noch nicht wusste. „Der Kleine hat offenbar mehr Mumm in den Knochen als der werte Vater!", rief Weber in den Raum. Schallendes Gelächter ertönte. Narben-Niklas hielt Andreas am Arm fest, als dieser an seinem Tisch vorbeiging.

„He, bleib mal bei mir, Bürschchen! Ehe du hinaus zu deinem Vater gehst, solltest du etwas zu dir nehmen, sonst wirst du bei seinem Anblick noch böse auf uns werden."

Schallendes Gelächter.

„Lass meinen Arm los, du Spitzbube! Sofort!"

„Das werde ich nicht tun. Zuerst musst du mal einen kräftigen Schluck zu deiner Beruhigung nehmen."

Andreas beugte sich hinunter, biss Narben-Niklas kräftig in den Arm. Der ließ den Buben augenblicklich los, sah rot. Das Gelächter im Raum schwoll wieder an. Andreas wollte rasch zur Tür laufen, doch am Tisch von Bückler wurde er von Bayer aufgehalten. Narben-Niklas stand auf, warf dabei wutentbrannt den Stuhl um, ging zu Bücklers Tisch.

„So, mein Bürschchen, jetzt zeige ich dir, was ein Spitzbube mit einem Lausbuben macht!“

Es wurde stiller, einige der Kerle murmelten etwas vor sich her. Narben-Niklas zerrte Andreas zurück zu seinem Tisch, stellte den Stuhl auf die Beine, setzte sich wieder darauf. Andreas begann zu weinen. Narben-Niklas umklammerte den Jungen mit dem linken Arm und begann, ihm den Inhalt einer Branntweinflasche einzuflößen. Der Junge wehrte sich verzweifelt. „Lass den Kleinen doch zufrieden!“, rief Leyendecker.

„Mische dich nicht in meine Angelegenheiten ein.“

Andreas spuckte Branntwein, der sich über die Hose von Narben-Niklas ergoss. „Du kleines Miststück versaust meine Hose! Saufen sollst du, nicht spucken!“, sagte der Peiniger, packte Andreas am Genick, stand auf und schlug den Kopf des Jungen viermal mit den Worten auf den Tisch: „Das macht ein Spitzbube mit einem dreckigen Lausbuben!“ Andreas fiel zwischen Tisch und Stuhl zu Boden, blieb dort regungslos liegen. „Jetzt reicht es aber tatsächlich, Wehener!“, rief Leyendecker. „Heb deine Kraft für den Viehjuden auf. Da wirst du einiges forttragen müssen.“

Bückler hatte währenddessen noch ein Stückchen Pfannkuchen entdeckt. Es war offensichtlich, von keinem der Männer bemerkt, einem Teller entsprungen, hinter einem Krug zum Stillstand gekommen. Während sich Narben-Niklas wieder auf seinen Stuhl setzte, den jungen Körper mit den Füßen weiter unter den Tisch drückte, verspeiste Bückler mit Genuss das Stückchen Eierpfannkuchen.

Die Lautstärke in der Mühle nahm wieder zu, Gelächter und Trinksprüche schallten durch den Raum. Zwei Kerle von der

Eichelberger Bande, der Blinzler und Balthasar Horn, trugen Löber nach draußen, hinterließen dabei eine weitere Blutspur. Die Männer, die im Nebenraum verschwunden waren, tauchten wieder auf, tranken kräftig in der Menge mit. Lindt erschien Minuten später. Er drückte sich, die völlig aufgelöste Müllersfrau neben sich stützend, an den Kerlen vorbei, um den Leichenträgern ins Freie zu folgen. Dabei ergriff er im Schleppen eine Flasche. Franz ging auf Fromm zu.

„Du brauchst dich nicht wegen meines Schwagers zu sorgen. Er ist auf den Kopf gefallen, weiß seitdem nichts mehr. Nicht einmal mich hat er erkannt. Er weiß nicht, wer du bist, dass du jener Fromm bist, der den Stier seiner Frau und meiner lieben Schwester kutschierte. Den Stoß, den ich dir gab, bitte ich zu entschuldigen, aber du weißt ja, dass mich schnell der Zorn ergreift."

„Schon gut, es ist ja weiter nichts geschehen. Aber es passiert etwas, wenn Bückler mir noch einmal Pfannkuchen wegfrisst. Er hat vor wenigen Minuten sogar noch ein Stückchen verschlungen, das er auf dem Tisch fand. Ich habe es im Augenwinkel genau beobachtet. Er kann von Glück sagen, dass der Bissen schon kalt war, so wie die beiden da draußen. Komm, lass uns anstoßen, auf die wichtigen Dinge der Nacht trinken!"

Er schnappte sich die Branntweinflasche aus Steingut, die vor Bückler stand, wollte zwei Becher eingießen. Doch so steil er die Flasche auch hielt, nicht mehr als drei, vier Tropfen entrannen ihr. Bückler musste das erste Mal an diesem Abend grinsen. Es war unverschämt breit, das Grinsen. Mehrere glückliche Umstände führten in der unmittelbaren Folgezeit dazu, dass Bückler erst im Jahre 1803 sein Ende unter der Guillotine fand. Fromm ergriff eine andere Flasche, die ihm allein durch ihr Gewicht mehr Erfolg versprach, goss zwei Becher ein. Einen reichte er Franz, den anderen hob er in die Höhe.

„All ihr, meine Freunde, lasst uns auf die Nacht anstoßen!"

Dann stieß er seinen Becher gegen den von Franz und begann, laut zu singen:

„In Dauborn brennt man guten Schnaps.
Trinkst du zu viel, gibst ihr 'nen Klaps.
Doch ist es nicht die deine Maid,
haust besser ab, das ist gescheit."

Alle, bis auf Weber, Zülcher, Bückler und seine Bande, stimmten ein. In Bezug auf das Nassauer Liedgut waren sie nicht sonderlich bewandert. Fromm nahm es fröhlich, ja gelassen. Man trank und sang bei Kerzenschein. Stimmungsvoller sollte es in der Guldenmühle nie mehr zugehen.

Vor der Mühle saß Lindt im strömenden Regen auf dem Dreck, leerte die vom Tisch erbeutete Flasche. Die Müllersfrau kniete neben ihrem Mann, heulte ohne Unterbrechung. Als Lindt die Flasche geleert hatte, ihm ein warmes Gefühl vom Bauch in den Kopf stieg, stand er auf, ging zur Müllersfrau. Er kniete sich neben sie, nahm sie spontan in seine Arme. So verweilten sie völlig durchnässt fast eine halbe Stunde neben dem Müller und Löber, deren Blut, vom Regen beschleunigt, in die Tiefe sackte. Das Getier durchkroch zu Abermillionen den Saft, fing bereits gierig an, ihn zu verdauen.

Die Tür der Mühle öffnete sich, die Räuber strömten heraus. „Komm her, Friedrich, wir ziehen los!", rief Franz. Fromm und seine Leute gingen zu den Pferden, schwangen sich in die Sättel, ritten davon. Lindt stand auf, die Müllersfrau sah ihn mit leicht geschwollenen Augenlidern an.

„Sehen wir uns wieder?"

„Vielleicht."

„Wie heißt du?"

„Lindt. Ich glaube, ich heiße Lindt. Friedrich Lindt. Ja, so sagte man es mir."

Die Müllersfrau blickte irritiert.

„Lindt. Ja, Lindt. Warum ich Lindt heiße, das weiß ich nicht. Aber offenbar bin ich Friedrich Lindt. Das ist ja nichts Schlechtes, Lindt zu heißen. Natürlich wäre es besser, zu wissen, warum ich so heiße. Aber dummerweise weiß ich es nicht."

„Du weißt nicht, wer du bist?"

„Ja, ich weiß nicht, wer ich bin, was ich hier mache. Ich weiß nur, dass ich angeblich Lindt heiße."

„Es ist kaum zu glauben, dass du nicht weißt, wer du bist, und dann auch noch mit Mördern durch die Gegend ziehst."

„Friedrich, nun komm endlich!"

Lindt stand auf, folgte Franz und seinen Leuten in die feuchte Nacht. Ohne noch einmal zur Müllersfrau zurückzublicken, rief er:

„Wenn ich wieder weiß, ob ich tatsächlich Friedrich Lindt bin, dann habe ich hoffentlich nicht vergessen, wo ich dich finde! Und wenn ich wirklich dieser Lindt bin, dann habe ich als Friedrich Lindt vielleicht nie zu diesen Leuten gehört!"

„Wohin gehst du?", rief die Müllersfrau ihm nach. Lindt antwortete nicht mehr und verschwand in der Dunkelheit. Andreas starb am übernächsten Tag an einer Gehirnblutung durch das erlittene Schädel-Hirn-Trauma und folgte seinem Vater.

Eine halbe Stunde später versammelten sich die Räuber vor dem Haus des jüdischen Viehhändlers in Oberjosbach. Es lag unweit der Kirche rechter Hand am Ortsausgang in Richtung des Dörfchens Ehlhalten. Leute von Schinderhannes hatten auf dem Weg zur Guldenmühle Stunden zuvor einen ungefähr zwölf Fuß langen und einen halben Fuß dicken Stamm versteckt, den sie unterwegs mitnahmen, um ihn als Sturmbalken zu verwenden. Im strömenden Regen versammelten sich die Räuber vor dem Haus des Viehhändlers. Auf ein Zeichen von Fromm begannen sie, die massive Haustür einzurammen. Ein Fenster im ersten Stock des Hauses wurde geöffnet. Der zweiundvierzigjährige Salomon Roth sah, den Kopf mit einer Schlafmütze bedeckt, hinaus, erkannte in den Männern sofort die Räuber.

„Gib uns Schnaps, oder wir holen ihn uns!", riefen Bückler und Weber gemeinsam, als sie Roth am Fenster sahen. „Ich hol ihn mir auch!", ergänzte Fromm. Die anderen lachten. Im Haus wohnten Salomon, seine zehn Jahre jüngere Frau Sara, ihre fünf Kinder, drei, fünf, sieben und die Zwillinge zehn Jahre alt, sowie die schon greisen Eltern des Hausherren. Die Haustür wurde ein- und der laut protestierende Hausherr niedergeschlagen, der sich den Räubern nach dem Überwinden des Hindernisses im Flur entgegenstellt hatte. Kaum ein Dorfbewohner wagte, sich zu rühren, obwohl einige den Lärm kurz vor dem Morgengrauen gehört hatten, neugierig hinter Glas aus den Fenstern schauten.

Die Räuber sperrten die Kinder ein, zwangen die Frau des Viehjuden, nur mit einer Chemise bekleidet, barfüßig im Haus herumzuleuchten, Schränke, Kisten, Säckchen, Kästchen zu öffnen. Einundzwanzig Gulden in Silber und fünfzehn Louisdor in Gold fanden sie an Barschaft, einige Schmuckstücke, mehrere silberne Schnallen und ein Dutzend Kleidungsstücke, die ihnen von Wert erschienen. Lindt hatte mit Rauben nichts im Sinn. Während die Räuber äußerst hektisch im Hause umherliefen, treppauf, treppab, stets die Frau des Juden vor sich her scheuchend, irgendwo herumkramend fluchten, saß Lindt in der Wohnstube auf einer alten Truhe mit dicken Eisenbeschlägen. Draußen dämmerte es bereits. Er dachte über den Müller und dessen Frau nach. Vor allem über sie.

„Wie heißt du? Du weißt nicht, wer du bist? Es ist kaum zu glauben, dass du nicht weißt, wer du bist, und dann auch noch mit Mördern durch die Gegend ziehst. Wohin gehst du?"

Lindt raufte sich bei diesen Gedanken die fettigen Haare.

„Wie heißt du? Wohin gehst du?"

Lindt sprang von der Truhe auf, ergriff einen Stuhl an der Lehne, schleuderte ihn mit beiden Armen quer über den schweren Holztisch mit den edlen Intarsien. Ein Flug durch Raum und Zeit begann, der nur etwas über eine Sekunde dauerte. Eine schier unbezahlbare Vase auf dem Tisch traf der Stuhl noch im Steigflug, was im Augenblick der Kollision ein schlagartiges Zerplatzen der Tischzierde bewirkte. Dann katapultierte das im Flug noch weitgehend intakte Sitzmöbel eine weitere Vase von einem Schränkchen, ein Kleinod unter Roths Vasen, die es der ersten Vase gleichtat und in zahllose Bruchstücke zerschellte. Schließlich vernahm man zum Zeitpunkt der eher als unglücklich zu bezeichnenden, doch von Lindt mit großer Genugtuung wahrgenommenen Landung das Geräusch von zersplitterndem Holz im Einklang mit einer über den Boden scheppernden Metallschale. Lindt schrie aus voller Kehle:

„Ich glaube, ich heiße Lindt! Ja, Lindt! Warum ich Lindt heiße, das weiß ich nicht. Aber offenbar bin ich Friedrich Lindt. Das ist ja nichts Schlechtes, Lindt zu heißen. Ich weiß nicht, wer ich bin, was ich hier mache. Ich weiß nur, dass ich angeblich Lindt heiße!“

Danach war es still – im ganzen Haus. Die Räuber unterbrachen ihre Nachtschicht, einige sahen sich fragend an.

„Deinem Schwager kocht es wohl im Kopfe.“

„Ach, lass ihn, Fromm!“

Die Räuber gingen wieder ihrer ordentlichen Arbeit nach. Als Lindt das letzte Wort herausgebrüllt hatte, überkam es ihn. Unverhofft, aus dem Nichts. Erst ganz langsam. Dann stieg die Angst allmählich in ihm hoch. Sie schien von den Beinen in Richtung seines Hirns unter die verfilzte Lockenpracht zu wandern. Ganz langsam. Er war machtlos dagegen. Seine Arme begannen zu zittern, die Beine wurden weich. Er suchte verzweifelt einen Ausweg, einen Strohhalm, an den er sich klammern könnte, um diesem grauenhaften Gefühl in der düsteren Stube zu entrinnen. Er dachte an die Müllersfrau.

„Wie heißt du? Wohin gehst du?“

Die Angst wuchs. Frische Luft schien ihm ein Ausweg, was immer man darunter verstand. Er öffnete hastig ein Fenster, beförderte den Kopf ins Freie, atmete tief durch. Der Wind trieb ihm Tropfen ins Gesicht, der Geruch nach Brand tat gut. Die Person, die unten vor dem Haus stand, hatte er nicht bemerkt.

„Wie heißt du? Wohin gehst du? Lindt. Friedrich Lindt. Lindt, Lindt und nochmals Lindt. Ich bin Friedrich Lindt!“, schrie er aus dem Fenster. Er hechelte unentwegt, die Angst entwich. Schlagartig ins Nichts, aus dem sie gekommen war. Zurück blieb das Gefühl der totalen Erschöpfung. Sein Schreien hatte die Person auf der Straße zu einer bestätigenden Aussage veranlasst.

„Soweit ich es an einigen hervorstechenden Merkmalen erkennen kann, bist du tatsächlich der Köhler Friedrich Lindt. Ich hätte nicht gedacht, dich unter Räubern wiederzusehen.

Wie man sich doch im Menschen irren kann! Ist dir die Räuberei zu Kopf gestiegen, da du wie irr geworden aus fremdem Fenster schreist? Ihr seid beobachtet und gehört worden, woraufhin man mich benachrichtigte. Ich habe nach der Gendarmerie geschickt. Ihr werdet alle unter der Guillotine enden, wenn ihr den Menschen im Haus auch nur ein Haar krümmt!", rief Racky hinauf zu Lindt.

„Friedrich! Bist du auch noch dem Wahnsinn verfallen, dass du derart aus dem Fenster schreist?"

Auch Franz bemerkte Racky, zog die Pistole aus der Schärpe und schoss. Die Kugel verfehlte ihr Ziel nur um Haaresbreite. Racky begab sich hinter der nächsten Hausecke in Sicherheit.

„Wenn ich dich noch mal sehe, treffe ich bestimmt. Scher dich zum Teufel! Was hat der da unten eben gesagt?"

„Er hat nach der Gendarmerie geschickt."

„Du dummer Köhler, du Wahnsinniger! Schließe sofort das verfluchte Fenster!"

Franz lief aus der Stube, um die anderen zu informieren. Es war nicht abzuschätzen, wann und wie viele Gendarmen eintreffen würden. Nachdem sie noch einige Räume in größter Eile durchsucht hatten, trieben die Räuber das Viehhändlerpaar und Roths Eltern in der Wohnstube zusammen. Kerzen erhellten nun den Raum. Roth stellte sich schützend vor seine Angehörigen. Lindt beobachtete das Geschehen. „Das darf doch nicht wahr sein! Dieser ganze Aufwand – und der Jude hat nichts Erwähnenswertes im Haus", sagte Weber. „Das werden wir ja sehen. Wo hast du dein Geld versteckt? Sag es geschwind, wir haben Eile!", meinte Franz.

„Woher soll ich um diese Zeit mehr Geld bekommen? Anderes haben wir nicht im Haus."

„Du hast Geld. Du bist ein stinkreicher Sack. Du wirst uns auf der Stelle sagen, wo du es versteckt hast!", sagte Hassinger zu dem zitternden Mann. „Lasst mich die Sache übernehmen", meinte Fromm und trat vor die völlig eingeschüchterten Familienmitglieder. Fromm ergriff die Hand von Salomons Mutter, zog die alte Frau zu sich.

„Sieh her, Viehjude! Ich zeige dir jetzt, was wir mit verschwiegenen reichen Säcken machen.“

„Nein, nicht meine Mutter!“

Roth war im Begriff, auf ihn loszugehen, als ein anderer Räuber das Vorhaben mit gezogener Pistole vereitelte. Fromm deutete zwei Mann heraus, wies sie an, die Frau festzuhalten. Fromm wühlte in seiner geräumigen Rocktasche, holte die Leihgabe hervor, deren Rückgabe nicht mehr vonnöten erschien. Er hielt sie derart über die Hand der Frau, dass beim Herausziehen des Stäbchens mehr Phosphor als notwendig aus der Büchse trat. Die Chemikalie begann, auf der Haut zu brennen, die Frau schrie fürchterlich.

„Habt Erbarmen mit meiner alten Mutter!“

„Dann zeigt uns, wo ihr eure Schätze verborgen habt, aber schnell, denn wir müssen uns beeilen“, sagte Fromm in überaus ruhigem Ton.

„Wir haben nicht mehr.“

„Das werden wir ja sehen. Haltet die Alte fest!“, sprach Fromm, holte einen brennenden Kerzenleuchter. Roth flehte, die Mutter schrie.

„So, jetzt werden wir sehen.“

Fromm hielt der alten Frau die Flammen unter den Arm. Sie schrie, Salomons Frau erstickte fast in Tränen. Lindt ging entschlossen, des Unrechtsbewusstseins in tieferen Hirnwindungen noch mächtig, auf Fromm zu, riss ihm den Leuchter aus der Hand. Durch den verursachten Luftzug wurde es schlagartig dunkler im Raum.

„Was wagst du gedächtnisloser Vagabund, du Taugenichts?“

Fromm packte Lindt an der Kehle, Salomons Mutter sank auf die Knie.

„Jetzt habe ich dich dort, wo ich dich schon seit geraumer Zeit hätte haben sollen.“

Fromm drückte zu, Lindt wurde schwarz vor Augen.

„Halt ein!“, rief Franz.

„Lass ihn sofort los! Er weiß nicht, was er tut.“

Fromm lockerte den stählernen Griff. Auch Lindt sank hinab.

„Lass gut sein, Hans-Peter. Wir müssen schnell fort, ehe die Gendarmen kommen."

„Ihr Nassauer seid wohl Könige im Versauen von Gelegenheiten", meinte Weber. „Fürwahr. Dann nehmen wir eben das mit, was wir hier sehen", ergänzte Bückler. Er blickte auf Saras Schmuck am Ohr, an den Händen.

„Wir müssen fort! Gendarmen unbekannter Anzahl können jeden Augenblick vor Ort sein, es wird schon Tag. Wir haben keine Zeit!", sagte Franz, während sich Lindt benommen vom Griff auf die Beine erhob. Bückler zerrte an Saras Schmuckstücken, die unter Tränen schrie. Er konnte sie jedoch nicht lösen, was ihn in Anbetracht der Eile veranlasste, sein Messer zu zücken.

„Was hast du vor?"

„Ich werde mir jetzt ganz schnell die Schmuckstückchen dieser Dame greifen, lieber Hans-Peter."

Während Roth bei der Mutter kniete, sie tröstete, zerrte Bückler dessen Weib zum Tisch mit den Intarsien. Roth flehte, Bückler ergriff ihre Hand, drückte sie auf den Tisch, nahm sein Messer, trennte den ersten Finger ab, die Miene regungslos. Schreie, so entsetzlich, dass sich Räuber wegdrehten, die Ohren zuhielten. Bückler durchtrennte den nächsten Finger, steckte diesen ebenfalls samt Ring in die Hosentasche. Sara fiel im Schock auf den Tisch, Bückler war bemüht, sie nicht vom Möbelstück rutschen zu lassen. Hatte er doch nicht die geringste Lust, sich zu bücken. Ohrringe mit edelsten Steinen trug Sara auch noch. Salomons Mutter fiel um. Roth betrachtete alles zitternd, traumatisiert, fern von Beistand.

„Das wird aber diesmal geteilt! Schmuckstücke sind keine Pfannkuchen, mein lieber Hannes."

Franz und Weber nickten zustimmend.

„Die Stückchen?"

„Die Goldstückchen!"

„Ja, sicherlich, wenn ich mit dem Weibsstück fertig bin."

Bückler zückte sein Messer abermals, das sich dem Ohrläppchen der verstümmelten, im Schock erstarrten Frau näherte.

Als Lindt die neuerliche Annäherung der Klinge an den wehrlosen Körper mit unermesslicher Abscheu beobachtete, fuhr ihm im Bruchteil einer Sekunde ein warmes, großes, feuchtes, überaus raues Stück lebenden Fleisches über sein Gesicht. Lindt duckte sich, um dem sabbernden, schleimig-feuchten Fleisch eines gehörnten Tieres zu entgehen. Doch im gleichen Augenblick zog Lene gierig, voller Wollust an seiner französischen Hose, unter den drohenden Blicken von Franz, derweil Rauch des Meilers ihm die Sicht nahm, sodass er über Charlottes blanken Busen stolperte, Dietrich aus den Händen verlor, was zur Folge hatte, dass Johanna unter die Franzosen geriet. Prietz und Ritzmann schrien derart laut, dass ihm das Trommelfell zu platzen drohte. Mit beiden Händen hielt er sich die Ohren zu, während er sich immer wieder vor dem unaufhörlich sabbernden Fleisch duckte. Trotzdem hörte er Racky sprechen: „Je voudrais parler à cet homme là-bas, à ce charbonnier en pantalon long. Ist dir die Räuberei zu Kopf gestiegen, da du wie irr geworden aus fremdem Fenster schreist?"

Nur eine Sekunde war vergangen, Lindt war ein anderer. Der, der er schon immer gewesen war. Die Erinnerung kehrte angesichts der Grausamkeit Bücklers wie aus dem Nichts zurück. Sein Entsetzen war derart groß, dass er laut und mit klaren Worten in den Raum sprach:

„Ich bin Bauer und Köhler. Mein Name ist Friedrich Lindt. Meine Kohle glänzt auf dem Bruch stark, fast stahlblau, zerbricht leicht, erzeugt kaum Funken und färbt die Hände nur wenig. Und mit meiner überaus guten Kohle verdiene ich auf ehrliche Weise Geld. Ich bin kein Mörder, kein Räuber, ich gehöre nicht zu euch!"

Lindt war wieder Lindt. Zum Unglück von Salomons Frau. Denn seine Bewegungen, seine Äußerungen führten dazu, dass Bückler vor Schreck nicht nur das Ohrläppchen, sondern das Ohr mit scharfer Klinge vom Körper trennte. Salomon fiel zu Boden. Ehe die anderen im Raum sich versahen, stürzte Lindt nach draußen. Er wusste wieder, wer er war, wohin er wollte. Zum Meiler, zu Kugelmann, Gettenauer und Brötz. Er wollte zu

Prietz, sehen, wie es ihm im Spital ergangen war. Er dachte an Johanna, ihren Atem.

Lindt lief in Richtung der Usinger Straße. Niemand folgte ihm. Als er den Ort hinter sich gelassen hatte, blieb er stehen, schaute sich um, dachte an Philipp, von dem er nicht wusste, was aus ihm geworden war.

„Wie heißt du? Wohin gehst du?"

Er beabsichtigte, dahin zu gehen, wo er hingehörte. Zum Meiler, zum Ochsen, zu sich selbst. Der Meiler, der Ochse halfen ihm, zu überleben, beide logen ihn nicht an, beide betrogen ihn nicht. Doch dieser Gedanke ging ihm zu weit. Verfolger waren nicht zu sehen. Lindt lief weiter.

„Wie heißt du? Wohin gehst du? Sehen wir uns wieder?"

„Vielleicht."

Soldat

Der Morgen begann düster, feucht, die Luft war kühl. Qualm zog aus der Ferne durch Buschwerk und Stockausschläge, legte einen feinen Nebel über verstümmelte Vegetation. Eine Bewegung, undeutlich, eine Gestalt, schemenhaft, vielleicht eine Einbildung. Dann wieder eine Regung. Lindt ging bedächtig auf die Hütte zu, da es ihm schien, als hätte sich dort jemand bewegt. Er blieb stehen, dachte nach über das, was er meinte, gerade gesehen zu haben. Lindt war nur noch wenige Meter von seiner Hütte entfernt. Er begab sich vorsichtig in die Hocke, beobachtete seine bescheidene Behausung, sah sich um. Wieder eine Bewegung. Irgendetwas, irgendwer hatte sich im Eingang bewegt. Der Meiler war stark eingesunken, gab kein Rauchzeichen mehr. Niemand hatte die Kohle ausgezogen. Er war erloschen, verlassen. Lindt fasste all seinen Mut, stand auf, ging strammen Schrittes auf die Hütte zu.

„Wer seid Ihr, werter Gast in meiner Hütte?"

Stille. Nur der Regen traf geräuschvoll auf Gewächse und Boden.

„Ich habe Euch gesehen. Nennt mir Euren Namen, tretet heraus!"

„Zufall, Rainer Zufall, Geselle auf der Walz. Drei Jahre und einen Tag. Ich wollte Euch nichts stehlen, die Hütte nicht mein nennen, glaubt mir."

„Kommt heraus, zeigt Euch mir!"

Heraus trat ein Bursche mit schwarzem Dreispitz im grauen Mantel. Soweit Lindt es einschätzen konnte, war der Bursche recht jung.

„Was macht ein Fremdgeschriebener im Morgengrauen in meiner Hütte?"

„Ihr seid Köhler, nicht wahr? Ich hatte die Hütte entdeckt, als ich über die Straße nach Niedernhausen ging. Da sie leer stand, nutzte ich die Gelegenheit, mich bis zum Anbruch des Tages unterzustellen. Ich bin Zimmerergeselle, schon ein Jahr unterwegs. Noch am Abend hat mich mein Herr davongejagt, da mir ein Missgeschick unterlaufen war. Eigentlich nichts Bedeutsames, aber es hat ihn offensichtlich sehr erregt."

„Und was hat ihn so sehr aufgebracht?"

„Ich habe an scheinbar unangemessener Stelle neben seinem Haus meine Notdurft verrichtet, wobei er mich überraschend antraf."

Lindt grinste.

„Woher kommst du?"

„Aus dem Amt Camberg. Auf dem Weg sah ich Soldaten. Ich glaube, es waren Österreicher. Geschickt, wie ich bin, haben sie mich nicht zu Gesicht bekommen. Auch Schüsse und Gefechtslärm waren zweimal zu hören. Deshalb, so dachte ich, wäre es besser, hier bis zum Morgen zu verweilen. Zudem schien mir das Wetter zum Wandern eher ungeeignet."

„Wie du siehst, ist hier alles verlassen. Ich war viele Tage fort."

„Warum habt ihr Euren Meiler aufgegeben, die Arbeit nicht beendet?"

„Lass uns hineingehen, Geselle. Ich bin, beiläufig bemerkt, der Friedrich, Friedrich Lindt."

Als er dies gesprochen hatte, wurde er für einen Augenblick nachdenklich. Aber er war es tatsächlich.

Lindt begann, dem Gesellen seine neue Variante der Geschichte zu erzählen, aus der Johanna wie auch Räuberpistolen von Geisterhand entfernt worden waren.

„Das ist eine unglaubliche Geschichte, wenn ich das einmal so sagen darf. Du siehst wahrlich nicht wie ein Mörder aus. Dass du trotz allem hierher zurückgekommen bist, finde ich äußerst mutig. Und was willst du nun machen?"

„Ich weiß es nicht. Lass uns hier warten, bis das Wetter besser wird. Vielleicht fällt mir bis dahin etwas ein. Mich wundert nur, dass draußen noch die Kohle liegt, dass keiner der anderen wie gewohnt hier oben ist. Gut wäre es, wenn wir etwas Speis, einen guten Trank hätten."

„Wenn du sonst keine Wünsche hast.“

Rainer Zufall begann, in seinem Felleisen zu kramen, zauberte Brot, Speck und eine Flasche hervor.

„Das sieht gut aus, was du da in Händen hältst, soweit ich es im Halbdunkel zu erkennen meine.“

„Schlecht ist es sicher nicht. Hier, nimm! Trinken wir erst einmal einen Schluck.“

Lindt nahm die Flasche, öffnete sie, trank einen Schluck, dann einen zweiten, dritten.

„Ich möchte es nicht glauben. Das ist ein guter, edler Brand, lieber Geselle. Der würde mich eine ganze Wagenladung kosten. Wo hast du ihn aufgegriffen?“

„Mein Herr wollte mich mit der Flasche nach Erledigung der Notdurft erschlagen. Da meinte ich, dass es besser sei, sie mitzunehmen, ehe sie an meinem starken Schädel zerspringen oder in seinem alten Magen verderben würde.“

Lindt grinste wieder.

„Hast du diese Hütte gebaut?“

„Ja.“

„Sie ist recht verbesserungsbedürftig.“

„Mag sein.“

„Hier, nimm Speck und Brot, lass uns über andere Dinge reden.“

Sie teilten, unterhielten sich über Gott und die Welt, über Streiche aus der Jugend, welcher Geselle Zufall mit sechzehn Jahren eigentlich noch nicht entronnen war, und sie plauderten über das ewige Thema Weib, von dem Lindt ein wenig mehr berichten konnte, bei dem er sich dennoch bescheiden zurückhielt. Dafür quälte es ihn umso heftiger. Etwa eine Stunde verging, während derer die Flasche den letzten Tropfen preisgab. Gegen sechs Uhr in der Früh wurden Lindt und Zufall schläfrig. Draußen prasselten noch immer unzählige Tropfen, sodass sie beschlossen, auf besseres Wetter zu ruhen. Der Geselle schlief auf der Pritsche, Lindt auf dem Lehm recht zügig ein. Es war nicht das erste Mal, dass Lindt vergaß, die Hosenbeine zu verschnüren. Auch dieser Brand meinte, dass sie nicht nötig sei, die

Angst vor dem schrecklichen Getier des Taunus, sondern nur ein überflüssiges Hirngespinst.

„Ich habe dir etwas mitgebracht. Ein Insekt!"

„Vorzüglich, dein Mitbringsel, einfach ausgezeichnet! Ich habe eine Vorliebe für flinke, gefräßige und obendrein gefährliche Insekten. Willst du es nicht entfernen?"

„Ja, lass es mich wegnehmen."

„Großer Gott!"

Lippen berührten sich, Schweiß wechselte den Körper.

„Friedrich, denkst du an die Kinder?"

„Ja, Charlotte, gönne mir noch diesen Moment."

„Ach Friedrich, deine Liebe ist unendlich! Dietrich ist gekommen."

„Lass ihn herein, bereite ihm Speis und Trank, gib ihm dich hin! Ich werde meinem Freund später einen köstlichen Trunk reichen. Er soll einstweilen mit den Kindern spielen. Mit seinen, unserem, deinem. Der Ochse hat Hunger, gib ihm zu fressen, der Meiler auch, gib ihm Holz, feinstes von der Hainbuche, von der Eiche, damit er nicht darbe. Nicht zu dünn, nicht zu dick, aber reichlich, damit Dietrich zufrieden ist."

„Friedrich, du bist zu gut, allen gegenüber. Zu Johanna, Dietrich, dem Ochsen, zu mir. Wir verehren dich mit deinen fettigen blonden Locken. Johanna, Dietrich, der Ochse und ich."

„Très bien."

„Ja, sehr gut. Aber ich trage sie, weil sie mir bequem erscheint." Franzosen umarmten Österreicher, küssten Preußen. Pantalons wirbelten durch die Luft. Preußen küssten Johanna, Österreicher Charlotte, Nassauer den Ochsen, Franzosen Lindt.

„Lene wird uns mit Franz besuchen, die Kinder freuen sich auf den Ochsen."

„Ich auch, Friedrich, mein geliebter Mann."

„Warum springst du so entzürnt auf, Dietrich?"

„Na sieh doch, Charlotte, Friedrich hat mir einen Finger aufgetischt! Nein, sogar noch ein Ohr!"

„Ist das so furchtbar, mein Dietrich?"

„Nein, gewiss nicht. Doch am Schmuck biss ich mir diesen Zahn aus. Deshalb werde ich jetzt auch meinen Spaß haben und Friedrich erschießen."

Charlotte schluchzte, Dietrich schoss, die Räuber lachten, selbst Bückler und Weber.

„Wohin gehst du?"

„Nach Idstein, Prietz aus dem Spital holen, ehe ihn die Übelkeit beim Anblick des Arztes überkommt."

„Sehen wir uns wieder?"

„Vielleicht."

Ganz langsam, überaus vorsichtig, mit kalter Schnauze, ohne Vorwarnung, unaufhaltsam kroch es in sein Hosenbein. Ein dünnes, langes, äußerst gefährliches, trotzdem elegant gewundenes, schon von manchem Blut beflecktes Scheusal schob sich an Lindts Wade entlang. Immer weiter, beharrlich, überaus neugierig. Messerscharf war der Stahl des Säbels, den der österreichische Husar in Lindts Hose führte.

„Einen schönen guten Morgen, die Herrschaften! Habt ihr die Arbeit verschlafen?"

Das Scheusal zog sich langsam zurück.

Lindt wurde durch Zufall geweckt.

„Wach auf, wir haben Besuch!"

Lindt schreckte hoch, bemerkte noch das Scheusal am Bein.

„Wo bin ich? Wer seid Ihr? Was macht Ihr in meiner Hose?"

Ein Offizier im papageiengrünen Dolman mit hellblauem Tschako in der linken Hand stand vor den Schlaftrunkenen.

„Kommt einmal heraus, ihr beiden!"

Der Österreicher blickte dabei auf die Flasche am Boden, ging hinaus.

„Wer war das, Friedrich?"

„Dem Wortklang nach ein Österreicher, sofern ich nicht irre. Wir sollen hinausgehen."

„Ein Österreicher?"

„Ja, ich denke schon."

„Dann gehen wir hinaus. Zum Glück sind's keine Franzosen."

Sie standen auf, gingen vor die Hütte. Im Licht des grauen Morgens, es nieselte noch, blickten sie auf eine Schar von dreißig Berittenen, die sich um den Meiler versammelt hatte. Der Offizier kam auf sie zu.

„Einen recht schönen guten Morgen wünsche ich euch beiden noch einmal. Ihr seid kräftige, wenn auch, wie mir scheint, versoffene und dreckige Burschen, die uns sicherlich zu Nutzen sein könnten. Je dreckiger, desto besser."

Der Offizier und seine Leute lachten.

„Ich darf mich vorstellen. Rittmeister Carl Johann Freiherr von Schloissnigg vom Vierten Husarenregiment „Siegbert Freiherr Vécsey von Hajnácskeö" unter dem Regimentskommandanten Oberst Johann Skaritza. Den Saft von Trauben gibt es auch bei uns zu saufen. So viel ihr davon wollt, vom Heurigen, der sicher besser mundet als das gebrannte Gesöff, nach dem ihr stinkt. Eure Lumpen könnt ihr gegen österreichische Uniformen eintauschen, blütenweiß wie das ewige Eis, die Wolken über domus Austriae. Na, was haltet ihr davon? Wie heißt ihr eigentlich, und was macht ihr an diesem trostlosen Ort der Köhlerei? Teifl eine, ist mir eigentlich auch gleich."

„Mein Name ist Friedrich Lindt. Ich bin Bauer und Köhler. Der hier ist Rainer Zufall, Zimmerergeselle auf der Walz. Euer Angebot klingt durchaus interessant. Ich denke, wir nehmen es an."

Der Österreicher nickte zufrieden, Zufall war sprachlos, Lindt erleichtert. Als Kaiserlich-königlicher war er sicher vor Räuber und Gendarm.

„Dann auf, wir haben keine Zeit zu verplempern!"

Lindt und Zufall marschierten mit den Österreichern am frühen Morgen des 10. Juli 1796 zu Fuß gen Osten in Richtung Königstein und Kronberg nordwestlich von Frankfurt am Main, wohin sich Teile der k. k. Oberrheinarmee unter dem Oberbefehl von Feldzeugmeister Maximilian Graf Baillet de Latour vor den Franzosen zurückgezogen hatten. Indessen erreichten diese unter Jourdan äußerst mühevoll Wehen und seinen Grund. Die Mühen der französischen Armee wurden fast ausschließlich durch den Transport und das Manövrieren zweier Wasserstoff-Aufklärungsballons mit Namen „L`Hercule“ und „L`Intrépide“ hervorgerufen. Da das Befüllen der Ballons mit großem Aufwand verbunden war, wurden sie in gefülltem Zustand transportiert, verfingen sich an Bäumen, an Kirchtürmen.

Viele Einwohner Wehens flüchteten mit ihren wenigen Habseligkeiten vor den Franzosen über Niedernhausen, das Schwarzbachtal hinunter zum Main. Etliche von ihnen kehrten nie mehr zurück. Die verbliebene Bevölkerung wurde zu Schanzarbeiten und Frondiensten für die neuen Herren aus Frankreich gezwungen. Die Lasten der Einquartierungen waren unerträglich.

Es war die Zeit, in der Goethe und Schiller die aufsehenerregenden Xenien verfassten, die dem Taunus den endgültigen Todesstoß versetzte. In Bäume, die noch stattlich ragten, in Stümpfe, die schon getrieben hatten, in tote und gefallene Gewächse drangen Äxte, es nagten an ihnen Zähne an Blättern für Palisaden und Faschinen. Fast kahle Höhen wurden endgültig entblößt, den Wassermassen preisgegeben, die bei Unwettern zu dieser Zeit, man könnte sie auch die kleine Schwester der überaus frostigen Ära nennen, zu Tale strömten. Sie gruben sich noch tiefer, immer weiter in den fauligen Fels des Taunus. Auch Lenes Zeit war es, die gekommen war, eines Nachbarsjungen wegen. Die Familie war schockiert, zeigte jedoch Verständnis.

Zweieinhalb Stunden anstrengenden Marsches hatten sie bewältigt, als sie das vierzehn Kilometer entfernte österreichische Feldlager zwischen Königstein und Kronberg erreichten. Zelt an Zelt reihte sich auf weitläufigem Wiesengelände. Drei kaiserlich-österreichische Infanteriebataillone, das Siebenunddreißigste Dragonerregiment „Coburg“ und das Vierte Husarenregiment waren dort zusammengezogen worden. Rund sechstausend Mann und einige Marketenderinnen hausten unter tausend Planen. Glücklicher schätzten sich einige Offiziere und Mannschaften, die in Kronberg und Königstein einquartiert werden konnten.

Rittmeister Carl Johann Freiherr von Schloissnigg ließ nach dem Quartiergeber der Infanterie rufen, während Lindt und Zufall mit neugierigen Blicken gemustert wurden.

„Ihr werdet nun Quartier, Uniformen und Ausrüstung erhalten, was im Falle von beiden zuletzt genannten Dingen selbstverständlich vom Sold abgezogen wird. Entsprechend lange werdet ihr wohl unter uns weilen müssen. Es sei denn, der Franzose kommt euch entgegen, verkürzt eure Dienstzeit."

Von Schloissnigg lachte.

„Wenn ich es mir recht betrachte, müsst ihr ohnehin eine Weile dienen, seht ihr ohne Bart und Zopf doch nicht nach Soldaten aus. Beim Zopf kann man nachhelfen."

Von Schloissnigg lachte wieder. Der Quartiergeber erschien, der Rittmeister erteilte Anweisungen.

„Folgt dem Mann! Er wird euch das Quartier zeigen, dafür sorgen, dass ihr Brot, genügend Rebensaft und eine ordentliche Uniform erhaltet. Und noch heute am Nachmittag wird man damit beginnen, aus euch Haderlumpen Soldaten zu machen."

Lindt und Zufall folgten dem Quartiergeber durch die Zeltstadt mit ihren gewaltigen Dimensionen. Nach etwa hundertfünfzig Metern gingen sie an der Feldschmiede vorbei. Lindt blieb stehen.

„Einen Augenblick, bitte."

Er sah sich die Holzkohle an, die der Schmied zur Glut brachte, nahm zu dessen Verwunderung ein Stück aus einer Kiste.

„Gut ist das. Diese Kohle könnte aus meinem Meiler stammen. Wirklich gut, ohne Frage."

Lindt flunkerte, denn die Kohle war schlecht.

„Wo habt Ihr sie her?"

Der Schmied hob die Schultern.

Lindt warf dem Verwunderten ein Augenzwinkern zu, ging mit seinen Begleitern weiter. Auf dem Weg zum Quartier fiel Lindt eine Marketenderin auf, der er sechs Schritte nachsah, sie ihm auch, an Ort und Stelle verweilend. Beim siebten Schritt stürzte er über einen Korb, der einige Kartoffeln entließ, und prallte gegen die Brust eines recht stattlichen Infanteristen, der keinen Millimeter wankte.

„Ich bitte um Verzeihung."

Die Marketenderin lachte mit vorgehaltener Hand, ging weiter. „Das muss ich mir noch sehr überlegen, ob ich deiner Bitte stattgebe", sagte Fähnrich Ignatius Mariacher aus Tirol und zwirbelte seinen Schnauzbart. Mariacher, von den Kameraden und der Mutter liebevoll „Nazi" genannt, war als Raufbold bekannt. Nie war er lustig.

„Du hast wegen des Fräuleins meinen Erdäpfelkorb umgehauen."

Mariacher streckte die Brust hervor.

„Es tut mir leid."

Lindt bückte sich nach den Kartoffeln, um sie wieder in den Korb zu legen. Der Fähnrich gab ihm einen Tritt. Lindt stürzte zu Boden, fasste sich dort angelangt an die schmerzende Region. Der Quartiergeber sah sich dazu veranlasst, rasch zwischen die Raufenden zu gehen, ehe die Sache aus seiner Sicht eskalieren würde.

„Aufhören! Sofort! Ich werde dafür sorgen, dass ihr alle Hiebe bekommt. Jeder mindestens zwanzig!"

Lindt stand auf, ohne die Worte des Quartiergebers zu hören, schlug zu. Durch Zufall traf er den Quartiergeber auf die Nase, gestoßen im Ausholen vom Wandergesell. Der Mann schrie vor Entsetzen, Blut entrann seinem markanten Riechorgan in schillerndem Rot, tropfte aufs Weiß der Uniform.

„Meine Nase! Du Lump hast mir die Nase zerschlagen! Du Nassauer Strolch!"

Lindt zertrat eine Kartoffel, was sie für Mariacher ungenießbar machte, worüber sich Milliarden im Dreck freuten. Ein Leutnant, von den Schreien aus dem Alltäglichen gerissen, eilte laufenden Schrittes herbei. Der Quartiergeber nahm angesichts der Respektsperson augenblicklich stramme Haltung an.

„Aufhören, sofort! Ich dulde keinen Tumult, weder mangelnde Disziplin noch Schmähungen. Fünf Hiebe für jeden!"

„Ich wollte lediglich schlichten, Herr Leutnant."

„Zehn Hiebe für jeden!"

„Aber, Herr Leutnant!"

„Fünfzehn Hiebe!"

Es tropfte aus der Nase, das Blut, gemischt mit Sekret.

„Ich wollte den Herrn Quartiergeber nicht schlagen. Es war Zufall."

„Nein, das stimmt nicht!"

„Zwanzig Hiebe für alle! Für nicht wollen, für nicht stimmen, für lediglich, für aber, für Sauereien im Gesicht und für Zufall. Werden sofort vollstreckt. Alle mitkommen, Maul halten!"

Zufall war trotz der Furcht vor kommender Pein ein wenig stolz darauf, dass die dem Alltäglichen entrissene Respektsperson seinen Namen nochmals erwähnte.

Die vier Verurteilten folgten dem Leutnant, der einige Soldaten herbeiwinkte.

„Ah, wir geh'n Gassi", sprach einer der Herbeigewunkenen, die typische Handbewegung des Leutnants nur zu gut kennend.

Lindt wusste nicht, was „Hiebe" bedeuten würden, nahm die Sache gelassen. Zu seinem Glück, hätte ihm doch schon der Marsch zum Ort des Vollzugs die Tränen in die Augen getrieben.

„Sagt einmal, Soldat."

„Fähnrich, bitte."

„Nun, Fähnrich, wie heißt denn das Fräulein des Anstoßes?"

„Wiesinger. Mit Rufnamen heißt sie Dorothea, so glaube ich. Aber alle hier sagen aber immer nur ‚k. k. Wisi' zu ihr. Die hat schon so manche Kartoffel plumpsen lassen."

Lindt musste lachen. Der Leutnant hielt inne, drehte sich um.

„Wer hat da geredet, wer gelacht?"

Stille. Nur das Rauschen des einsetzenden Niederschlags in Form von unzähligen fetten Tropfen durchdrang die Szene. Sie hielt nicht lange an, die Stille.

„Wer hat soeben geredet, wer gelacht? Ich wiederhole Fragen ungern, die Herrschaften! Fünfundzwanzig Hiebe!"

„Für was?"

Der Leutnant drehte sich um. Major Moritz Salvator stand vor ihm. Der Leutnant nahm Grundstellung ein.

„Leutnant von Motzen mit vier Straffälligen, verurteilt zu fünfundzwanzig Hieben, Herr Major!"

„Was sind Sie für ein Unmensch! Wie ich sehe, hat der Herr Quartiergeber seinen Rock mit Blut befleckt, welches seiner Nase entrinnt. Sie lassen zu, dass eine kaiserlich-königliche Uniform unnötig verschmutzt wird, da Sie ihn nicht die Nase haben putzen lassen. Und wen sehe ich denn da, der Nazi ist auch wieder einmal mit von der Partie. Der ist einfach unverbesserlich, unser Fähnrich. Fünfundzwanzig Hiebe für alle!"

Von Motzen war sprachlos. Und das war gut für ihn. Wusste er doch, dass fünfundzwanzig plus fünf dreißig ergeben. Die Abgeurteilten folgten dem Major zu den bereits zur Ausführung der Strafe versammelten Soldaten außerhalb des Lagers.

„Es fehlen noch fünf Mann, ein Trommler, ein Unteroffizier und natürlich fünfundzwanzig Ruten."

„Jawohl, Herr Major!", erwiderte einer der Soldaten und machte sich auf, fehlende Anwesende und Schlagzeug zur Durchführung der Disziplinarstrafe einzuholen. Nach einer unendlich dauernden Dreiviertelstunde, die Hasel- und Hainbuchenruten mussten erst geschnitten, die Pflanzen zuvor bestimmt werden, waren die Vorbereitungen für den Vollzug im strömenden Regen beendet.

Die Soldaten bildeten eine Gasse. Zu beiden Seiten zwölf Mann und einer. Wolfgang Nepomuk hieß der einfache Soldat der Infanterie. Er war aus der Not heraus zum Militär gegangen. Seine acht Geschwister hatten jeden Tag Hunger, warf doch der elterliche Hof bei Klagenfurt kaum Erlös zum Überleben ab. Zwei Geschwister waren verstorben, bevor er den Militärdienst angetreten hatte, der Vater litt an schwerer Krankheit. Von seinem bescheidenen Sold schickte er stets einen Teil nach Hause. Nur sehr selten bekam er Post von dort. Er wusste auch nicht, dass zwei weitere Geschwister während seiner Abwesenheit an Fleckfieber gestorben waren. Einer der Verstorbenen war sein behinderter Bruder Ferdinand, um den er sich besonders gekümmert, den er abgöttisch geliebt hatte. Nepomuk wusste nur eines: Er würde den letzten Schlag versetzen. Einen Schlag, der bereits zerschundenes, blutendes, vielleicht sogar unschuldiges oder einer Lappalie wegen verurteiltes Fleisch treffen würde.

Nepomuk schämte sich dafür, was die Kameraden durchaus bemerkten. Nepomuk hasste den Krieg, die Offiziere, die Franzosen, doch er liebte den Sold, weil er ihn lieben musste, den wahrhaftigen Teufel auf Erden.

Lindt blickte in das Gesicht eines gemeinen Linien-Infanteristen, dessen Schnurbart sich merkwürdig verbogen präsentierte. Ernst blickte der Soldat ihn an, fasste sein Kamisol mit beiden Händen, riss es auf, zog es vom Körper. Lindt spürte die kalten Tropfen auf der Haut. Er wurde an den Händen gepackt, die ihm ein zweiter Österreicher, nicht minder grimmig dreinschauend, mit einem kurzen Seil vor die Brust band. Wäre nicht das Seil um die Handgelenke gewesen, hätte man annehmen können, Lindt forme Knödel. Trommelschläge drangen in seine Ohren, ein Füsiliersäbel näherte sich bedrohlich seinem Bauch, gehalten von einem Unteroffizier der Grenadiere. Doch die Waffe hielt einen minimalen Abstand ein. Lindt war es nicht gegönnt, die Grenadiersmütze mit dem Messingschild ausgiebiger aus der Nähe zu bewundern, sie entfernte sich von ihm, auch die Waffe. Ein heftiger Stoß in seinen Rücken brachte sie ihm wieder näher, als schon der nächste Schmerz ihn durchfuhr. Vierundzwanzig und ein Unteroffizier sahen ihn an. Lindt blieb keine Zeit für Lautäußerungen, die nächste Rute traf, dreiundzwanzig glotzten, der Säbel hielt den Abstand ein, seine Beine schleppten ihn mechanisch voran. Beim zwanzigsten Schlag spürte er nur noch Druck im Fleisch. Das Messingschild verschwamm vor seinen Augen, die Kiefer pressten sich derart stark gegeneinander, dass die Zähne aus dem Gesicht zu springen drohten. Stolpernd näherte Lindt sich dem fünfundzwanzigsten Schlag. Er stand vor Nepomuk. Dieser sah den blutigen Rücken, zögerte, schlug schließlich zu. Für Mutter und Geschwister.

Lindt fiel am Ende der Gasse zu Boden. Es folgten der Quartiergeber und von Motzen, die sich nach dem letzten Schlag umgehend vom Ort der Schmach entfernten. Zufall brach nach zehn Schlägen zusammen. Man trug ihn zu Lindt. Mariacher nahm es weitaus gelassener, meinte am Ende:

„Arme habt ihr wie Diandale. Schämt ihr euch nicht? Bei Gelegenheit zeige ich euch, wie man richtig mit der Rute schlägt!“

Mariacher kniete neben Lindt.

„Wie heißt Ihr eigentlich mit vollem Namen?“, fragte Lindt schwer atmend.

„Ignatius Mariacher, aber alle nennen mich bloß Nazi. Und du? Wer bist du?“

„Friedrich Lindt, eigentlich Köhler und Bauer.“

Lindt wischte sich die Nässe aus dem Gesicht.

„Und der da, wer ist das?“

„Rainer Zufall.“

Er kam allmählich zu sich.

„Ja, so ein Zufall, wartet nicht einmal den letzten Schlag ab von dem Nepomuk, dem Gimpel! Erzählt man sich doch, dass ihn der Dienst in der Armee vor dem Galgen rettete. Er war der Notzucht beschuldigt. Seinen Bruder, gar ein Krüppel soll's gewesen sein, habe er malträtiert, zügellos verdorben.“

„Ich bin Friedrich. Lasst uns unsere Bekanntschaft über das Fräulein Wiesinger und den Erdkorb mit einem Händedruck besiegeln.“

„Erdäpfelkorb!“

„Ja, dann über den Erdäpfelkorb.“

Ignatius Mariacher lächelte äußerst gequält und reichte Lindt die Hand. Ein Soldat kam mit durchgeweichten Papieren herbeigeeilt, welche er Major Moritz Salvator übergab.

„Ah, das wurde offenbar ganz vergessen.“

Der Überbringende verschwand.

„Wer von euch ist Lindt, wer Zufall?“

Lindt hob den rechten Arm, deutete auf Zufall.

„Ich bin Lindt, das ist Zufall.“

„Sofort mitkommen! Alle beide! Ohne Umschweife!“

Sie erhoben sich unter Schmerzen, folgten dem Major im strömenden Regen stillschweigend zu einem Zelt.

„So, die Herren.“

Der Major überreichte Lindt zwei durchgeweichte Papiere.

„Was ist das?"

„Das ist eure Rekrutierungseinverständniserklärung, unterschrieben von Rittmeister Carl Johann Freiherr von Schloissnigg vom Vierten Husarenregiment „Siegbert Freiherr Vécsey von Hajnácskeö" unter dem Regimentskommandanten Oberst Johann Skaritza, dem ihr offenbar euren Beitritt zur k. k. Oberrheinarmee zugesagt habt."

„Womit sollen wir unterschreiben?"

„Sofort Schreibzeug hierher!", schrie der Major aus dem Zelt heraus.

Minuten vergingen. Nur das Prasseln auf der Plane war zu hören. Major Moritz Salvator drehte Kreis um Kreis. Dann der erlösende Moment. Ein Soldat erschien mit Schreibzeug.

„Endlich! Das wurde auch Zeit."

Der Soldat verschwand.

„Hier unterschreiben!"

Lindt und Zufall kreuzten an.

„Willkommen bei der k. k. Oberrheinarmee unter dem Oberbefehl von Feldzeugmeister Maximilian Graf Baillet de Latour!"

Für Lindt erschien die Reihenfolge des Erlebten nicht ganz in Ordnung, was er jedoch zu kommentieren unterließ.

Sie betraten unter neugierigen Blicken ihr zugewiesenes Zelt, welches sie mit drei anderen österreichischen Milizionären teilen mussten. Lindt schaute sich um, Zufall fiel auf sein Lager. Ihre Rücken schmerzten ungemein. Man hatte ihre Uniformen mit Lagermützen, Tücher und eine Schüssel mit heißem Wasser für die Wunden bereits in das Zelt geschafft.

„Friedrich."

„Ja."

„Den Rücken, tupfe ihn mir ab, tauche ein Tuch ins Wasser! Schmerzt denn deiner nicht?"

„Brandwunden brennen reichlicher."

Das gröbste Rot hatte in die Schüssel gewechselt, als sie Stimmen hörten. Drei nasse Österreicher brachten einen Krug Wein, Brot, zwei Musketen und weitere Ausrüstungsgegenstände. Darunter auch zwei Säbel. „Hier, etwas Brot und Wein. Wenn das Signal von der Trommel ertönt, drei Schläge, kurzer Wirbel, ein Schlag, eilt ihr mit all dem Zeug sofort dorthin, von wo ihr vorhin gekommen seid. Na, ihr wisst schon! Wenn ihr beim zweiten Signal nicht in der Reihe steht, ein Schlag, kurzer Wirbel, drei Schläge, geht's noch einmal durch", sagte einer der Soldaten beim Hinausgehen, grinsend, das Intervall in Vorfreude verschweigend. Zufall stand auf, begutachtete all die Dinge, Lindt fasste ohne Umschweife den Krug.

„He, lass mir auch noch einen Schluck!"

Lindt nahm den Krug von seinen Lippen, reichte ihn Zufall. Während die letzten drei Schlucke durch Zufall aus dem Krug verschwanden, nahm Lindt eine Muskete in die Hand. Es war ein einhundertfünfzig Zentimeter langes Vorderladergewehr Modell 1784, Kaliber 18,3 Millimeter, mit Feuersteinschloss und einer Lauflänge von einhundertzwölf Zentimetern. Dazu gehörte ein dreischneidiges, zweiunddreißig Zentimeter langes Bajonett. Lindt staunte nicht schlecht über das Gewicht der Waffe, die fast fünf Kilogramm wog. In einer Patronentasche zählte Lindt sechsunddreißig Kugeln aus Blei. An einem Ledergurt, den Lindt vom Boden aufhob, baumelte ein eleganter Säbel. Lindt nahm die Waffe aus der Halterung und ließ sie von seiner linken Hand geführt durch die rauchige Luft sausen.

„Bist du von Sinnen?"

Haarscharf war die Klinge an Zufalls Kopf vorbeigeflogen. Und wieder.

„Jetzt reicht es mir!"

Zufall bemächtigte sich des zweiten Säbels und stoppte mit metallenem Klang Lindts nächste Säbelrunde, als die Trommel erklang.

Drei Schläge, ein Wirbel, ein Schlag.

„Auf, Friedrich, ziehen wir uns schnell um!"

Lindt zog die Holzschuhe, seine nasse französische Hose aus, am Bund ebenfalls von Blut befleckt. Eine Metamorphose nahm ihren Lauf. Aus Köhler und Geselle wurden weiße Schwäne. Lindt fühlte sich gut, strich mit beiden Händen über den nicht ganz passenden Militärrock. Die Ärmel zu kurz, an der Brust zu eng. Doch das konnte ein Köhler ertragen. Nur zwei Dinge missfielen ihm: der leere Krug und die Kopfbedeckung, die eine Lagermütze war.

Sie ergriffen ihre Ausrüstungsgegenstände, begaben sich hinaus in die Nässe. Einen Monat sollte ihre Grundausbildung dauern. Im Laufschritt, hin und wieder auf dem leicht abschüssigen Untergrund stolpernd, passierten sie die Zeltstadt. Zelt um Zelt. Die Planen und deren grinsende Bewohner wollten schier kein Ende nehmen. Nur noch fünfzig Schuh trennten sie vom Platze des Exzerzierens im Tal zwischen Kronberg und Königstein. Die anderen, zum Teil ebenfalls jungfräulichen Milizionäre unterschiedlichster sozialer und nationaler Herkunft, alle des Deutschen mächtig, waren schon versammelt. Einer der zweiundachtzig Männer war Lukas Ofner, der Gassi-Prophet und Schlag-Wirbel-Erklärer, der den Wein brachte, weshalb ihn Lindt sofort aus der Ferne erkannte, ihm gewisse Sympathie entgegenbrachte. Ofners Lippen zogen sich beim Anblick von Lindt und Zufall in die Breite. Lindt deutete dies als freundschaftliche Geste. Doch Ofner hatte den Trommler im Augenwinkel, ein Umstand, der bei diesem Schlag Mensch unweigerlich Freude bewirkte. Der Trommler hob die Arme, Ofner die Oberlippe, was ihn einem zähnefletschenden tollwütigen Köter ähneln ließ. Das Grauen war greifbar nahe, doch Ofner sollte keinen Spaß daran finden.

Ein Schlag, ein Wirbel, drei Schläge. Lindt blieb im Regen stehen, überlegte, erschrocken, verzagt, wie viele es wohl für rund fünfzig Schuh setzen würde? Ob er diesmal die Hose ausziehen musste, dem Weiß zuliebe? Zufall blickte verzweifelt, erstarrt.

Turmalin, Serizit und Augit waren schon ewige Zeiten unzertrennlich, jedoch traten Spannungen zwischen ihnen auf, die Kristallgitter bogen. Genau wie bei allen anderen. Seit Monaten, Jahren wurden die Spannungen stets größer. Ungefähr neunzehn Kilometer waren sie von Geilenkirchen, unweit des mit Frankreich vereinten Aachen, entfernt, als die Spannung in der Tiefe den Höhepunkt erreicht hatte. Der nicht zu vermeidende Bruch trat ein, die Spannung löste sich mit ungeheurem Ruck. Turmalin, Serizit, Augit und all die anderen entsandten Wellen von ungleichem Wesen bis in den Taunus, wodurch Lindts Beine zu zittern begannen, obwohl er nicht zitterte, trotz der Trommelschläge. Auch Zufalls Beine zitterten. Ofners Beine ebenso. Alle Beine zitterten, Trommeln, Pferde, Zelte, Kanonen, Protzen, die zweirädrigen Vorderwagen von Geschützen, Marketenderinnen und Holzkohle zitterten. Bäume, Gestrüpp, Kronberg, Königstein, Lenzhahn, Wehen, Idstein, Limburg und Wiesbaden ebenso. Der Taunus zitterte.

Unmittelbar neben Lindts linkem Fuß platzte noch vor dem letzten Zittern die Grasnarbe auf. Ein Rinnsal aus brauner Brühe schwappte heraus. Lindt wollte seinen Augen nicht glauben. Die ganze Grasnarbe schien sich plötzlich zu bewegen. Lindt dachte zuerst an den Wein, führte seine Beobachtungen auf einen ungewohnt hohen Alkoholgehalt des Österreichers zurück. Ein zweites und ein drittes Rinnsal brachen hervor. Unter Lindt und Zufall gab die Grasnarbe nach. Die Rinnsale begannen sich zu wandeln. Ehe sich beide versahen, strömte eine braune Sturzflut aus der bewegten Grasnarbe hervor. Zelte, Geschütze, Pferde, Vorratsladungen und Soldaten wanderten den Hang hinab. Schreie waren zu hören. „Eine Mure!“, hörte Lindt mit den braunen Massen kämpfend einen Kameraden rufen, war im Begriff, von Schlamm verschüttet zu werden.

Geschützrohre verabschiedeten sich von ihren Lafetten, schlitterten auf glitschigem Braun den sich überall wälzenden Hang hinab. Schädel wurden zerquetscht, breiige Gehirnmassen traten aus geplatzten Knochen. Und als ob es nicht schon mehr als genug Wasser im Taunus gegeben hätte, öffneten sich die Schleusen des Himmels noch weiter. Die Schwäne waren verschwunden, Lindt bekam ein Bein zu fassen.

Der Spuk dauerte nur Minuten. Der Schlamm stand still, bis über Lindts Hüfte, der das Bein noch hielt. Dreckiger waren seine blonden Locken nie zuvor gewesen.

„Du kannst mein Bein ruhig loslassen.“

Ein scheinbar zartes, braunes Wesen löste sich Lindt gegenüber aus dem Morast. Er löste den Griff, das Bein zog sich zurück. Das Wesen wischte sich mit der Hand über das Gesicht, das zum Erstaunen von Lindt zur Marketenderin des Anstoßes gehörte.

„So sieht man sich wieder. Man muss dich nur zur rechten Zeit, im richtigen Augenblick ergreifen, sagt mir mein Gefühl."

„Vielleicht", äußerte Dorothea keuchend, wischend. Durch Zufall wurde Lindt auf den Körper neben ihm aufmerksam. Der Weggefährte hatte sich aus dem Schlamm befreit, war zu Lindt gekrochen.

„Schau, Friedrich, wer da neben dir liegt."

Lindt sah nach rechts, erkannte Mariacher an der Kontur, regungslos auf dem Bauch liegend.

„Das ist doch der Ignatius."

Lindt fasste den regungslosen Köper, rüttelte an ihm. Doch kein Laut, keine Regung.

„Komm, fass an, wir drehen ihn um!"

Schüsse fielen. Man hatte damit begonnen, verletzte Pferde zu erschießen. „Der ist doch sowieso hin, so hin, wie jetzt die Gäule", wandte Dorothea gegenüber Lindt ein.

„Egal, wir drehen ihn um!"

Lindt und Zufall packten den regungslosen Körper. Mit einiger Anstrengung schafften sie es, ihn zu wenden. Was sie sahen, machte sie sprachlos. Er hatte sein Gesicht verloren.

Karl-Josef

Große Hoffnung auf eine ergiebige Ernte hatte er nicht. Mehrfach waren französische Soldaten aus Mangel an Proviant über das Feld hergefallen. Doch es würde sicher noch einiges zu finden sein, dachte er. Und tatsächlich: Hier und da zog er eine Knolle ans erste Tageslicht.

Der Morgen des 20. Juli 1796 zeigte sich kühl, aber freundlich. Nur gelegentlich nieselten in der Frühe feine Tröpfchen vom Firmament. Die Sonne ging gerade zwischen Wolkenlücken auf. Das Wetter ausnutzend, war Karl-Josef schon kurz nach halb sechs aufgebrochen, um auf dem Feld südwestlich von Lenzhahn Sprossknollen vom Topinambur zu ernten.

Karl-Josef half gemeinsam mit seinem Bruder Franz, den Hof des Vermieters zu bewirtschaften. Anton diente beim Nassauer Militär, kämpfte an der Seite Österreichs gegen die französischen Revolutionsarmeen. Barbara war an Rheuma erkrankt, fristete vom Schmerz geplagt ihr Dasein, der Vater war an schwerer Arbeit und kargem Brot verstorben, sagte man. Dass er an der Zuckerkrankheit litt, wusste niemand, wenngleich der Arzt bemerkte, dass sein entnommenes Blut auch nach vier Tagen noch kein Anzeichen von Fäulnis zeigte. Seine Schwester Ursula war als Hausmädchen nach Idstein gegangen.

Seit die Mutter von der unheilvollen Krankheit ereilt worden war, hatte Karl-Josefs Sammlung von Taunusgesteinen enormen Umfang erreicht. Stets kam er mit vollen Taschen von der Feldarbeit nach Hause. Aus dem Fenster warf die Steine niemand mehr. Gerade wollte Karl-Josef eine Knolle greifen, als er ein Geräusch wahrnahm. Er drehte sich um, blinzelte hinauf ins Gegenlicht.

„Johanna, so früh hier oben?"

„Ich wollte den Weg zu Vater und den anderen Köhlern einmal im Trockenen gehen. Da ich nicht mehr schlafen konnte, sah ich aus dem Fenster. Die wenigen Wolken am dämmernden Himmel sahen vielversprechend aus. Hast du noch welche gefunden?"

„Ja, ein paar liegen im Korb. Hier, sieh!"

„Da musst du aber noch mehr suchen."

„Du kannst mir dabei helfen."

„Das geht nicht. Ich muss dem Vater und den anderen Speis und Trank bringen."

„So früh, wie du unterwegs bist, hat das noch Zeit."

„Karl-Josef, ich möchte weiter."

„Hast du es so eilig, weil du deinen Durst unter einem Eichbaum stillen willst? Mit dem Wein in deinem Korb?"

„Wie meinst du das?"

„Das weißt du selbst am besten."

„Ach geh, ich will dir nicht zuhören. Suche deine Knollen alleine!"

„Du weichst mir aus. Und du weißt genau, warum du das machst."

„Lass mir meinen Frieden, suche deine Knollen oder Steine! Wirst du doch deswegen ohnehin belächelt."

Karl-Josef fasste Johannas Arm, zog sie mit einem Ruck zu sich, wobei der Korb zu Boden fiel.

„Was machst du? Lass sofort meinen Arm los, du Einfalt!"

Karl-Josef fasste Johanna am Hinterkopf, drückte sie ganz nahe an sein Gesicht.

„Das meine ich. Dein Atem. Er stinkt nach Gesöff."

Ein warmer Hauch strömte in Karl-Josefs Gesicht.

„Und wenn du oben am Meiler angekommen bist, ist der Krug für die Köhler halb leer. Das stimmt doch, oder? Dann hast du sicher wieder einmal bei einem Sturz vom Wein verloren. So etwas erzählst du sicherlich ein jedes Mal dem Vater und den anderen, die deinen Atem nicht mehr wahrnehmen, weil er wie ihrer ist. Sag mir, ob das stimmt."

Johanna sah Karl-Josef regungslos an.

„Nein, du brauchst es mir nicht zu sagen. Ich habe dich beobachtet, wie du unter der Eiche gesessen, den Krug an die Lippen gesetzt hast. Ich habe es gesehen. Und wann immer wir uns in den letzten Jahren auf Feierlichkeiten sahen, hast du dem Wein und anderem Gesöff zugesprochen. Du säufst wie die Alten."

Beide sahen sich schweigend an, Karl-Josef schien Johannas Atem zu inhalieren. Unverhofft drückte er seine Lippen auf ihren Mund. Johanna riss sich los, fiel auf ihr Gesäß.

„Bist du völlig von Sinnen? Was glaubst du, wer du bist, Verrückter?"

Karl-Josef warf sich auf Johanna, drückte ihre Arme auf den nackten feuchten Lehm.

„Ja, ich bin verrückt, besessen vom Gedanken an dich! Seit mehr als einem halben Jahr muss ich stets an dich denken. Tag und Nacht, immer wieder!"

„Meine Arme schmerzen, lass sie bitte los. Sofort!"

Johannas Versuche, ihn abzuschütteln, waren erfolglos. Nach einer Weile löste Karl-Josef seinen Griff, setzte sich neben Johanna, die sich mit ernster Miene aufrichtete.

„Ist das deine Art, einem Weib Wertschätzung entgegenzubringen?"

„Es tut mit leid. Bitte entschuldige mein Benehmen. Es überkam mich einfach, als ich dich so vor mir stehen sah. Du hast meinen Kopf völlig aus dem Gleichgewicht gebracht, seit Wochen und Monaten. Ich habe dich oft beobachtet, wenn du zu den Köhlern gegangen bist. Allein deine Art zu gehen ist für mich äußerst verwirrend. Ich habe mir auch oft vorgestellt, wie es wäre, wenn du mein Weib wärest."

„Karl-Josef! Du bist mein Cousin!"

„Ja, heirate mich, und wir werden eine ganze Schar Kinder haben!"

„Du bist doch mein Cousin! Hast du das nicht verstanden? Mein Herz gehört zudem einem anderen."

„Ach ja? Wem gehört es denn?

„Das geht dich nichts an."

Karl-Josef stand auf, wurde äußerst laut.

„Das geht mich sehr wohl etwas an! Ich kann mir schon denken, wer dieser Bursche ist, dem angeblich dein Herz gehört. Es ist dieser Köhler. Dieser Friedrich Lindt, dessen Beschreibung überall im Nassauer Land an den Wänden prangt. Diesen gesuchten Mörder liebst du? Hängen wird er!"

„Woher weißt du das?"

„Ich habe gesehen, wie du diesem Köhler vor etwa einem Monat gefolgt bist. Hinterhergeschlichen bist du dem Kerl, als er mit seinem Ochsenkarren vom Berg kam. Vielleicht warst du ja bei seinen Morden anwesend. Vielleicht bist du seine Komplizin."

„Der Friedrich ist kein Mörder. Das ist ein großer Irrtum. Der Polizeiobrist aus Idstein hetzt gegen ihn, weil er über den Tod seines Sohnes nicht hinwegkommt."

Johanna stand auf, nahm den Korb in die Hand.

„Du bist mir zuwider. Suche deine Knollen und lass mich jetzt zufrieden."

„Du gehörst mir. Ich habe ein Recht auf dich."

„Ist dir nicht wohl?"

„Doch, mir ist sehr wohl. Das Recht steht mir zu, weil ich dich gefunden, gerettet habe."

„Was meinst du damit: ‚gefunden, gerettet'?"

„Ich bin nicht dein Cousin. Ich habe dich vor siebzehn Jahren dort oben in der Nähe von den Felsen im strömenden Regen gefunden. Eine junge Frau mit schwarzen Haaren, die unweit von Lenzhahn einige Monate bei zwei alten Weibern lebte, hat dich als Säugling, eingewickelt in ein Tuch aus Leinen, dort oben unter einer Viehtränke in der Dämmerung abgelegt. Sie kam offenbar von Lenzhahn herauf, lief mit dem Tuch im Arm in Richtung des Hohlen Steins. Zwei Reiter verfolgten sie. Einer der beiden hat sie getötet."

„Du leidest an Fieber, Karl-Josef."

„Nein, das ist die Wahrheit."

„Willst du damit sagen, dass Else nicht meine Mutter ist, dass damals meine leibliche Mutter dort oben starb?"

„Das kann ich dir nicht frei heraus sagen. Aber es sieht ganz danach aus. Warum sollte die Frau über Monate bei zwei alten Weibern leben? Und warum hatte sie plötzlich ein Kind? Mir sieht es ganz so aus, als hätten die beiden Alten die Frau damals vor denen, die sie meuchelten, versteckt. Die beiden alten Weiber hat man Tage später ebenfalls tot aufgefunden. Die eine mit gebrochenem Genick, die andere mit grobem Stich im Rücken. Sie wurden von Nachbarn still und in aller Heimlichkeit verscharrt. Niemand sprach danach mehr über den Vorfall. Alle hatten Angst."

„Du bist ein Lügner! Du tischst mir Märchen auf, weil du mich willst. Ich glaube dir das alles nicht."

„Als ich dich fand, war eine Kette bei dir im Tuch. Eine goldene Kette mit edlen Steinen. Mein Vater hat sie nicht im Haus haben wollen, so edel, wie die Kette aussah. Auch dich wollte er nicht. Er brachte dich auf Anraten meiner Mutter mit der Kette zu Heinrich und Else nach Oberseelbach. Ihr Erstgeborenes war fünf Wochen zuvor im Stall erschlagen worden. So war es für sie vielleicht ein Trost, für meinen Vater eine Erleichterung. Eine echte Kugelmann bist du wahrlich nicht. Die Kette müsste noch bei euch im Hause sein. Der Heinrich hätte sicher nicht gewagt, jemandem so ein auffallendes Stück anzupreisen. Und wer wirft solch ein edles Schmuckstück schon ohne Weiteres fort? Wenn er sie nicht, Gott weiß wo, vergraben hat und du sie findest, so wirst du mir glauben. Wobei es mich im Nachhinein wundert, dass er sie nicht gleich bemerkt hat. Vater hatte sie mit in das Tuch gewickelt."

Karl-Josef war erleichtert. Erlöst von einem Geheimnis, das er Jahre mit sich getragen, stets als Bürde empfunden hatte.

„Wenn das alles stimmt und ich diese Kette finde, was dann? Das ist schrecklich, dieser Gedanke ist entsetzlich! Meine Mutter, gemordet!"

„Weine um Gottes willen nicht, Johanna."

Karl-Josef legte seinen Arm um sie. Johanna sprang auf. Sie griff in den Korb, nahm den Krug heraus, öffnete ihn, trank einen, dann einen zweiten, dritten und vierten Schluck vom Wein.

„Lass dies lieber bleiben, das ist nicht gut für dich."

„Ist mir egal."

„Mir kam gerade noch etwas in den Sinn. Der eine Kerl von damals, der die Tat beging, hieß Fromm. Hast du den Namen schon einmal gehört? Was ist mit dir? Warum erscheinst du jählings so bleich, gar blutarm, ja entsetzt?"

„Ich muss zurück, wissen, ob du die Wahrheit sagst. Ich werde diese Kette suchen. Hier, nimm!"

Johanna lief los.

„Halt, bleib hier! Der Korb!"

„Bring du ihn hinauf, wenn du mich begehrst!"

„Was machst du denn hier oben, Karl-Josef?", meinte Heinrich Kugelmann.

„Ich bringe euch Speis und Trank. Unterwegs traf ich Johanna. Sie wollte wie immer zu euch. Doch ihr wurde unwohl. So habe ich ausgeholfen, sie zurückgeschickt."

„Hab Dank für deine Fürsorge, Karl-Josef. Hast du es gehört?"

„Was soll ich gehört haben?"

„Na, die Franzosen. Alle reden darüber, die Kunde hat sich schnell verbreitet."

„Was ist mit den Franzosen?"

„Sie haben Frankfurt bombardiert. Der Kléber, dieser französische General, hat dem Österreicher von Wartensleben schwer zugesetzt, das Judenviertel in Brand geschossen. Vor vier Tagen haben sie die Stadt eingenommen."

„Die scheinen ja mit meinen Knollen gut voranzukommen. Hier, nimm den Korb, leb wohl, ich muss zurück zur Ernte."

„Du auch."

Karl-Josef dachte an Lindt, der ihm seine Liebe raubte. Nach wenigen Metern blieb er stehen, bückte sich, nahm einen Stein in die Hand.

„Was haben wir denn hier?"

Gefecht

Johanna suchte an diesem Tag vergeblich nach der goldenen Kette. Auch in den nächsten Tagen wurde sie im Hause Kugelmann nicht fündig. Überall suchte sie. Woche für Woche. Den Weg zum Vater, hinauf zu den Köhlern, ging sie immer seltener, schickte den Bruder. Zweimal begegnete sie Karl-Josef, bezichtigte ihn der Lüge. Und sie hielt zu Karl-Josefs Bedauern Abstand zu seinen Armen.

Wuchtigen Donnerschlägen folgte das schaurige Rumpeln von Luft, immer wieder, minutenlang. Detonationen von ungeheurer Wucht und Lautstärke schlossen sich unmittelbar an. Erde, Reisig, Holz, Menschenteile begaben sich hoch über die Faschinen der französischen Schanze, tauchten in Wolken ein, grau, hell, fielen zu Boden. Schreie, ganz leise.

Österreichische Sieben-Zoll-Haubitzen hatten das Gefecht aus einer Entfernung von tausend Metern eröffnet. Nie zuvor hatten Lindts Ohren derart Schmerzhaftes erfahren. Beißender Qualm wehte aus Richtung der Haubitzen, ein ungewohnt starker Geruch, der an diesem 9. September in seine Nase strömte.

An das Lagerleben hatte sich Lindt rasch gewöhnt. Auch an die leidige Pflege des Vorderladergewehrs Modell 1784, des Lederzeugs und der Stiefel. Mit Vorliebe wienerte er das Messingschild an seiner sonst schwarzen Füsiliermütze mit gelbem Puschel, die er endlich erhalten hatte. Zufall war ein Gewinn für das Regiment. Seine handwerkliche Begabung war überall gefragt. Die Belegschaft des Zeltes hatte sich verändert. Seit einigen Tagen teilten sie ihr flatterndes Domizil mit zwei Kerlen in blauen Hosen aus einem ungarischen Regiment. Gründe für den Wechsel nannte man nicht. Ferkó Eötvös und Györgyi Thököly aus dem kleinen Dorf Mézeskalács in der Nähe von Székesfehervár verstanden sich mit Lindt und Zufall auf Anhieb, bis zu jenem Abend, an dem die beiden Neuen meinten, Köhler und Geselle mit ungarischen Volksweisen erfreuen zu müssen.

Die Weinrationen waren spärlich. Viel zu spärlich für einen Köhler aus Nassau. Doch es hatte nicht lange gedauert, bis sich Lindt mit den wenigen Kameraden, die dem Alkohol strenge Abstinenz entgegenbrachten, einig war. So tauschte er ihren Wein gegen einen Teil seiner bissfesten Ration. Ob es sich dabei um Heurigen oder Gestrigen handelte, war Lindt völlig gleich.

Der letzten Detonation folgte unmittelbar das Trommelsignal zum Angriff, das vom Lärm eines Spätzünders kurz übertönt wurde. Lindt hatte sich die ganze Sache angenehmer gedacht. Mit aufgepflanztem Bajonett ging es nun im Laufschritt bergauf. Das Herz raste, der Kinnriemen plagte, die Mütze saß ungemein stramm, sodass er trotz der Strapaze einzig seiner Nase den Gasaustausch überließ. „Lang lebe Kaiser Franz! Lang lebe Karl, Erzherzog von Österreich-Teschen!“, schallte es aus Tausenden von Kehlen über die Abhänge der Platte oberhalb von Wiesbaden.

Die Österreicher hatten sich vom Taunus bis weit hinter Frankfurt am Main zurückgezogen. Ein Soldat eilte in ihr Zelt, verkündete den Marschbefehl. Denn grausam war es zugegangen beim Schlachten und Morden am 3. September im Kürnachtal vor Würzburg. Vierzigtausend prallten auf Jourdans Armee, dreißigtausend erlitten die schwere Niederlage, dreitausendfünfhundert lagen um die Weiße Mühle, standen nie mehr auf. Carl Caspar von Siebold, Oberwundarzt des Juliusspitals zu Würzburg, hatte als Feldarzt alle Hände voll zu tun, war vollends damit befasst, Verwundeter, Sterbender Flehen zu erhören, erhielt den Adelstitel, erlangte Bekanntheit in ganz Europa. Oberst Graf Maximilian von Merveldt bekam die Aufgabe, unter Feldmarschall-Leutnant Freiherr Franz von Petrasch die geschlagene Sambre-Maas-Armee mit Truppen der Koalition an den Niederrhein zu hetzen, sie zu jagen, zu vernichten. Lindt und die anderen Milizionäre sollten daran teilhaben, bei Wiesbaden zum Siebenundzwanzigsten Infanterieregiment „Strasoldo“ stoßen. Er packte zusammen.

Aus der französischen Stellung wurde eine Salve aus Musketen abgefeuert, woraufhin sie im Pulverdampf verschwand.

Kaum zu beschreibende Schwingungen, die Geschosse der Luft aufzwangen, drangen in die Ohren der in erster Linie angreifenden Kroaten des Freikorps und der Milizionäre. Ein Pfeifen, Surren, seltsames Summen, gleich den Tönen, die Myriaden von Heuschrecken im Flug erzeugen, das jedoch der Entfernung wegen kaum Schaden anrichtete. Eine zweite Salve folgte unmittelbar, erzeugte an den näher gekommenen Bajonetten ein Geräusch, welches ein eiserner Zaun von sich gibt, wenn an ihm zügig ein Stock entlanggezogen wird. Ein Soldat der „Wurmser" fiel unweit von Lindt zu Boden, ein zweiter, ein dritter vor ihm. Zufall war in der Masse verschwunden. Die Angreifer gingen einen strammeren Schritt, waren noch einhundertzwanzig Meter von der Schanze entfernt, begaben sich zu Lindts Entsetzen auf Befehl in Linie. Nun in erster Reihe, versuchten sie beharrlich, diese zu halten, was in Anbetracht des unruhigen Geländes mit örtlich dichtem Gestrüpp ein schwieriges Unterfangen darstellte.

Wieder schlugen österreichische Granaten zwischen den Franzosen ein, explodierten mit unvorstellbarer Lautstärke. Eine einsame Protze zerbarst hinter der Schanze, auch ein Pferd. Die französischen Kanonen schwiegen. Ihre Herren hatten es angesichts der feindlichen Übermacht vorgezogen, frühzeitig den Rückzug anzutreten. Fast alle Offiziere waren bereits den hessischen Scharfschützen zum Opfer gefallen. Der Pulverdampf um die Platte erreichte eine Konzentration, in der er endgültig den Duft des Taunus überdeckte. Lindt ging mit der Menge in Stellung.

„Heben!", rief ein österreichischer Offizier.

Lindt zog den Lauf seiner Muskete, wie alle anderen rechts und links von ihm, nach oben in Richtung der Schanze. Er hob, zielte nicht. Mit dem Befehl, zu feuern, drückte er den Abzug und sah nichts mehr. In den Ohren erklangen tinnitonale Melodien, die ihrer Zeit weit voraus waren. Die Linie verschwand im Dampf des Pulvers.

Zwei Tage Marsch durch die im Regen ertrinkende Untermainebene, ohne Mahlzeit, die Nächte auf dem Gepäck, hatten ihre Spuren hinterlassen. Erschöpft, starr vor Kälte, durchnässt, verschmutzt trafen die zweihundertachtundsiebzig Milizionäre mit dreihundert Kroaten des Freikorps „Wurmser“ am Morgen des 9. September auf die Koalitionstruppen, das Infanterieregiment „Strasoldo“.

Einzig Lindt war guter Dinge. Kälte, Nässe und Nächten ohne Schlaf zu trotzen, war er gewohnt. Gelegentlich dachte er an Philipp, waren doch so viele Söhne vor und hinter ihm hergegangen. Da sich all die Ochsen mit jedem Schritt der Schlachtbank näherten, dachte er auch an diesen. Und er war froh, mit seinem für Franzosen durchaus provokanten Erscheinungsbild nicht allein zu sein. Zwölftausend Mann waren versammelt. Dass ihn bei diesem Haufen an Leibern eine Kugel treffen könnte, hielt er für äußerst unwahrscheinlich.

Lindt sah sich in der Menge um. Die Husaren des Freikorps „Wurmser“ beeindruckten ihn ebenso wie die Soldaten des Infanterieregiments Nummer siebzehn „Hohenlohe“, die des Kölner Infanterieregiments und diejenigen des fränkischen Grenadierbataillons in seiner unmittelbaren Nähe, deren Kessel mit Brühe einen unwiderstehlichen Wohlgeruch entsandten. Auch die zwei Kompanien der hessen-darmstädtischen Scharfschützen und die Haubitzen, kommandiert von Graf von Wittgenstein, fanden Lindts reges Interesse.

Es galt, den Franzosen über die Platte, den strategisch bedeutsamen Punkt oberhalb von Wiesbaden, nachzusetzen, so viel hatte Lindt mitbekommen. Eine Vorausabteilung der Husaren meldete, dass eine Nachhut der Sambre-Maas-Armee mit etwa eintausendfünfhundert Mann und vier Kanonen die Stellung auf der Platte halte.

Nach einer guten Stunde, Milizionäre und Wurmser zogen es vor, diese anstatt einem Frühstück der Ruhe auf dem Boden zu widmen, wurde der Befehl zum Aufbruch erteilt. Das Bestaunen der Fülle an Uniformen hatte zur Folge, dass Lindts Magen zu diesem Zeitpunkt erst einen Keks und einen Schluck fränkische Brühe zur weiteren Verarbeitung erhalten hatte.

Sonnenstrahlen drangen durch die Wolkendecke, es ging steil hinauf zur Platte. Die erste Kolonne bildeten die Rothmäntel des „Wurmser"-Freikorps, flankiert von den Husaren. Dann folgten die Milizionäre, was Lindt dazu bewog, die guten Dinge, derer er noch vor Kurzem war, unvermittelt anders zu sehen. Nicht mehrere Tausend Leiber schritten vor ihm her, sondern lediglich dreihundert. Hinter Lindt, den anderen Milizionären und den Infanteristen des Regiments „Strasoldo" folgten die hessen-darmstädtischen Infanterieregimenter „Landgraf" und „Erbprinz", das kurmainzische Infanterieregiment „von Gymnich", das fränkische Grenadierbataillon sowie die österreichischen Infanterieregimenter „Lacy", „Kaiser", „Kinsky" und „Callenberg". Fast vierzig Kanonen und Haubitzen wurden in Richtung Platte verfrachtet. Die hessisch-darmstädtischen Scharfschützen gingen seitlich vor, schwärmten aus zum Plänkeln.

Er dachte krampfhaft daran, was er in seiner vierwöchigen Grundausbildung gelernt hatte. Doch nichts fiel ihm mehr ein, als er dem ersten Franzosen ins Gesicht blicken konnte. Nichts. Die anderen Koalitionstruppen waren ebenfalls aufgerückt, allen voran die hessischen Regimenter. Lindt hörte die verzweifelt klingenden Worte eines Franzosen:

„Pitié!"

Die eines weiteren, noch verzweifelter im Klang:

„Trop tard! Les Hessois arrivent!"

Lindt war noch in Gedanken über die Verzweiflung versunken, als ein dreikantiges, zweiunddreißig Zentimeter langes Bajonett seinen unmittelbaren Nachbarn in die Brust traf. Entsetzlich der Schrei, sein plötzlicher Schmerz in der rechten Schulter, der Schlag auf die Mütze. Blut eines Sohnes spritzte auf sein Gesicht, seine Uniform, als er im Eifer des Gefechts hinterrücks einen Stoß von einem Kameraden verabreicht bekam. Lindt stürzte zu Boden, das Geflecht der Faschine wurde seiner Mütze habhaft, der Kinnriemen riss, die Mütze fiel zu Boden. Lärm und Schreie waren unerträglich, Schüsse aus Musketen und Pistolen so laut, dass Lindt dem Wahnsinn nahe schien. Ein anderer Kamerad fiel neben ihn. Seine linke Augenhöhle hatte sich in rötliche Masse gewandelt. Er schrie, nahm die Hände vor sein Gesicht. Blut lief durch die Finger, der Körper zitterte, als stünde er unter Strom. Lindt kam das Bild des Müllers in den Sinn. Er drehte sich weg, blickte in die weiße Wand aus Pulverdampf, war im Aufstehen begriffen, als er bemerkte, dass er auf einem einsamen französischen Arm kniete. Den Luftzug, welchen er im gleichen Augenblick an der Lippe spürte, bewirkte ein Geschoss, das aus der Wange eines Franzosen ausgetreten war. Der Arm gehörte diesem nicht.

Man könnte fast von großem Glück für Lindt sprechen, da der Huf der ersten ungarischen Stute sein Haupt nur streifte, sodass die folgenden Husaren hochsprangen, die Kugel aus des Franzosen Wange ihn nur Luft spüren ließ. Doch das, was er unter springenden Kameraden kauernd erblickte, machte ihn alles andere als glücklich. Seine Mütze war durch den Hieb eines Säbels stark beschädigt worden, der Puschel abgetrennt. Verzweifelt sah er sich um, drückte mit dem Kolben seiner Muskete den Arm beiseite, in der Hoffnung, den Puschel darunter zu finden. Lindt konnte es nicht fassen, ein auffallend gelber Puschel müsste seiner Meinung nach doch zu sehen sein. Er konnte nicht wissen, dass der Puschel bereits mehrere Hundert Meter weit entfernt war, da er am Huf einer Stute klemmte. Ein unbeschreiblicher Zorn bemächtigte sich seiner. Ein Zorn, der ihm fast die Tränen in die Augen trieb. Seine Mütze mit dem einst wunderbaren Puschel aus billiger Wolle war für immer und ewig entstellt. Er war felsenfest davon überzeugt, dass die Hand eines Feindes die Waffe geführt hatte, obwohl er nicht wusste, wessen Säbel ihn in der Menge getroffen hatte. Die Franzosen traten eilig den Rückzug an.

Lindt sprang auf. Die Verletzung an der Schulter, ein Bajonett hatte ihn im Getümmel gestreift, ignorierte er im Zorn. Er rannte in Richtung der fliehenden Franzosen, vorbei an zahllosen Koalitionären. Vor ihm rutschte ein französischer Infanterist in rot-weiß gestreifter Hose neben der geborstenen Protze und dem Pferd mit weit geöffneter Flanke aus, landete auf dem Bauch. Sein Zweispitz mit Kokarde, hinter der eine zweizinkige Gabel steckte, flog ebenso wie einer seiner mit Stroh gefütterten Holzschuhe von dannen, Lindt fiel über ihn her. Die nachströmenden Koalitionstruppen eilten über beide hinweg, es wurde leiser.

„Du revolutionärer Bastard! Jetzt habe ich dich. Du hast meine Mütze ruiniert. Du oder irgendein anderer von euch Gestreiften."

„Je ne comprends pas."

„Schönne, Kompra und der andere helfen dir nun auch nicht mehr, die wissen gar nicht, wo du bist, du Sauhund, wer immer Schönne, Kompra und der andere auch sein mögen."

Lindt drehte den schwer atmenden Franzosen mit aller Kraft um, er mochte um die siebzehn Jahre alt sein, und gab ihm erst mit der Linken, dann mit der Rechten zwei äußerst kräftige Ohrfeigen, die durch das lange dunkle Haar ein wenig gedämpft wurden. Lindt stand auf. Der junge Franzose sah ihn an. Seine Mimik zeugte von Todesangst, das Pferd schien zu grinsen.

„Verschwinde jetzt, oder ich vergesse mich. Los, verschwinde!", brüllte Lindt, zeigte unmissverständlich mit dem Finger in Richtung Nordwesten. Der völlig eingeschüchterte Franzose entfernte sich, indem er sich zuerst Stück für Stück mit den Beinen von Lindt wegdrückte. Dann stand er auf und lief mit einem Holzschuh ohne Kopfbedeckung davon, wobei er sich noch einmal zu Lindt umsah, zweimal stolperte, ein weiteres Mal fiel. Jean-Philibert Truchet lautete der Name des entsetzt Davoneilenden. Er war einer der wenigen Flüchtenden dieses Tages, die auch Waterloo, die Napoleonische Ära überleben sollten. Doch das allein wäre keinerlei Erwähnung des Namens wert. Es ist vielmehr eine interessante Publikation, die als Folge dieses Überlebens von Grausamkeiten betrachtet werden muss, an deren Manuskript Jean-Philibert dreißig Jahre später als Lehrer an der Militärschule von Brienne arbeitete, die den Namen Truchet erwähnenswert erscheinen lässt. Der Titel der in einer kleinen Auflage veröffentlichten deutschen Ausgabe lautete: „Über die Natur gemütsprägender Erschütterungen durch Feindeshand".

Lindt hob den Zweispitz auf, zog die Gabel heraus, betrachtete die Kopfbedeckung von allen Seiten, schleuderte zunächst diese, dann die Gabel in hohem Bogen davon. Zweispitz mit Gabel, das war nichts für ihn.

Alle französischen Truppenteile der Nachhut flohen in einem heillosen Durcheinander in Richtung Wehen, hinterließen sechzig Gefallene und vierundsiebzig Verwundete, darunter reichlich hoffnungslose Fälle. Die Koalitionstruppen, um zwölf Mann beraubt, stürmten hinterher bei dieser recht einseitigen Angelegenheit auf der Platte am 9. September 1796.

Lindt bemerkte, dass er den Anschluss an die Truppe verpasst hatte, als erste Tropfen vom Himmel fielen, um unvermittelt in einen gewaltigen Schauer überzugehen. In dem Augenblick, als er den roten Fleck an seiner Schulter erblickte, sackte er zu Boden. Lindt war nicht nur ein guter Köhler, er war auch im schlagartigen Wegsacken ein Könner. Der Anblick des Flecks, der Schmerz in der Schulter, der ihn nun zunehmend quälte, sagten ihm: Jetzt oder nie! Es war die Gelegenheit für Lindt, als Toter vom Gefechtsfeld zu verschwinden, legal und ehrenhaft aus der k. k. Oberrheinarmee auszutreten. Fahnenflucht war ihm zuwider.

Lindt lag reglos in der Nässe auf dem Bauch, sein Kopf auf der linken Seite, die Arme authentisch zu beiden Seiten ausgestreckt. Der Regen hatte ebenso rasch aufgehört wie sein Ableben. Er wollte fort von diesem Ort des Grauens. Mit geschlossenen Augen, die er nur gelegentlich ein wenig öffnete, um das Geschehen um ihn herum zumindest etwas einschätzen zu können, verweilte er auf nassem, blutigem Grund, überlegte, wie er seinen einsamen Rückzug antreten sollte zwischen Pferdekadaver und zersplitterter Protze.

Das Gefecht hatte auf Lindts Äußerem mehr als nur Spuren hinterlassen. Das Weiß Österreichs blickte nur noch stellenweise hervor. Das Braun des Bodens, das Schwarz des Pulvers, das Rot von Kamerad und Feind dominierten auf dem Rock von Habsburg-Lothringen. Lindt hörte aus einiger Ferne immer noch Schüsse aus Musketen und Pistolen. Das Geschrei der Stürmenden wurde fortwährend leiser, Stöhnen und Gebete um ihn herum lauter. Lindt verstand die französische Sprache nicht, aber den Klang der Worte.

„Dort drüben!“

„Wo?“

„Na dort!“

Lindt öffnete langsam die Augen. Noch im halb geöffneten Zustand sah er durch die Speichen eines Rades Gestalten über den Ort des Gefechtes huschen. Er wagte nicht, die Lider weiter zu öffnen.

„Hier, der auch!“

Worte eines Franzosen mit flehendem Ton drangen in sein offenes Ohr. Dann ein Schrei.

„Schlag ihn endlich tot, den Sauhund!“

Wieder ein Schrei. Dann herrschte Stille. Ein Gemisch aus Pulverdampf, Darmgeruch, Blut, zerquetschtem Gras und Fleisch stieg in Lindts Nase empor.

„Dreh den Kerl mal um!“

„Der scheint auch noch zu leben, ist ein Österreicher.“

„Ist mir egal, was er ist.“

„Den könnten wir doch ...“

„Könnten, könnten! Wir haben keine Zeit! Die kommen sicher zurück, zumindest ein Teil von ihnen. Auf jeden Fall tauchen gleich deren Musikanten auf, so ist zu vermuten, um solche wie den hier zu holen, die Habseligkeiten der eigenen Leute und die der Franzosen abzuziehen. Gib mir das, dem bereite ich ein Ende! Na, gib schon her!“

Lindt bekam es mit der Angst zu tun. Er fragte sich, ob es nicht doch besser gewesen wäre, unter „Lang lebe Kaiser Franz! Lang lebe Karl, Erzherzog von Österreich-Teschen!“ nach Wehen hinuntergestürmt zu sein, hörte einen dumpfen Schlag.

„Los, weiter. Schaut mal! Da hinten will einer abhauen. Schnell hinüber!“

„Hier, nimm die! Davon haben wir nun genug.“

Immer größere Wolken aus Fliegen zogen sich um Lindt und das geöffnete Pferd zusammen. Eine große Wegschnecke kroch über seine Hand. Viel mehr Sorgen machten ihm aber die herbeifliegenden Krähen. Eine nach der anderen landete bei den

Leichen, auf dem Pferdekadaver. Hoch oben kreisten Geier über dem Feld der Ehre.

„Kommt, den Rest überlassen wir aufrichtigen Bauern und Musikanten."

„Wartet! Der hier hat noch ein paar nette Stiefel."

„Hier, pack an! Die ganzen Röcke können wir demnächst überaus anständig dem Lumpensammler verkaufen. Das gibt gutes Papier."

„Wieso Papier? Diese beiden dort und dieser sind noch recht gut, werden durch wenige Stiche zivil."

Als die Krähe in Lindts Gesicht hackte, wehrte er sie mit der Hand ab.

„Sieh mal!"

„Was ist?"

„Dort drüben, zwischen dem Gaul und den Überresten der Protze, da hat sich doch gerade etwas bewegt."

„Haben wir einen übersehen?"

Lindt schloss die Augen, hoffte, einen Albtraum zu haben, rechnete mit seinem Ende, obwohl er nicht wusste, durch wen es eingeleitet werden würde, was ihn am meisten quälte. Eine andere Krähe attackierte sein Gesicht. Regungslos ertrug er den Schmerz.

„Ihr tragt das ganze Gelump schon mal hinunter zum Treffpunkt. Wir beide sehen geschwind nach, ob dort beim Gaul noch einer mit Brauchbarem ist, ehe die anderen ihn finden."

Lindts Augenlider klappten auseinander. Er sah vier Beine näher kommen, schloss die Augen wieder, spürte einige Sekunden später, wie sie neben ihn traten.

„Wie kommt der denn hierher?"

Lindt glaubte, die Stimme zu kennen.

„Maul halten!"

Lindt krümmte sich vor Schmerz, als der Tritt ihn in die Hüfte traf, wollte sein Ende im Dunkeln erwarten.

„Siehst du, er lebt noch."

„Warum trittst du ihn, stößt mich gar?"

„Pass auf, vielleicht hat der noch eine Waffe zum Griff bereit."

„Stich ihn ab, der hat noch Brauchbares. Mach schnell!"

„Du lernst zügig, Freund."

„Ja, stich ihn ab, schlag ihn tot!"

Lindt öffnete die Augen, sah nach oben in die hämisch dreinblickenden Gesichter von Narben-Niklas und Franz.

„Franz, Narben-Niklas!"

„Der scheint dich zu kennen."

„Warum sollte ein Österreicher mich kennen? Das ist eine Täuschung. Der hat gehört, wie du mich nanntest."

„Sicherlich. Daher kennt er auch meinen Namen, weil du mich ansprachst. Das muss reiner Zufall sein."

„Franz, ich bin es, Friedrich! Warum willst du mich nicht erkennen? Zufall ist den Franzosen nachgeeilt."

„Mein lieber Schwager. Es ist schon merkwürdig, auf welche Weise man sich wiedersieht, welch absonderliche Dinge du redest. Was machst du unter Österreichern, hier überhaupt?"

Lindt stand langsam auf, die Hüfte schmerzte.

„Das ist eine längere Geschichte, Franz. Aber warum der Tritt? Und von wem?"

„Im ersten Augenblick hatte ich dich nicht erkannt, war vorsichtig, hatte dann aber gewisse Erinnerungen. Du solltest von hier verschwinden, Friedrich, ehe dich Bauern oder Musiker erwischen. Die sind dort vorn noch beim Einsammeln. Die anderen werden kommen. Da du noch gut beisammen bist, gehe ich davon aus, dass du verschwinden willst, so wie damals in Oberjosbach."

„Was treibst du hier, Franz?"

„Frag nicht, hau ab! Los, schnell! Wir werden irgendwann einmal über all dies hier und andere Dinge reden."

„Ihr habt die Toten geplündert, Verwundete erschlagen."

„Ich sage es ein letztes Mal. Hau ab, und das sehr schnell, lieber Schwager!"

Lindt sah Franz vorwurfsvoll an, lief davon.

„Nimm dich in Acht vor Fromm, der hat mit dir keine familiären Bande, lieber Friedrich. Nimm dich vor ihm in Acht. Und dass ich dich vor Fromm warne, dich nur trat, dich laufen lasse, liegt daran, dass ich dir nie die Schuld gab. Wir dürfen uns niemals die Schuld geben! Niemals! Hast du das verstanden?"

Säckchen

Genau um acht Uhr siebzehn und neunundzwanzig Sekunden prallte das kleine Milchquarzstückchen gegen das schon längere Zeit nicht mehr geputzte, fast blinde Fensterglas in Oberseelbach. Alles blieb ruhig. Lindt hatte beharrlich nach einem passenden Steinchen gesucht. Es durfte nicht zu klein sein, damit es das Fenster auch erreichte, um ein Klack zu erzeugen, aber auch nicht zu groß, des möglichen Schadens wegen. Er war am Morgen des 10. September nach einer regnerischen Nacht, die er frierend und durstig unter einem Felsvorsprung mit Keksen aus dem Tornister verbracht hatte, nach Oberseelbach gelaufen. Kohlenfahrer waren ihm schon in der Frühe zuhauf begegnet. Er wusste aus Johannas Erzählungen, in welchem Hof sie lebte, dass sich ihre Schlafstube über der Eingangstür des Wohnhauses befand.

Um acht Uhr siebzehn und zweiundvierzig Sekunden fasste eine Hand an seine Schulter, was einen stechenden Schmerz bewirkte. Erschrocken drehte er sich um.

„Johanna!“

„Friedrich!“

Johanna hielt den Zeigefinger an die Lippen, in der rechten Hand einen Krug mit Wasser, das sie vom Brunnen geholt hatte.

„Leise, Friedrich. Keiner darf uns sehen.“

Sie nahm Lindt an die Hand.

„Komm schnell, in die Scheune!“

Johanna stellte den Krug ab. Leicht knarrend öffnete sie das Tor zur Scheune, schloss es hinter sich vorsichtig. Im Halbdunkel des Raumes fielen sie sich in die Arme. Das Erste, was Lindt roch, war ihr Atem. Er war unverändert, was ihn beruhigte.

„Friedrich, mein Liebster! So lange habe ich dich nicht gespürt. Wo warst du, wie siehst du eigentlich aus? Bist du unter die Soldaten gegangen?“

„Johanna, das ist eine lange Geschichte. Ich war im Gefecht gegen die Franzosen. Gesiegt haben wir, im Kampf Mann gegen Mann. Ich selbst stand in der Mitte des Geschehens einem beinahe übermächtigen Gegner gegenüber, groß, stark, mit Furcht einflößenden Waffen. Er stach wie besessen auf mich ein, traf die Schulter. Hier, sieh! Doch ich ergriff ihn voller Tapferkeit, riss ihn zu Boden, kämpfte ihn nieder, vernichtete den Bastard. Er flehte, rief verzweifelt nach seinen Kameraden, aber der Gedanke an Gnade war mir fern. Denn die Franzosen waren grausam, selbst der Puschel wurde nicht verschont."

„Mein liebster Friedrich. Ich kann es nicht glauben, dich wiederzusehen. Längst verhaftet seiest du, so dachte ich. Überall suchte man dich. Mich hat man noch mehrmals verhört.

„Johanna! Wo bleibst du?"

„Ich muss ins Haus. Mutter ruft, wartet auf das Wasser. Du kannst hier vorerst bleiben. Vater ist mit meinen Brüdern oben bei den Meilern. Der neue Pächter der Hütte zu Michelbach hat Unmengen Kohle angefordert. Alle Hände werden oben gebraucht. Auch Kohlholz, von dem kaum noch etwas zu finden ist. Weit umherlaufen müssen sie dort oben. Ach Friedrich, es ist so schön, dich wiederzusehen. Bleib hier drin, ich bin bald zurück."

Johanna wühlte mit beiden Händen in Lindts fettigen Locken, kein Soldatenzopf hatte die Pracht verdorben. Sie küsste ihn kraftvoll, verließ die Scheune.

„Johanna, wo treibst du dich so lange herum?"

„Ich komme, Mutter!"

Lindt hörte, wie die Haustüre zufiel. Nach etwa einer Stunde öffnete sich das Tor der Scheune.

„Friedrich?"

„Ja, hier!"

„Ach, da bist du."

„Eine Menge Mäuse beherbergt ihr."

„Sei froh, dann hast du Gesellschaft."

„Hier, zieh das an. Das ist eine Hose meines Bruders. Er gleicht dir in der Statur. Hier, ein Kamisol und ein Rock. Die müssten dir auch passen."

„Das ist gut. Ich kann es kaum erwarten, den Österreicher abzulegen. Was hast du dort hingestellt?“

Johanna ging ein paar Meter zurück zu einem Korb, der neben dem Tor stand. Lindt begann derweil, sich rasch zu entkleiden.

„Hier, Friedrich. Ein Stück Brot, Speck, eine Flasche und ein Tuch für die Wunde.“

Nackt, die österreichische Hose noch in der rechten Hand, ergriff Lindt die Flasche, ließ die Hose fallen, öffnete die Flasche, nahm einen Schluck, wischte sich über den Mund.

„Der Wein ist gut. Du hast an alles gedacht.“

„Ja, Friedrich. Fast an jedem Tag deiner Abwesenheit. Aber so wie es aussieht, übertrifft es meine kühnsten Vorstellungen.“

„Wie meinst du das?“

Johanna kicherte. Lindt sah nach unten, bückte sich rasch nach der grauen Hose des Bruders, nahm sie vor sein Geschlecht. Er lächelte.

„Halte ein, bevor du das Kamisol anziehst. Ich will nach deiner Verwundung sehen.“

„Hast du etwas, um das Blut zu entfernen?“

„Wir nehmen etwas vom Wein. Hier, gib ihn auf dieses Tuch. So, das reicht. Das sah schlimmer aus, als es offenbar ist. Das Tuch binde ich dir um die Schulter. Kannst du dich dort bewegen?“

„Ja, ist gut.“

„Schade, aber ich muss dich jetzt verlassen. Mutter hat einen Korb für Vater und meine Brüder vorbereitet. Heute Nachmittag werde ich wieder nach dir sehen. Du darfst auf keinen Fall die Scheune verlassen! Mutter geht hier eigentlich nie hinein. Lebe wohl!“

„Ehe du gehst – weißt du, was aus Brötz, Gettenauer und Görg geworden ist?“

„Man redet, es seien Franzosen gewesen.“

„Was heißt das?“

Johanna blieb Lindt die Antwort schuldig, verließ die Scheune, schloss das Tor. Gegen dreizehn Uhr breiteten sich nach einem Knarren gedämpfte Strahlen auf dem Scheunenboden aus. Lindt schlief, die Flasche war leer, Johanna zog das Tor leise zu. Als es sich erneut öffnete, war es bereits achtzehn Uhr.

„Friedrich?"

„Ja, hier!"

„Wo?"

„Hier!"

Lindt trat in das Licht, das durch ein paar Spalten in der Scheunenwand fiel. Er hatte eine getigerte Katze im Arm.

„Du hast dich offenbar mit unserer Mäusefängerin angefreundet."

Lindt ließ die Katze fallen, die sich mit einer Unmutsäußerung davonstahl.

„Irgendwie siehst du mit den Kniehosen und den Militärstiefeln ohne Gamaschen merkwürdig aus, aber der Stoff ist wenigstens trocken."

„Du warst lange weg."

„Ich sah mittags nach dir, doch du hast fest geschlafen, ich wollte dich ruhen lassen. Mutter ist mit dem Flicken von Kleidung befasst. Wir haben etwas Zeit. Ich habe dir Trinkbares mitgebracht."

„Das ist gut."

„Wie ergeht es deiner Wunde?"

„Sie ist nicht der Rede wert."

Johanna fiel Lindt um den Hals, küsste ihn. Beider Verlangen war groß, überaus verschieden die Beweggründe. Hände zerrten, rissen förmlich an Stoffen, schoben sich unter sie, berührten warmes Fleisch, zart, vernarbt, unschuldig und verdorben. Sie waren am Ziel ihrer Sehnsucht, seines Bedürfnisses und Verlangens, sanken hinunter. Lindt bemerkte, durchaus einige Erfahrung mit den Schößen der Weiber besitzend, dass er nicht der erste Eindringling seiner Art war. Doch in diesem Augenblick waren ablenkende Erklärungsansätze nebensächlich. Ihre Finger krallten sich in sein kräftiges Fleisch, sein fettiges Haar, das wohlgeformte Gesäß. Lindt war der Welt, all seiner Probleme entrückt. Johannas Hand tastete alsbald nach Halt suchend vor Wollust im Heu, verharrte mit einem Mal, ihre Mimik schien unvermittelt überrascht.

„Was ist?“

„Meine Hand hat sich eines Gegenstandes bemächtigt. Hier, ich habe ihn.“

Johanna zog ein Säckchen aus dem Heu hervor.

„Was ist das?“

„Ich weiß es nicht, Friedrich.“

„Wie kommt solch ein Säckchen ins Heu?“

„Das kann ich dir nicht sagen.“

„Mache es auf. Lass uns sehen, was darinnen ist.“

„Ja, Friedrich.“

Johanna öffnete das Säckchen, das mit einem Lederriemen gut verschlossen war, griff hinein. Was sie daraus hervorzog, im schwachen Licht betrachtete, ließ ihr den Atem stocken. Es war eine goldene Kette mit Edelsteinen.

„Die Kette! Es ist die Kette. Karl-Josef hatte recht. Ich habe sie gefunden!“

„Wer ist Karl-Josef? Und was hat es mit diesem Schmuck auf sich?“

„Das ist doch gleich. Friedrich, ich habe sie endlich gefunden, Karl-Josef hat nicht gelogen!“

In Johanna zerbrach eine Welt, die es lohnte, dass sie in sich zusammenstürzte.

„Warum kommen dir die Tränen? War ich schlecht mit der Lust?“

„Friedrich, mein Liebster, bitte denke so etwas nicht. Komm, lege mir die Kette um!“

„Wenn du es willst.“

Lindt legte ihr die Kette um den Hals, verschloss sie.

„Wie steht sie mir?“

„Sie ist deiner würdig. Aber was ist mit dieser Kette, die mir von hohem Wert erscheint? Wer ist Karl-Josef? Trägt nicht der Bauer, von dem überall geredet wird, diesen Namen? Der Steine und Dreck aufsammelt? Ich sah ihn hin und wieder in der Nähe des Meilers. Und wieso befindet sich solch eine wertvolle Kette hier in der Scheune? Was hast du mit diesem eigentümlichen Bauern zu tun?"

„Ich will sehen, wie sie mir steht. Die Kette, die einst meine Mutter trug."

„Mutter?"

Johanna stopfte die Kette in den Kragen ihres Hemdes, stand auf, zupfte den Rock, ihre Schürze zurecht, verließ die Scheune, in der Lindt voller unbeantworteter Fragen zurückblieb.

Johanna stand vor dem kleinen, fast blinden Spiegel in ihrer Stube. Sie zog die Kette aus dem Kragen und betrachtete sich mit dem Schmuck. „Das ist sie, die Kette, nach der ich so lange suchte", sprach sie leise. Minutenlang betrachtete sie sich, stopfte die Kette dann wieder unter den Stoff und lief zurück in die Scheune.

„Wo warst du Johanna?"

„Ich habe mich im Spiegel betrachtet. Die Kette, die ich so lange suchte, sie steht mir ausgezeichnet."

Lindt verstand nichts von alledem, als sie plötzlich das Geräusch von Hufen hörten.

„Johanna, komm sofort zu mir!"

„Mutter ruft. Ich muss gehen. Bleib hier in der Scheune. Ich bin bald zurück. Lass dich auf gar keinen Fall sehen!"

Else trat vor das Haus, in der Hand eine schäbige Jacke. Johanna eilte zu ihr.

„Guten Abend, lieber Herr Fromm. Ist es wieder einmal Zeit?"

„Ja, liebe Frau, hier ist Euer Lohn."

Fromm reichte Else ein Säckchen, das sie wortlos entgegennahm.

„Was machst du denn in der Scheune, Johanna? Auf, auf! Der Herr Fromm möchte los. Zieh die über!"

Johanna stieg schweigend in die Kutsche, die sich in Bewegung setzte, kaum dass sie saß. Unterwegs griff sie an ihren Hals, spürte die Kette, dachte an ihre Eltern. Wer sie wohl waren? Und sie sah zu Fromm, dessen Name vor siebzehn Jahren am Hohlen Stein gefallen war.

Warum

Der Saal im Renaissanceschloss füllte sich. Die Residenz des letzten Idsteiner Fürsten Georg August Samuel diente bereits seit über siebzig Jahren als Nassauer Landesarchiv und Ort der Künste. Noch stand der Stuhl einsam vor dem Flügel.

Auch an diesem Abend sollte Elisabeth das Anwesen in einem weißen Chemisenkleid aus zarter Seide verlassen. Ihr Haar trug sie seit einiger Zeit kurz geschnitten, in Locken gelegt. Die leichte Mode des Empire blieb für sie in dieser nassen und kalten Zeit nicht ohne Folgen. Ein leichter Husten quälte sie.

„Elisabeth, du siehst wieder einmal bezaubernd aus."

Hans-Georg saß an seinem Schreibtisch und war gerade dabei, im Licht der Öllampe ein paar Dokumente zu unterzeichnen. Es war gegen neunzehn Uhr fünfundvierzig.

„Ich danke dir für dein Kompliment, lieber Hans-Georg. Aber übertreibst du nicht ein wenig? Man wird doch älter."

„Nein, Elisabeth, ich übertreibe keineswegs. Die Zeit ist an dir, ungeachtet der Sorge, Trauer, des schweren Verlustes, vorübergegangen. Ich sehe dich so, als stündest du das erste Mal vor mir. Natürlich hat sich die Mode verändert, doch du bist immer noch wunderbar. Dieses Kleid auf deiner bleichen Haut, einfach großartig!"

„Du bist auch derselbe Schmeichler geblieben. Aber deine Worte erfreuen mich."

Elisabeth hustete.

„Wäre es nicht besser, du bliebest zu Hause? In diesem Kleid holst du dir ja den Tod. Außerdem wirst du mit deinem Husten das Publikum verärgern."

„Deine Fürsorge ist entzückend, Hans-Georg, aber ich habe ja nur wenige Schritte zu gehen. Die Musik wird mich entspannen."

„Was wird denn gespielt?“

„Gottfried Wallenstein spielt Sonaten von Joseph Haydn und einem Ludwig van Beethoven auf dem Hammerklavier. Ich bin sehr neugierig auf dessen Werke, da ich noch nie von ihm gehört habe.“

„Beethoven? Nein, dieser Name ist mir ebenso wenig geläufig.“

„Wann gehst du?“

„Ich warte nur auf Fromm. Er wird mich fahren und müsste eigentlich jeden Augenblick eintreffen.“

„Das ist gut. Bei Fromm bist du in guten Händen. Das ist für mich beruhigend. Treibt sich doch überall Gesindel herum. Gesetzlose, saufende und rauchende Halbwüchsige, Bettler.“

Elisabeth sah aus dem Fenster. Es nieselte in der beginnenden Dämmerung.

„Elisabeth, diese Escarpins taugen doch nicht für dieses Wetter. Schau nur hinaus!“

„Eleganz hat ihren Preis, liebster Hans-Georg.“

Elisabeth hustete.

„Da kommt Fromm mit dem Wagen.“

„Ich wünsche dir reichlich Zerstreuung.“

„Ich danke dir, Hans-Georg. Wir sehen uns später. Und arbeite nicht mehr so lange.“

Elisabeth drapierte ihren sandfarbenen Kaschmirschal im Gehen um das Kleid, zog ihre oberarmlangen, mit Blumen- und Blätterranken verzierten Handschuhe an, verließ das Zimmer. Hans-Georg stand auf, ging zum Fenster. Er beobachtete, wie Elisabeth eilig in die Kutsche stieg, vor dem Nieselregen flüchtete. Fromm schloss die Wagentür und begab sich auf den Kutschbock. Sie fuhren davon. Hans-Georg lief zur Treppe.

„Ursula! Hörst du?“

„Ja, ich bin hier unten in der Küche. Ihre Mahlzeit ist sogleich bereitet.“

„Lass mal, Kindchen. Der Magen kann noch etwas warten. Mich dürstet es eher nach deiner Anwesenheit. Komm bitte in das Herrenzimmer.“

„Ja, Herr, ich komme nach oben!“

Die Kutsche fuhr die Obergasse hinab, durch das Torbogengebäude, am alten Bergfried vorbei über die Brücke zum Schloss. Fromm hielt das Gefährt im Schlosshof abseits der zahlreichen anderen Kutschen an. Das Konzert hatte schon begonnen, und man konnte ganz leise die „Mannheimer Rakete“ im Allegro des Hauptsatzes von Beethovens f-Moll-Sonate hören. Selbst aus der Ferne stellte das geschulte Ohr Fromms fest, dass Gottfried Wallenstein mit Beethoven offenbar überfordert war. Doch im Publikum bemerkte dies niemand. Schon früh hatte Fromm auf dem Cembalo seiner Mutter und der Geige des Vaters geübt. Bis dieser ihn aus dem Hause warf, war es stets sein Wunsch gewesen, ein großer Musiker, ein Virtuose zu werden. Und ein Virtuose war er auch geworden, wenn auch mit anderen Instrumenten. Die Musikalität hatte er mit den Jahren nicht verloren, war er doch noch immer sehr sangesfreudig, wenn es darum ging, den Klaren aus dem Hintertaunus zu preisen.

Elisabeth zog die Kapuze des Mantels über, stieg aus.

„In drei Stunden, Fromm. Am gleichen Ort.“

„Gewiss, Frau Arenberg.“

Eine Kutsche näherte sich, was Elisabeth missfiel, denn sie kam immer zu spät, um niemandem im Schlosshof zu begegnen. Der Wagen hielt neben ihnen an. Ihm entstieg Stadtschultheiß Johannes Michel.

„Elisabeth Arenberg, meine Teuerste!“

Michel begrüßte sie mit Handkuss.

„Eine seltene Begegnung, wenn ich mir die Bemerkung gestatten darf. Sie hier zu treffen, ist ungewöhnlich. Noch nie sah ich Sie bei einem Konzert. Ich hatte schon die Befürchtung, Sie seien, mit Verlaub, der Tonkunst nicht zugeneigt. Darf ich Sie zügig hineinbegleiten?“

„Gerne, lieber Stadtschultheiß.“

Elisabeth sah Fromm an, verdrehte die Augen.

Die Musik wurde lauter. Nachdem man ihre Mäntel entgegengenommen und sie den Konzertraum betreten hatten, führte sie ein Saaldiener zu zwei freien Plätzen in der hintersten Reihe.

„Das hat man nun davon, wenn man zu spät kommt, werte Elisabeth."

„Ja, es ist das grausame Los der Unpünktlichen."

Elisabeth lächelte Michel an, musste husten. Eine ältere Dame vor ihr, die mit ihren gewaltig proportionierten Hutfedern den Blick auf den Pianisten verdeckte, drehte sich um und sah Elisabeth mit vorwurfsvollem Gesichtsausdruck an, wonach sie sich wieder nach vorne blickend der Kunst hingab. Bis zum Ende des Schlusssatzes, dessen f-Moll-Prestissimo Gottfried Wallenstein an den Rand seiner Fähigkeiten trieb, überlegte Elisabeth, wie sie sich von Michel losreißen könnte. War ihr doch seine Gegenwart äußerst unangenehm. Applaus ertönte. Elisabeth hustete.

„Verehrter Johannes, mir ist nicht ganz wohl. Ich werde den Konzertbesuch abbrechen."

„Nicht wohl? Darf ich Sie begleiten?"

„Lieber nicht. Mein Husten. Ich hatte gar nicht daran gedacht, dass ich Sie damit inkommodieren könnte. Mein Kutscher hat angedeutet, dass er heute im Aufenthaltsraum wartet. Der bringt mich wohlbehalten nach Hause."

„Nun gut. Ihr Wunsch ist mir Befehl. Ich wünsche eine rasche Genesung. Kommen Sie gut nach Hause, und grüßen Sie mir den werten Gatten!"

Michel wollte zum Handkuss ansetzen, Elisabeth sprang schon auf, eilte hinaus. Der Stadtschultheiß sah ihr nach, schüttelte den Kopf.

„So ein Benehmen! Diese Arenbergs. Wahrscheinlich hat sie nicht nur Husten, sondern auch etwas am Kopf."

Die ältere Dame vor dem leeren Platz drehte sich um. Elisabeth trat aus der Tür in den Schlosshof. Starker Wind trieb ihr Eisregen ins Gesicht, auf das sie ihren Schal drückte. Gebeugt lief sie an der Fassade entlang bis zu einem Seiteneingang. Vor der Tür kramte sie hastig in ihrem Ridicule, holte einen Schlüssel aus dem vasenförmigen Täschchen hervor. Sie schloss die Tür auf und verschwand dahinter. Niemand hatte sie bemerkt. In ihrer Eile vergaß sie, die Tür zu verschließen.

Elisabeth ging die Treppe hinauf, folgte einem langen Flur. Weitere Stufen, der nächste Flur. Sie bog um die Ecke, öffnete eine Tür. Der Raum, den sie durchschritt, um wiederum zu einer Tür zu gelangen, war zum Studieren von Kartenwerken bestimmt. Trotz der Dunkelheit, nur noch ein wenig Dämmerlicht fiel durch die Fenster, ging sie zielsicher ihres Weges. Stimmen waren zu hören. Auch Gelächter. Die Stimmen wurden lauter, ein süßlich-herber Geruch drang Elisabeth in die Nase. Schließlich öffnete sie eine letzte Tür. Duftwolken strömten ihr entgegen, die sie mit geschlossenen Lidern tief in sich hineinzog. Stimmen, Gelächter, lautes Stöhnen. Der Bereich der Tür war vom übrigen Raum durch einen großen Paravent abgeteilt. Auf einem Tisch lagen Masken. Elisabeth betrat den Raum, ging zum Tisch, schloss wieder die Augen, atmete tief durch die Nase. Noch ehe sie die Augen öffnete, umschlangen sie zwei kräftige nackte Arme von hinten.

„Guten Abend, Elisabeth. Darf ich dir bei der Wahl der Maske behilflich sein? Wie wäre es mit der blauen dort? Sie passt wunderbar zu deinem Diadem. Oder doch die rote? Vielleicht die grüne? Wir dachten schon, du kämst heute Abend nicht mehr. Das wäre sehr schade gewesen. Schon lange haben wir uns nicht mehr gesehen. Freunde hatten dich angekündigt. Hier, nimm diese. Mit dieser goldenen Maske kommen deine grünen Augen besonders gut zur Geltung."

Elisabeth schob die nackten Arme von sich, hustete, drehte sich um und gab dem bereits maskierten Herrn, der lediglich mit einer Schärpe um die Lenden bekleidet vor ihr stand, eine Ohrfeige. Es klatschte verhalten.

„Aber Elisabeth! Mir ist, als wenn du heute Schwäche zeigtest. Rührt sie vom Husten, von der Abstinenz?"

Dann fingen beide an, laut zu lachen.

„Du Schurke weißt ganz genau, dass ich immer eine blaue wähle. Diese Farbe bringt mir Glück. Mit ihr erhalte ich immer Überraschungen. Hier, nimm meinen Mantel."

Wieder lachten beide. Elisabeth betrachtete sich in einem Spiegel über den Masken, richtete ihre Haare, zupfte an ihnen. Seit Jahren konnte sie es wieder unbesorgt.

„Komm, Elisabeth, wir wollen zuerst einmal etwas trinken, das vertreibt den Husten, stärkt die Glieder. Dann schauen wir, ob es auch heute eine Überraschung für dich gibt."

„Oh ja, wie recht du hast. Trinken wir etwas, für starke Glieder!"

Sie lächelten sich an, ließen den Paravent hinter sich und traten in eine andere Welt. Die schweren Vorhänge waren zugezogen, der große Raum wurde von zahlreichen Kerzen und Öllampen erleuchtet. Auf einer großen Chaiselongue, an der sie vorbeischritten, lagen zwei entblößte Damen, über deren Körper die Zungen von vier Maskenmännern glitten. Ein fünfter Maskierter, splitternackt, stand daneben, sah dem Treiben zu. Als Elisabeth an ihm vorbeiging, nahm sie sein starres Genital mit entschlossenem Griff in die Hand.

„Das gehört nachher mir. Also beherrsche dich! Sonst lasse ich dich hängen!"

Elisabeth lachte laut. Der Kerl grinste. Auf einer blau gepolsterten Ottomane ließ sich Elisabeth nieder.

„Sieh her, dieser Flecken passt zu meiner Maskierung."

Der Schärpenträger und Elisabeth lachten wieder.

„Komm, hol mir etwas zu trinken, sei ein Netter."

Elisabeth lehnte sich entspannt zurück, sah sich im Raum um. Ein nacktes, wohlgeformtes, sehr junges Weib stand ihr gegenüber mit den Händen an der Wand abgestützt, während ein durchaus als Fettsack zu bezeichnender älterer Kerl an ihrem Hinterteil weilte. Sie glaubte, diese Person zu kennen, obwohl sie nackt und maskiert war. In den vergangenen Jahren hatte sie diesen Menschen noch nie im Schloss gesehen. Elisabeth überlegte. Doch so sehr sie auch darüber nachdachte, woher sie ihn kennen könnte, es fiel ihr nicht ein. Elisabeth kannte den Kerl tatsächlich, hatte sie doch vor einiger Zeit seine Dienste in Anspruch nehmen müssen. Es war der städtische Wundarzt Doktor Jakob Ritzmann. Seine Bewegungen empfand Elisabeth als abstoßend, weshalb ihr Blick rasch weiter im Raum umherstreifte und bei dem Herrn neben der Chaiselongue hängen blieb. Was sie sah, wollte sie nicht glauben. Er hatte es gewagt, wollte hängen. Sie lachte, bewunderte den Mann für seine Todesverachtung, seinen Mut.

„Glück gehabt, du Ziegenbock! Bei mir wärest du nicht so einfach davongekommen."

„Wem lastest du an, ein Ziegenbock zu sein?"

„Oh, mein Dank. Es duftet wie immer: süßlich-herb. Ganz nach meinem Geschmack. Ich meinte den Herrn dort, dem ich mit Höchststrafe drohte."

Elisabeth lachte laut, musste husten. Dann trank sie mehrere Schlucke vom opiumhaltigen Theriak.

„Bleibe hier! Du hast noch mehr Dank verdient."

Elisabeth befreite den Mann von der Schärpe, die hinabsank, und beugte sich mit geschlossenen Augen zu ihm. Als sie sich anschickte, ihn zu größten Freuden zu treiben, kroch ein anderer in ihre Garderobe. Das fleischfarbene Trikot-Unterkleid, das sie für gewöhnlich unter ihren wallenden Stoffen trug, blieb bei gesellschaftlichen Anlässen selbstverständlich zu Hause. Als sie den Kriecher bemerkte, ergriff sie seinen Schädel, presste ihn mit aller Kraft an ihren Körper. Das Weiß in ihren Augen mehrte sich, ihre Schenkel pressten sich gegeneinander, drohten den Mann im Kleid zu ersticken. „Haltet ein, ich brauche Luft!", klagte die Stimme in der Seide. Elisabeth löste den Druck, der Kriecher begann sein Werk. Im ganzen Raum war man miteinander beschäftigt, und über allem waberte der süßlich-herbe Duft des Theriaks. Zur gleichen Zeit klärte Hans-Georg sein Hausmädchen darüber auf, dass Beißen Schmerzen verursacht.

Als der Maskierte mit der Schärpe auf den nackten Füßen, dessen Namen zu nennen sich auch an dieser Stelle nicht anschickt, dabei war, den Gipfel des Entzückens zu erklimmen, öffnete sich die Tür eines Nebenraumes.

„Einen Augenblick, Elisabeth."

„Was ist passiert?"

Der Mann mit der Schärpe auf den Füßen schob Elisabeth von sich. „Haltet ein!", rief der Unterbrochene dem anderen zu, der mit einer weiteren Person den Raum betrat.

„Das ist zu früh. Bleibt dort stehen!“

„Was ist zu früh?“

Elisabeth zeigte sich ungehalten, drückte den Kriecher unbarmherzig aus der Seide.

„Einen Augenblick, liebste Elisabeth.“

Der Unterbrochene hob seine Schärpe auf, verband damit Elisabeths Augen.

„Ah, nun weiß ich, warum du Armer die Erlösung entbehrtest.“

„Jetzt könnt ihr kommen!“

Ein Mädchen, barfüßig, wurde zu Elisabeth geführt.

„Elisabeth, deine Überraschung schreitet auf zarten Füßen daher.“

„Oh Liebster, das ist ja fantastisch! Immer denkst du an mich. Wer ist es heute? Gesine, Dorothea, Johanna, Susanna, Sophia oder diese entzückende Rothaarige? Wie hieß denn nur die Kleine? Ach ja, Elsbeth. Wer ist es? Bitte verrate es mir, Liebster!“

„Ich werde es dir selbstverständlich nicht verraten.“

„Das ist fantastisch, großartig, überwältigend! Das macht mich verrückt, bringt mich dem Irrsinn nahe. Hole mir doch noch einen Becher des Getränks.“

„Ja, gerne.“

„Komm näher! Ich will dich riechen, deine Haut spüren, dann weiß ich, wer du bist.“

„Dein Getränk, Elisabeth.“

„Danke, Liebster!“

Elisabeth kippte den Theriak hinunter.

„Komm zu mir, Kleine!“

Elisabeths Hände tasteten nach dem jungen Körper, berührten dabei die Hüfte des Mädchens.

„Sophia bist du nicht. Nein, das ist nicht die Hüfte von Sophia. Das ist so herrlich, einfach paradiesisch! Beinahe hätte ich den Abend neben diesem Stadtschultheißen verbringen, mir das Gestümper von diesem Wallenstein anhören müssen.“

Eine andere Dame übergab sich mit überaus lauten Würgegeräuschen.

„Komm, nimm meine Hände, liebes Kind."

Elisabeth zog das Mädchen auf die Ottomane, strich durch sein Haar, musste husten.

„Elsbeth bist du auch nicht. Das sind nicht Elsbeths Haare. Küss mich! Der Kuss verrät den Menschen."

Elisabeth richtete sich auf, Lippen berührten sich.

„Johanna, dein Atem ist unverwechselbar."

Elisabeth nahm die Schärpe vom Gesicht, ließ sie zu Boden gleiten, küsste Johanna noch einmal äußerst innig. Dabei schob sie ihre rechte Hand unter Johannas Rock. Diese löste den Kuss.

„Ich habe Durst."

„Aber, mein Kind! Dieses Problem werden wir umgehend beseitigen. Und ich denke, ich weiß, was deinen Durst am besten stillt."

Elisabeth winkte einen vorübergehenden Halbnackten herbei und bat diesen, ein Getränk zu besorgen, während sich ihre andere Hand unter dem Stoff höher und höher arbeitete, der dem Entzücken entzogene Maskierte sein Geschlecht wieder mit der Schärpe bedeckte. Der Halbnackte brachte das Getränk, Johanna riss es ihm fast aus den Händen. Elisabeth zog ihre Hand zurück, bedankte sich bei dem freundlichen Herrn mit einem Klaps auf sein blankes Hinterteil. Johanna trank den Theriak gierig in einem Zug aus.

„Liebste Johanna, ich freue mich, dich hier zu sehen. Weißt du doch weitaus besser als all diese Ziegenböcke, was mir gefällt, was ich brauche."

In diesem Moment umfasste Elisabeths linke Hand kraftvoll Johannas Brust, spürte dabei einen Gegenstand.

„Du trägst Schmuck? Seit wann trägst du Schmuck, Kindchen? Lass mich fühlen. Eine Kette. Eine, wie mir scheint, sehr aufwändig gearbeitete Kette mit Steinen. Woher hast du sie? Noch nie habe ich Schmuck an dir gespürt, geschweige denn gesehen, dazu noch solch kostbaren, wie mir meine Hände verraten."

„Die Kette habe ich gefunden."

„So, gefunden."

Elisabeth zog mit geschlossenen Augen den Kragen des Hemdes herunter, leckte an Johannas Hals. Ihre Zunge berührte die Kette, glitt auf dem Metall, den Steinen hin und her.

„Und wo hast du sie gefunden? Nein, sage es mir nicht. Lass es mich erraten. Im Stall beim Melken des Viehs."

Elisabeth lachte daraufhin so laut, dass sich einige der im Raum Anwesenden trotz der Lüste zu ihr umdrehten. Ihr Lachen wurde vom Husten erstickt, der Kragen zog sich zurück.

„Es ist nichts passiert, meine Damen und Herren Ziegenböcke!"

Elisabeth lachte erneut äußerst laut, wenig damenhaft, während sich ihre rechte Hand unter Johannas Hemd emporschob, um am Schmuck zu tasten. Das, was sie andauernd berührte, ertastete, kam ihr auf einmal bekannt vor.

„Nein, aus dem Stall kommt diese Kette nicht. Sage mir nun, woher du diesen Schmuck hast."

Elisabeths Gesichtsausdruck wurde ernster. Sie nahm ihre Hand aus dem Stoff.

„Habe ich Sie verärgert?"

„Entkleide deinen Oberkörper, Kind!"

Johanna erhob sich, folgte der Aufforderung und verharrte mit blankem Busen regungslos vor Elisabeth.

„Woher hast du meine Kette? Seit siebzehn Jahren vermisse ich sie. Sprich!"

Elisabeth stand auf.

„Wie kommst du zu meiner Kette? Zu diesem Schmuck, den mein Vater mir einst schenkte!", brüllte Elisabeth. Die anderen im Raum unterbrachen ihre Aktivitäten, starrten die beiden Frauen an. Eine andere Dame übergab sich laut würgend.

„Sag mir endlich, woher du meine Kette hast!"

Johanna schwieg, woraufhin Elisabeth sie laut schallend ohrfeigte.

„Es geht doch", sagte der Mann mit der Schärpe leise.

„Gib mir sofort die Kette! Zieh sie aus!"

Elisabeth packte sie am Arm, Johanna geriet in Panik, riss sich los, rannte ohne Hemd zum Paravent.

„Soll ich ihr folgen, Elisabeth? Offenbar ist Johanna unter die Diebe gegangen."

„Nein, du brauchst ihr nicht zu folgen. Sie wird unten verweilen, bis wir sie ergreifen, oder gar von selbst reumütig zurückkommen. Die Tür ist doch verschlossen."

Elisabeths Züge wurden noch ernster.

„Mein Gott, sie ist es nicht! Ich habe versäumt, sie zu schließen. Wie töricht von mir! Aber nun gut, mein Kutscher wird sich der Sache annehmen. Er weiß, wo sie zu Hause ist. Und ich glaube auch nicht, dass dieses dumme, wenngleich liebreizende Bauernmädchen eine Diebin ist. Die Kette ist mir vor siebzehn Jahren abhandengekommen. Dies Kind war damals noch nicht einmal gezeugt. Wie also sollte sie mir die Kette gestohlen haben?"

„Auch wenn es der Sache keine entscheidende Wendung zuträgt, Elisabeth, aber man vertraute mir an, dass dies Mädchen siebzehn Jahre alt sei", sprach der Schärpenträger.

„Doch schon so alt? Man sieht es ihr nicht im Mindesten an. Dessen ungeachtet, ich bitte dich, künftig auf das Alter zu achten. Aber sie kann unmöglich etwas damit zu tun gehabt haben, auch nicht, als die Kette bereits fünf, acht oder neun Jahre verschwunden war. Die einzige Person außer Hans-Georg, die damals Zugang zu meinem Schlafgemach hatte, war unser Hausmädchen Anna-Maria."

„Dann hat diese Anna-Maria die Kette gestohlen, zu barem Geld gemacht."

„Und Johanna hat sie woanders gekauft oder gar gestohlen? Nein. Das ist nicht stimmig. Ich glaube nicht, dass dieses Bauernmädchen in fremde Häuser gehobener Stände eindringt, stiehlt. Der Gedanke ist absurd. Auch in der Zeit, als Anna-Maria in unserem Hause arbeitete, ist nie etwas verschwunden. Außerdem hatte Anna-Maria von dem Tag an, als ich die Kette das letzte Mal getragen und anschließend in das Schubfach meiner Kommode gelegt hatte, bis zu jenem Abend, als mein Kutscher sie wegen eines Unwohlseins ins Spital fuhr, das Anwesen nicht verlassen. Drei Tage später ist sie dort verstorben. Nein, das passt alles nicht zusammen. Abgesehen von all diesen Überlegungen, ist eines doch gewiss: Ein veräußertes Diebesgut von derartigem Wert hätte ein Handelnder der Vorsicht halber in seine Bestandteile zerlegt, um deren Wert verkauft oder aus ihnen ein neues Schmuckstück fertigen lassen. Irgendetwas stimmt bei dieser Geschichte nicht. Aber was? Ich werde morgen meinen Kutscher nach ihr schicken. Er soll sie hierher bringen. Dann wird sie mir erzählen, woher sie meine Kette hat. Ja, das wird sie! Aber was soll ich mir heute Abend den Kopf darüber zerbrechen, was morgen ist? Bring mir noch etwas zu trinken, komm dann zu mir. Ich brauche nun Zerstreuung ohne Unterbrechungen. Am besten, du bringst noch zwei andere von den anwesenden Ziegenböcken mit, falls sie noch in der Lage sind, mich zu amüsieren."

Elisabeth hustete, griff mit einem Lächeln unter die Schärpe ihres maskierten Gegenübers, der sich danach umgehend aufmachte, ein Getränk und Ziegenböcke zu besorgen. Wieder übergab sich eine Person würgend im Raum. Es war der städtische Wundarzt. Zwischen Schleim, Blut, gelber und schwarzer Galle herrschte Zwietracht.

Nach dem rechten Weg in der Dunkelheit suchend, die Gliedmaßen geschürft, gerissen der Nagel am Bein des Kartentisches, gelangte Johanna schließlich auf den Hof des Schlosses, rannte mit der goldenen, mit Edelsteinen besetzten Kette bekleidet über die Brücke, vorbei am alten Bergfried durch die leere Stadt. Kein Mensch, kein Straßenköter, nicht einmal ein dürrer, nach Abfällen suchender, war zu sehen. Sie war reich, das wohlhabendste Bauernmädchen des Fürstentums. Doch der Reichtum gab ihr keine Wärme. Zwei Landauer mit vier edlen Rössern hätte sie für ihre Bekleidung erstehen können, zwei Kutscher dazu. Zwei Kutschen mit vier Pferden, die sie vor den Schmerzen bewahrt hätten, die Tausende vom Wind gepeitschte Eiskörner auf ihrem nackten Oberkörper hervorriefen, vor Schmerzen, die ihr Steine und Gestrüpp zufügten, wenn sie darauftrat, daran mit den Zehen hängen blieb. Dem Schlamm der Straße, der ihre Füße schwärzte, auch ihm wäre sie entkommen.

Der Stadt mit ihrem spärlichen Laternenlicht und den leeren Gassen folgte die eisige Dunkelheit des ebenso fast nackten Taunus, dem kalte Körner keine Schmerzen, doch umso tiefere Wunden bereiteten, tauten sie auf. Angst war der Motor ihrer Bewegungen. Nicht die Furcht vor Verfolgern, Halunken, Revolutionären, die sie allein, halb entblößt, mit überaus großem Reichtum im Dunkeln hätten aufgreifen können, sondern die Angst, der Wirklichkeit immer näher kommen zu müssen, mitgerissen zu werden in einem Strom voller Fremder, die ihre Masken für immer neue Charaktere fallen ließen. Ohne dass eine Menschenseele es bemerkte, fiel sie in ihrem Zimmer zitternd auf das Bett. Wieso gehörte die Kette dieser Frau? Mit diesem Gedanken schlief Johanna ein.

„Guten Abend, mein Liebster."

Hans-Georg saß im grünen Landjägerrock an seinem Schreibtisch und unterschrieb im Schein der Öllampe einige Haftbefehle. Machten doch immer noch Räuberbanden die Gegend um Idstein unsicher. Den einen oder anderen, eigentlich ordentliche Bauern und Handwerker, so dachte er immer, hatte man ergriffen. Doch das Räubertum erwies sich als Fass ohne Boden. Hans-Georg sah zur Tür.

„Wie war das Konzert, Elisabeth?"

„Aufregend und ergreifend. Die Musik von Beethoven ist einfach fantastisch."

Elisabeth ging zum Schreibtisch, stellte sich hinter Hans-Georg, legte ihre Arme um seine Schultern.

„Ach, mein liebster Hans-Georg, so spät ist es in der Nacht, und du arbeitest noch."

„Ja, mir bleibt keine andere Wahl. Diese Halunken glauben, mich immer wieder an der Nase herumführen zu können. Die Guldenmühle bei Niedernhausen haben sie überfallen, einige weitere Verbrechen begangen. Doch sie werden ihr Wunder erleben. Auch andere Vorgänge sind wegen der ganzen Raubgeschichten bislang liegen geblieben. Irgendwann muss ich sie mir ja vornehmen."

Während Hans-Georg dies sprach, bemerkte er an Elisabeth den süßlich-herben Geruch. Er konnte ihn aber auch diesmal zu seiner Verärgerung, die er vor Elisabeth verbarg, nicht zuordnen. Lange Zeit hatte er diesen Geruch nicht an ihr bemerkt.

„Liebster, ich gehe nun zu Bett. Ich wünsche dir eine gute Nacht. Und weile nicht mehr so lange über den Schriftstücken."

Er küsste ihre rechte, dann ihre linke Hand, roch ihn wieder.

„Ich wünsche dir ebenso eine gute Nacht. Gleich komme ich zu dir, wenn ich diese Dokumente unterzeichnet habe."

Als Elisabeth ihre Umarmung löste, fuhr sie schweigend mit dem Zeigefinger ihrer rechten Hand über den Schreibtisch, betrachtete ihre Fingerkuppen.

„Ursula war heute sehr gründlich."

„Fürwahr, Ursula war heute äußerst gründlich. Das Kind ist recht gelehrig."

Elisabeth lachte, küsste ihn auf die Stirn, lachte nochmals, beabsichtigte, zu Bett zu gehen.

„Warte, Elisabeth!"

„Warum?"

„Wir müssen etwas bereden."

„Weswegen? Dem Klang deiner Stimme entnehme ich Ernsthaftigkeit. Zeigt sich im Band unserer Ehe etwa ein Riss? Ist dein Herz für unser Hausmädchen, gar für Fromm entflammt?"

Elisabeth lachte wieder.

„Nimm dich bitte zusammen! Heute Abend bemerkte ich einen Geruch an dir, den ich in den vergangenen Jahren immer wieder einmal an dir wahrnahm. Nie wollte mir einfallen, um was es sich dabei handelte, woher er rührte. Doch nun weiß ich es, auch wenn du ihn häufig mit Parfüm zu überdecken versuchtest, was du heute offensichtlich nicht getan hast."

„Ach ja? Was ist es denn, wonach ich rieche, mein liebster Gatte? Sag es mir."

„Du riechst nach Theriak. Immer, wenn du von gesellschaftlichen Anlässen spät in der Nacht nach Hause kamst, rochst du nach ihm. Ja, es ist Theriak. Soeben wurde es mir bewusst. Erkläre mir, warum du danach riechst."

„Woher kennst du den Geruch von diesem …, wie sagtest du? Ach ja, Theriak. Woher kennst du ihn, Hans-Georg?"

„Nun, den kennt man eben."

„Im Anschluss an Konzerte werden hin und wieder Umtrünke abgehalten, so auch heute Abend. Man unterhält sich mit diesem und jenem. Da wird allerlei gereicht. Ich kostete von verschiedenen Getränken. Mag sein, dass dabei auch etwas von diesem …, wie nanntest du es noch einmal?"

„Theriak."

„Ja, von diesem Theriak gereicht wurde."

„Du solltest besser auf dich aufpassen, auch darauf, was du trinkst, liebe Elisabeth. Was sind das bloß für Personen, die nach einem kulturellen Ereignis solch ein gefährliches Getränk reichen?"

„Gefährlich?"

„Ich denke, du weißt, was ich damit meine."

„Du hast recht, mein Liebster. Und wie du recht hast. Dies Gesöff hatte heute Abend sogar dazu geführt, ich wollte es kaum glauben, dass ich eine Dame sah, die eine auffallende goldene Kette mit Applikationen aus dunkelblauen und hellen, glasklaren Edelsteinen trug, eine Kette auffällig ähnlich der, die mir einst Vater geschenkt hatte. Du erinnerst dich?"

Hans-Georg brach die Spitze der Schreibfeder durch.

„Ich bin müde. Offenbar vom Genuss des Getränks, dessen Geruch du an mir bemerktest. Ich wünsche dir eine gute Nacht, Hans-Georg."

Der Wunsch bereitete ihm Unbehagen. Wen hatte Elisabeth mit dieser Kette gesehen? Hatte sie tatsächlich eine Frau mit der Kette erblickt, oder war es nur Einbildung als Folge des Genusses gewesen? Diese Fragen und andere gingen Hans-Georg nicht mehr aus dem Kopf. War Fromm ein Lügner? War Anna-Maria am Leben? Er wünschte es sich sehr. Und er hasste es, über seine

Fehler nachdenken zu müssen. Doch einige Fragen waren für Hans-Georg von besonderer Bedeutung: War Fromm ihm ergeben? Wer war Fromm? Und warum wusste er nichts über ihn, warum entwischten ihm Gesetzlose immer dann, wenn er ihn über seine Pläne informierte? Warum?

Reden

Leutnant Berger, ich habe Sie heute aus wichtigem Grund hierher in die Obergasse bestellt. Ihre Loyalität ist mir aus höchsten Kreisen versichert worden. Und wie ich sehe, sind Sie der Anordnung, in Zivil zu erscheinen, gefolgt. Sie hätten es jedoch nicht derart übertreiben brauchen, lieber Berger. Ich würde Sie in diesem Aufzug für einen Habenichts, gar einen Schurken halten. Aber vielleicht ist dies sogar von Vorteil. Sie haben den Seiteneingang genommen?"

„Jawohl, Herr Oberst!"

„Nun gut, diese Frage war sicherlich entbehrlich. Stehen Sie bequem, Berger, Ihre Haltung harmoniert in keiner Weise mit Ihrem Äußeren.

„Jawohl, Herr Oberst!"

„Die Direktive heißt Observation. Sie werden heute meinem geschätzten Hans-Peter Fromm unauffällig folgen, wenn er den Hof verlässt. Ein Pferd steht für Sie im Stall gesattelt. Sollten Sie etwas Außergewöhnliches bemerken, werden Sie mir umgehend Bericht erstatten. Haben Sie verstanden, Leutnant Berger?"

„Jawohl, Herr Oberst! Sie können sich auf mich verlassen. Unauffällig, Bericht!"

„Dann gehen Sie."

„Jawohl, Herr Oberst! Darf ich Herrn Oberst untertänigst fragen, wohin?"

„Ach ja, natürlich. Gehen Sie dort in das Zimmer und schließen Sie die Tür. Vom Fenster aus können Sie den Hof im Auge behalten. Wenn er ihn verlässt, eilen Sie."

„Jawohl, Herr Oberst! Da wäre noch etwas, Herr Oberst."

„Ich höre."

„Es gab Tumulte unter Bauern und Handwerkern. Der Franzose entwendete ihnen alles Brauchbare, dessen er habhaft werden konnte. Sie könnten demzufolge die Steuern nicht mehr entrichten, hieß es. Der Name Pétain und auch der Ihre seien im Verlauf der Unruhen mehrfach gefallen.

„Schon gut, aber sich darum zu scheren, hat auch morgen noch Zeit, zumal wir den elften September schreiben, der meines Wissens ein Sonntag ist. Über kurz oder lang wird ohnehin Beruhigung eintreten. Dieser Pétain, von Wein und Weib versteht er viel, von Kriegsführung offenbar wenig, lässt er sich doch von den Österreichern aus Idstein, dem Taunus vertreiben. Er wird sicherlich wiederkommen, der Halunke. Und nun verschwinden Sie nach nebenan!"

„Jawohl, Herr Oberst!"

„Elisabeth! Ich wünsche dir einen guten Morgen. Du bist schon angekleidet?"

„Ja, Hans-Georg. Nach dem gestrigen Abend benötige ich ein wenig frische Luft. Dieses Getränk, wie hieß es noch?"

„Theriak."

„Ganz richtig. Der Genuss dieses Getränkes hat mir etwas im Haupt zugesetzt. Fromm wird mich begleiten. Sieh nur hinaus, Hans-Georg! Schon lange hat die Sonne nicht mehr derart durch den Rauch gestrahlt. Die Pferde dampfen in der Kälte, Fromm spannt den Landauer an. Schien die Welt doch gestern noch dem Untergang geweiht."

„Wie recht du hast, Elisabeth. Wie ergeht es deinem Husten?"

„Er hat sich überraschend gelegt. Ich glaube, dieser Theriak ist Gift und Medizin zugleich."

„Das ist bei vielen Dingen augenscheinlich so."

„Fromm ist fertig, Liebster."

„Ich wünsche dir einen erholsamen Vormittag."

„Ich danke dir, Hans-Georg."

„Schnell, Berger, hinterher, und seien Sie vorsichtig!"

„Jawohl, Herr Oberst!"

„Fromm, zum Schloss!"

„Wo ist nur dieser Schlüssel? Da, jetzt habe ich ihn. Dieses unpraktische Täschchen. Fromm, du bringst sie umgehend hierher!"

„Jawohl, Frau Arenberg."

„Friedrich?"

„Johanna?"

„Johanna, wo warst du die Nacht? Weißt du eigentlich, mit wem du gestern Abend davongefahren bist? Ich habe ihn durch den Spalt des Tores gesehen. Mit Fromm bist du gefahren! Er gab deiner Mutter ein Säckchen. Ich vermute, darin war Bares. Was geht hier vor?"

„Mach dir keine Sorgen, Friedrich. Ja, der Fahrer der Kutsche ist ein gewisser Fromm gewesen. Ich wunderte mich, da du mir damals in Dasbach gesagt hattest, der Fahrer dieses Arenbergs schlafe in einem Zimmer der ‚Dasbacher Heide' und heiße Fromm. Doch ist der Name nicht selten."

„So wie du blickst, hast du etwas zu verbergen. Als ich damals den Namen Fromm erwähnte, schien es dir unversehens nicht wohlzuergehen. Dies gibt mir zu denken. Warum gab Fromm deiner Mutter Bares, wohin hat er dich gebracht so spät am Abend? Sage es mir!"

„Fromm hat mich nach Idstein zum Schloss gefahren. Das hat er schon öfter getan. Immer, wenn dort ein Theaterstück, ein Singspiel gegeben wird, bringt er mich zu Proben und Aufführungen dorthin. Es werden Mädchen, Jungen, Alte, Große und Kleine für die Handlungen benötigt, die man aus Idstein und vom Land herbeisucht. Ich spielte gestern eine Magd, musste mit einem Korb voller Blumen auf und ab laufen. Fromm überbrachte meiner Mutter stets ein paar Kreuzer für meine Dienste auf der Bühne. Gestern Abend saßen alle nach der Aufführung noch zusammen. Es ist später geworden als gedacht. Als Fromm mich tief in der Nacht brachte, wollte ich dich nicht stören, nicht auffallen durch ein knarrendes Tor."

„Was ist mit dir, Johanna? Warum vergießt du Tränen?"

„Friedrich, bitte, frage mich nicht mehr. Ja, halte mich fest. Lass uns einfach nur beisammen sein. Hier und jetzt."

„Hörst du?"

„Ja, Friedrich. Eine Kutsche scheint sich zu nähern."

„Lass mich sehen, wer da kommt, Johanna."

„Wer ist es?"
„Fromm."
„Mein Fahrer?"
„Ja, deiner – und einst derjenige von Dietrich Arenberg."
„Derselbe Fromm?"
„Ja, derselbe Fromm. Hast du heute Morgen wieder eine Probe?"
„Nein, davon wüsste ich."
„Was will der Kerl denn sonst hier?"
„Ich kann es dir nicht sagen."
„Geh ein wenig beiseite. Ich will auch nach draußen sehen."
„Vorsicht, du trittst gerade auf meinen Fuß!"
„Mutter öffnet ihm."
„Herr Fromm, was machen Sie denn hier?"
„Johanna wird noch einmal benötigt. Ich soll sie umgehend nach Idstein bringen."
„Um diese Zeit?"
„Ja, um diese Zeit und sofort! Wo ist sie?"
„Schnell, mach das Tor zu, Friedrich!"
„Ich kann es nicht sagen, aber sie muss auf dem Hof sein. Einen Augenblick, ich sehe rasch oben nach."
„Im Haus ist sie nicht."
„Wo ist sie dann?"
„Johanna! Wo steckst du? Bist du wieder einmal, Gott weiß warum, in der Scheune? Johanna, antworte mir, oder komm heraus, wo auch immer du steckst!"
„Friedrich, er darf dich nicht finden. Er ist nicht nur Kutscher. Er geht auch der Polizei zur Hand, dem Idsteiner Polizeiobristen."
„Was sagtest du soeben?"
„Johanna!"
„Er gehört zur Polizei?"
„Das Kind muss doch hier irgendwo stecken."
„Woher weißt du das?"
„Friedrich, das kann ich dir jetzt nicht erklären. Ich muss hinaus."

„Warte!“

„Nein, lass mich gehen. Ich bin sicher bald zurück.“

„So warte doch!“

„Da bist du ja. Was machst du schon wieder in der Scheune? Herr Fromm ist hier. Er muss dich noch einmal mit nach Idstein nehmen. Komm, beeile dich, geh zu ihm! Ich hole noch geschwind die Jacke.“

„Guten Morgen, Johanna! Steig ein! In Idstein möchte dich jemand sprechen.“

„Wer?“

„Das kannst du dir sicher denken, oder?“

„Ich glaube, ja.“

„Hast du diese, na, du weißt schon, bei dir?“

„Ja.“

„Johanna! Herr Fromm! Wartet! Die Jacke, ich habe sie nicht gefunden! Du bist doch der Friedrich Lindt! Oft warst du mit Heinrich oben am Meiler. Was kommst du aus unserer Scheune? Wieso trägst du die Kleidung meines Sohnes? Was machte Johanna mit dir da drinnen? Ihr werdet doch nicht! Halt, antworte mir!“

„Ich kann nicht warten, Else, muss der Kutsche folgen.“

„Du wirst mir noch Rede und Antwort stehen, Lindt, du Lump!“

„Leutnant Berger, treten Sie ein.“

„Herr Oberst, melde, die Verfolgung erfolgreich beendet zu haben!“

„Ja, ja, schon gut. Stehen Sie bequem. Und was haben Sie zu melden?“

„Der Observierte fuhr Ihre Gattin zum Schloss. Dort sperrte sie eine Tür auf, verschwand dahinter. Der Verfolgte begab sich mit der Kutsche nach Oberseelbach, holte dort ein Bauernmädchen ab, mit dem er ebenfalls zum Schloss fuhr. Er begab sich mit ihr zur besagten Tür, beide verschwanden dahinter.“

„Zum Teufel! Was ist da los? Was macht Elisabeth mit Fromm und irgendeinem Bauernmädchen zu dieser Stunde im Schloss?“

„Ach, Herr Oberst."

„Ja, ich höre."

„Da war noch eine Auffälligkeit. Ich bemerkte bei meiner Observation eine männliche Person, die abseits der Straße der Kutsche zu folgen schien."

„Wie bitte? Rasch, Berger! Holen Sie zwei Mann von der Wache. Wir treffen uns umgehend an der Brücke zum Schloss. Ich muss wissen, was dort vor sich geht. Wie sah denn der Kerl, den Sie bemerkt haben, aus?"

„Er war weit entfernt, erschien mir gleichwohl jung, trug längeres helles Haar."

„Los, Berger, wir eilen unverzüglich!"

„Fromm, du warst schnell. Die Welt ist klein, nicht wahr, Johanna? Derart rasch blickt man sich wieder in die Augen. Du brauchst nicht ängstlich dreinzuschauen. Komm zu mir, mein Kind. Trägst du die Kette?"

„Ja."

„Dann gib sie mir! Sie ist mein. Was zögerst du? Gib sie mir sofort, oder Fromm nimmt sich deiner an! So ist es gut. Nicht so hastig, du beschädigst noch dein ärmliches Caraco."

„Hier ist sie."

„Mein Dank. Endlich habe ich sie wieder in Händen. Gut fühlt sie sich an, Stein für Stein. Doch nun sage mir, woher du diese Kette hast. Tisch mir bitte keine Unwahrheiten auf! Ich bemerke Lügen sofort, Kindchen. Fromm, nimm auf der Chaiselongue Platz, steh nicht so unruhig herum, sie soll berichten."

„Dort, Herr Oberst! Der Kerl, der offenbar glaubt, ihn sähe niemand."

„Das ist der Kerl, den ich bei der Observation in der Ferne bemerkte. So wie es aussieht, war meine Vermutung richtig, dass er der Kutsche folgte, lauert er doch offensichtlich dort, um im rechten Moment zu dieser Tür zu gelangen, hinter der auch Ihre Gattin, Fromm und das Mädchen verschwanden."

„Festnehmen!"

„Wen bitte, Herr Oberst?"

„Den Kerl, der dort drüben an der Wand kauert, Gefreiter!"

„Jawohl, Herr Oberst!“

„Halt, stehen bleiben! Du bist verhaftet!“

„Herr Oberst, wir sind ihm habhaft geworden.“

„Sehr gut, Gefreiter. So, Bursche! Was machst du hier? Warum verfolgst du andere Leute bis hierher? Wie lautet dein Name?“

„Weshalb richtet ihr Musketen auf mich? Ist dies ein verbotener Ort? Warum sehen Sie mich mit derart starrem Blick an, Herr Oberst?“

„Lindt heißt er, Friedrich Lindt.“

„Ich glaube, dreiundzwanzig Jahre.“

„Ja, etwa sechseinhalb Nassauer Fuß.“

„Nein, seine Nase ist ganz gerade, die Haare sind hell und gelockt.“

„Ja, sicher, seine Augen sind blau. Unrasiert war er stets, dass er ein Mörder ist, will ich kaum glauben.“

„Die Zähne? Nun, recht viele Lücken.“

„Mach mal das Maul auf!“

„Warum?“

„Maul auf, los! Nicht die Augen, das Maul! Gut so. Schneller, die Lippen hoch. Los, los! Mach schon!“

„Berger!“

„Herr Oberst!“

„Berger, was zeichnet einen frisch gewaschenen Köhler aus?“

„Wie meinen, Herr Oberst?“

„Sie haben schon richtig verstanden, Berger. Also noch einmal: Woran würden Sie einen frisch gewaschenen Köhler erkennen?“

„Daran, dass er nicht mehr geschwärzt ist.“

„Berger, ich dachte, Sie seien ein kluger Kopf, nachdem Sie mir aus höchsten Kreisen empfohlen wurden. Wie man sich doch irren kann!“

„Aber, Herr Oberst!“

„Schweigen Sie, Tölpel! Ich hatte gefragt, was einen frisch gewaschenen Köhler auszeichnet! Ich werde Ihnen jetzt die Antwort geben. Zieht dem Kerl die Hose runter!“

„Was soll dies?“

„Schweig! Hose runter!“

„Ja geht das denn nicht zügiger? Na endlich! Schaut her! Das zeichnet einen frisch gewaschenen Köhler aus! Seht ihr das auf den Beinen?“

„Aus welchem Grund reißt ihr mein Kamisol auf?“

„Und auch das! Seht ihr das? Was schaut ihr so erstaunt? All diese Brandnarben zeichnen einen frisch gewaschenen Köhler aus. Friedrich Lindt, dein Weg scheint hier am Ende. Berger, ziehen Sie ihm die Hose hoch, nehmen Sie den Kerl mit rein! Ich will sehen, was dort drinnen vor sich geht. Ihr beiden bleibt hier, seht zu, dass niemand rein- oder rauskommt. Verstanden?“

„Jawohl, Herr Oberst!“

„Willst du mir nun endlich antworten, du kleines Bauernmädchen! Die Geduld geht mir fortschreitend abhanden.“

„Hier entlang, Berger! Da drinnen ist niemand.“

„Nun gut, wenn du nicht antwortest, so lasse ich dich als Diebin verhaften.“

„Berger!“

„Herr Oberst!“

„Dort hinein, die Tür ist nur angelehnt.“

„Aber zuerst wird dir unser lieber Fromm eine Lektion erteilen.“

„Von dort hörte ich eine Stimme. Folgen Sie mir!“

„Jawohl, Herr Oberst!“

„Ich frage dich ein letztes Mal. Woher hast du meinen Schmuck? So rede!“

„Berger!“

„Herr Oberst!“

„Leise, Berger! Ich glaube, hier sind wir richtig.“

„Wieso vergießt du Tränen? Wer tritt dort so unmanierlich herein?“

„Was geht hier vor? Mein Weib in dieser Räumlichkeit? Was machst du hier, Elisabeth, mit Fromm und der Kleinen dort? Das ist doch diese Johanna, die den Mord an Dietrich verfolgte.“

„Friedrich!“

„Johanna! Warum bist du hier in diesem Raum?“

„Schweig, Köhler! Nun sage mir, liebste Elisabeth, was du hier tust, sprich!“

„Dieses Mädchen war im Besitz meiner Kette. Du weißt, die goldene Kette, die Vater mir einst zum Geschenk gemacht, die ich jahrelang vermisst hatte. Hier ist sie! Schau sie dir an! Ich ließ Fromm dieses Mädchen ergreifen, nachdem sie den Schmuck bei Hannes zu Barem machen wollte. Am gestrigen Nachmittag wurde ich darüber informiert. Sie konnte nicht wissen, dass mein Juwelier die Kette einst selbst gefertigt hatte.“

„Und warum befragst du sie ausgerechnet hier? Weshalb hast du mir heute Morgen nichts davon berichtet? Stattdessen erzähltest du mir etwas von frischer Luft.“

„Ich wollte keine Unruhe in der Obergasse, dich nicht wegen einer Bagatelle bemühen. Du weißt doch, die Leute reden über alles, sehen jeden, der nicht alltäglich ist. Hier sind wir ungestört, die Mauern dick, einsam und verschwiegen. Gerade beabsichtigte ich, sie zu fragen, woher sie die Kette habe, als du mit deinem Leutnant in verwahrlostem Zivil, warum auch immer, und diesem Kerl da mit zerrissenem Kamisol unvermittelt eintratest. Es ist der von dir verzweifelt Gesuchte, nicht wahr? Dieser Köhler, der Mörder meines Sohnes. Und anscheinend ist es unsere Johanna dort gewesen, die den Erzählungen nach bei der Ermordung Dietrichs zugegen war, die Tat am Fenster beobachtete.“

„Friedrich ist kein Mörder.“

„Ich glaube, Johanna geht mit dem, was sie sagt, nicht fehl. Dieser Bursche soll meinen stattlichen Dietrich mit bloßen Händen umgebracht haben? Absurd ist es, etwas Derartiges für möglich zu halten. Es fand sich überdies nicht ein Mal an seinem Körper, kein Flecken, nicht eine Wunde, die hätte zum Tode führen können. Wie oft hatte man dir dies gesagt, Hans-Georg. Dessen ungeachtet wolltest du ihn, einen Mörder, so wie du immer alles haben wolltest. Dietrich litt an schwachem Herzen, was du offenkundig aus deinem Gedächtnis verdrängt hast. Jedwede Empörung, Entrüstung, Sorge, Furcht hätte genügt, sein Herz taumeln zu lassen, obschon er Digitalis zu sich nahm.

Es brauchte keinen wie diesen, um den Tod herbeizuführen. Doch nun lasse mich meine Befragung fortsetzen."

„Ist das denn so wichtig, sie zu befragen? Wichtig ist doch nur, dass die Kette wieder in deinem Besitz ist."

„Ich fände die Antwort von Johanna vielleicht äußerst aufschlussreich, lieber Hans-Georg."

„Was machst du hier, Johanna? Warum bezahlt deine Mutter den dort, wenn er dich abends in Oberseelbach abholt, um dich nach Idstein hierher zum Schloss zu bringen? Ich bin zwar nur Bauer und Köhler, aber ich bin nicht so dumm, deinem Gerede vom Theaterspiel Glauben zu schenken."

„Ich sollte dir sofort alle Knochen brechen lassen, Köhler. Du Teufel, Mörder, der du für mich auf ewig sein wirst! Aber das, was du soeben von dir gegeben hast, ist in höchstem Maße interessant. Wieso holst du diese Johanna in Oberseelbach ab, bringst sie hierher, bezahlst auch noch dafür? Antworte mir, Fromm!"

„Ach, Hans-Georg, lass doch Fromm zufrieden. Johanna soll uns erzählen, woher sie meine Kette hat."

„Sie sind die Frau des Polizeiobristen?"

„Fragen stehen dir nicht zu, mein Kind. Erzähle lieber, woher du meinen Schmuck hast."

„Ich habe die Kette gefunden. In der Scheune, durch Zufall."

„Nein, durch mich."

„Sei still, Köhler oder was du bist! Lass sie reden."

„Ich kannte die Kette von der Beschreibung. Ich hatte lange nach ihr gesucht, da sie angeblich im Haus meiner Eltern sein sollte."

„Hör auf zu schluchzen, Kind. Ich möchte jetzt wissen, wie meine Kette zu eurem Hof, in die Scheune gelangte."

„Der Karl-Josef aus Lenzhahn hat mir alles erzählt."

„Wer ist denn Karl-Josef um Himmels willen?"

„Ich weiß, wer das ist. Er ist ein Bauer, von dem alle reden, da er Steine und Erde aufsammelt, alles untersucht. Ich habe ihn einige Male in der Nähe meines Meilers gesehen."

„Lindt, sei still, sonst mache ich meine Drohung umgehend wahr! Und du, Fromm, erzählst mir jetzt, warum du dieses Mädchen des Abends abgeholt hast."

„Nein, liebster Hans-Georg. Zuerst lass Johanna berichten. Komm, Kind, erzähle!“

„Karl-Josef hatte vor vielen Jahren an einem Tag im November beobachtet, wie eine junge, schwarzhaarige Frau bei strömendem Regen aus Richtung Lenzhahn zu den Felsen über dem Ort gelaufen kam. Im Arm trug sie ein Tuch. Anna-Maria hieß sie, so sagte er. Sie wurde von zwei Gestalten zu Pferd verfolgt, legte das Tuch, worin ein Kind und diese Kette dort gewickelt waren, unter einer Viehtränke ab. Sie wurde wenig später von den Verfolgern gestellt. Einer der beiden tötete die Frau. Karl-Josef sagte, dass er den Namen des Mörders gehört habe. Er lautete Fromm.“

„Das ist ja äußerst interessant, liebster Hans-Georg.“

„Unser Hans-Peter war es also, nicht das Unwohlsein, dem Anna-Maria zum Opfer fiel. Vermutlich hat Anna-Maria dir die Kette gestohlen. Unser lieber Fromm hier hat Anna-Maria daraufhin gemordet, da er um den Diebstahl wusste, die Kette an sich reißen wollte. Das Kind war von ihm, was er offenbar missbilligte. Und uns tischte er Lügen über Anna-Marias Verbleib und Ableben im Spital auf.“

„Hans-Peter Fromm, drei Buchstaben auf dem Griff.“

„Schweig, Köhler, vielleicht sollte ich dir doch gleich alle Knochen brechen lassen!“

„Was redet Ihr da, Herr? Ihr selbst hattet mir den Auftrag erteilt, Anna-Maria zu Agnes nach Lenzhahn zu bringen. Ja, werte Frau Arenberg, Anna-Maria war durch ihn in guter Hoffnung. Agnes sollte dies beenden. Aus irgendeinem mir nicht geläufigen Grund geschah es nicht. Als ich die beiden Alten Monate später wegen eines Gebrechens aufsuchte, sah ich Anna-Maria am Leben. Ich berichtete Eurem Gatten davon, woraufhin er mich anwies, die Sache endgültig zu erledigen.“

„Das wirst du diesem Kerl doch nicht glauben, Elisabeth! Diesem verfluchten Kerl dort, dem ich viele Jahre vertraute, dem ich Dietrich anvertraute, der versagte, Dietrich nicht vor diesem Köhler dort schützen konnte, ihm willst du Glauben schenken, der mich der Anstiftung zum Morden bezichtigt?“

„Mir ist, als ergreife dich eine gewisse Unruhe, liebster Mann."

„Das ist doch Unsinn!"

„Ich denke nicht. Die Schilderungen dieser beiden stimmen überein. Und ich glaube das, was Fromm gerade von sich gab. Was wäre denn dabei gewesen, wenn Anna-Maria ein Kind von ihm erwartet, geboren hätte? Nichts. Ein Hausmädchen gebärt ein Kind, gezeugt von einem Bediensteten. Eine Romanze unter niederen Ständen. Ja und? Das Hausmädchen verschwindet, wird Monate später vom Liebhaber ermordet. Das ist absoluter Unsinn, Hans-Georg. Dich ergreift die Unruhe immer mehr, wie mir scheint. Dass Fromm dem Vernehmen nach ein Mörder ist, erfüllt mich mit Abscheu, doch noch mehr deine Handlungen, lieber Hans-Georg! Nach längeren Überlegungen kam ich zu dem Schluss, dass Anna-Maria unmöglich meine Kette hätte entwenden können. Nur zwei Menschen konnten sie an sich genommen haben: Fromm oder du, mein Liebster."

„Das ist doch gleich, ob Fromm oder Anna-Maria die Kette gestohlen hat."

„Ich sagte ‚du'. Hätte Fromm sie damals entwendet, so gäbe es die Kette, zumindest in dieser mir vertrauten Form, schon lange nicht mehr. Jeder Halunke mit Vernunft hätte solch ein auffälliges Schmuckstück in seine Teile zerlegt, Gold und Edelsteine einzeln veräußert. Und wenn Fromm es nicht war, so frage ich mich, wieso du die Kette damals an dich genommen, welches Spiel du mit ihr getrieben hast?

„Berger, verschwinden Sie nach unten! Das hier ist nun eine eher private Angelegenheit. Sie haben nichts gehört! Der Köhler bleibt hier. Er scheint einige Dinge zu wissen, die mich interessieren."

„Jawohl, Herr Oberst!"

„Hast du auf einmal Bedenken, dass irgendetwas Unangenehmes nach draußen dringen könnte, Liebster? Du erscheinst mir äußerst unruhig. Aber lassen wir doch zu unserem Amüsement Johanna weiter berichten. Auf, berichte, was du noch von diesem Karl-Josef erfahren hast!"

„Er hat mir den Auftrag gegeben, seine Probleme zu beseitigen. Und er hat mir aufgetragen, diese Kette dort zu ihm zurückzubringen."

„Sei endlich still, Fromm, oder ich lasse dich auf der Stelle festnehmen!"

„Nun erzähle, Kindchen. Erzähle weiter von dem, was dieser Karl-Josef dir berichtete."

„Er ergriff das Tuch unter der Tränke, brachte es zum Hof nach Lenzhahn. Sein Vater wollte nicht, dass Kind und Schmuck im Hause weilten. So brachte er beides nach Oberseelbach zu Heinrich und Else Kugelmann, der Schwägerin des Vaters. Ihr erstes Kind war durch einen Unfall verschieden. Das Findelkind nannten sie Johanna."

„Sag mir, liebster Mann, kann es sein, dass neben mir gerade deine Tochter ihre Tränen vergießt? Dass du deine Tochter wolltest um ihr Leben bringen lassen, dass du andere hast töten lassen, als Obrist der Polizei? Sag es mir! Entschuldige, Kindchen, du brauchst dich nicht zu erschrecken, ich war ein wenig laut."

„Johanna muss seine Tochter sein. Welch unglaubliches Missgeschick!"

„Halte dein Maul, Fromm, oder ich vergesse mich! Dummes Gerede, Geschwätz. Kindchen, erzähle mir lieber davon, warum Fromm dich abends in diesem gottverdammten Nest abholt, dafür auch noch bezahlt!"

„Reicht es nicht für heute, was gesprochen wurde, welche Höllenpforten sich auftaten?"

„Nein, Elisabeth. Gewiss nicht. Wer weiß, welch wahre Pforten noch zu öffnen sind! Sprich, Johanna, beende den Tränenfluss!"

„Fromm hat mich hierher gefahren, wenn drüben im Saal ein Konzert oder eine Theateraufführung gegeben wurde. Ich war nicht die Einzige, die Fromm herbeibrachte. In diesem Raum war ich auch gestern Abend. Zahllose nackte Leiber erfüllten ihn, wie immer an solchen Abenden. Es wurde dieser Theriak getrunken, der die Anwesenden in einen Rausch versetzte. Eure Frau, ja, diese Dame dort, vergnügte sich des Öfteren mit mir, zahllosen Herren und anderen Mädchen. Sie bezahlte meine Eltern – oder was immer sie sind – dafür. Sie haben mich verkauft an all die Männer und Eure Frau. Die Kette habe ich niemandem zum Kauf angeboten, Eure Frau hat sie gestern gesehen, da ich den Schmuck um den Hals trug."

„Das Weibsstück lügt, wenn es sein Gott lästerndes Mundwerk öffnet! Bauernmädchen, ich könnte dich ohrfeigen bis zum Jüngsten Tag!"

„Ist das wahr, Johanna? Du gibst dich anderen Männern, gar Frauen für frivole Anlässe hin?"

„Schweig, Köhler! Ich glaube, unter Irren zu weilen. Fromm verleumdet mich, diese Johanna erzählt hanebüchene Geschichten, aufgetragen von einem schwachsinnigen Bauern, und du, werte Elisabeth, tischst mir schamlos Lügen auf, gibst dich unter Wissen von diesem Bastard im weinroten Rock, dem ich stets mein Vertrauen schenkte, irgendwelchen Hengsten und Weibern hin. Ja, hier in diesem Raum, denn ich rieche es. Es riecht nach diesem Gesöff. Als ich hereinkam, roch ich schon diesen Theriak. Seit Jahren kommst du vermutlich in diesen Raum, gefahren von Fromm, um dich von wildfremden Subjekten besteigen zu lassen, mit verdorbenen Bauernmädchen obszöne Triebe auszuleben. Hätte ich dies früher gewusst, so hätte ich dich Pétains stinkenden, saufenden Revolutionshorden überlassen, damit du genügend Fleisch in dich hättest hineinstopfen lassen können!"

„Das sind doch alles infame Lügen von diesem dummen Kind, Hans-Georg."

„Nein. Das ist nicht gelogen. Ich kann den Beweis erbringen. Eure Frau hat eine auffallende Narbe an der linken Hüfte, stets verkrustet von Salben und Pudern. Wie sollte ich dies sonst wissen?"

„Johanna! Ich dachte, du wärst mir zugeneigt. Mir scheint jedoch, du bist eine Hure. Ja, eine erbärmliche Hure!"

„Friedrich, bitte, nenne mich nicht so! Ich konnte nicht anders. Man hat mich gezwungen."

„Offenbar haben dich dieser Theriak und anderes Gesöff gezwungen. Oder deine unendliche Wollust im Schritt."

„Halte dein Maul, dreckiger Köhler! Was sagst du da zu meiner Tochter? Ich werde dich hängen lassen! Und du, Elisabeth, du wirst mir ebenso für all dies büßen!“

„Ich habe es gehört, mein werter Gatte, du Nichts! ‚Meine Tochter‘ sagtest du. Ich habe es gehört!“

„Nichts hast du gehört, Weib, Lügnerin!“

„Wie hast du es denn mit Anna-Maria getrieben? Vielleicht so? Vielleicht auch mit Ursula gestern Abend? Auch so? Oder etwa derart?“

„Nimm deinen verschrumpelten Hintern runter, altes Weib!“

„Ha, ha, du erbärmlicher Hochkömmling! Ohne mich wärst du eine verkrüppelte Made im Unrat. Mir hast du alles zu verdanken. Doch damit ist es nun vorbei!“

„Johanna, warum hast du so entsetzliche Dinge getan?“

„So entsetzlich kann es für dich nicht sein, Friedrich. Ich habe dich an jenem Abend in Dasbach beobachtet, wie du um dein Weib trauertest. Ich habe inzwischen das Gefühl, dass deine Männlichkeit alles erkundet, was zwei Brüste trägt.“

„Das kann ich durchaus bestätigen. Wie dieser Köhler sich um die Müllersfrau bemühte! Nur ein dreckiger Straßenköter hätte mehr lechzen können.“

„Was weißt du, der all die Weiber des Abends hierher kutschiert hat, denn von einer Müllersfrau? Deine Worte scheinen dich erschreckt zu haben.“

„Dieser Kerl, der da sitzt, wagt, Derartiges zu äußern. Wisst Ihr eigentlich, wen Ihr da vor Euch habt, Herr Oberst? Wisst Ihr es? Oder soll ich es Euch sagen? Ja, erschrocken ist er offenbar. Hat er sich doch soeben aufs Fürchterlichste versprochen, um mich anzuschwärzen.“

„Halt dein Maul, Köhler! Wie sollte man einen Köhler anschwärzen?“

„Nein, Fromm, das halte ich nicht. Nun nicht mehr. Ganz gewiss nicht. Dieser Mensch, der diese kleine Hure für Euer Weib und all die Kerle nächtens herbeigeschafft, der die Mutter dieser kleinen Hure gemordet, Euch aufs Gründlichste getäuscht hat, ist ein Räuber der übelsten Art. Er verkehrt mit Bückler, dem Schinderhannes, mit Weber, dem Fetzer vom Niederrhein. Ich war – Gott, welches Unglück – dabei, als sie den Müller der Guldenmühle und seinen Sohn mordeten. Fromm schnitt sogar einem anderen Räuber die Kehle durch. Auch dem Viehjuden in Oberjosbach und seiner Familie haben er und die anderen Räuber aufs Übelste mitgespielt. Ich war dabei. Ich habe alles mit eigenen Augen gesehen. Ja, Fromm ist ein Räuber, ein Verräter an Nassau-Usingen!“

„Hab ich's mir doch oftmals gedacht, Fromm, aber nie gewagt, zu handeln, der Desillusion wegen, die ich all die Jahre fürchtete. Diese Zufälle. Stets entkam das Gesindel, wenn du in die Planung meiner Operationen eingeweiht warst. Heute wollte ich, vom gestrigen Bericht meiner Gattin über eine Sinnestäuschung bewegt, endlich wissen, mit wem du verkehrst, ließ dich von Leutnant Berger observieren. Das Ergebnis ist sicherlich nicht das gewünschte, jedoch Klarheit bringend. Bleib sitzen, Fromm, nimm die Pistole weg!“

„Nein, Arenberg. Nun ist alles zu spät.“

„Das kann er am besten. Pistole und Messer sind seine Disziplin.“

„Halte dein Maul, Köhler, oder du bist der Erste!“

„Ja, Fromm, schieß ihm in den Kopf oder in den dieser kleinen Hure dort!“

„Schweig, Elisabeth! Niemand rührt sich von der Stelle. Ich gehe nun dort hinaus, ohne dass sich jemand bewegt. Verstanden?“

„Wo willst du denn hin, widerwärtiger Strolch? Unten stehen Wachen. Ich werde sie vom Fenster aus informieren.“

„Sei still, Arenberg, sonst findest du dich neben deinem Sohn, diesem Weiberhelden.“

„Hans-Georg, pass auf!“

„Halte dein Mundwerk, frivoles Eheweib! Fromm, jetzt habe ich dich!

„Er hat tatsächlich gewagt, zu schießen. Köhler, Mädchen, handelt sogleich, er ist von Sinnen!“

„Blut, meine Hand ist voller Blut!“

„Oh Gott, Hans-Georg!“

„Passt auf, er hat noch ein Messer! Johanna, Elisabeth, geht zur Seite!“

„Seht ihr, so ergeht es jemandem, der andern eine Grube gräbt. So, mein lieber Köhler, und aus diesem Grunde bist du nun an der Reihe. Nun hilft dir auch dein Schwager nicht mehr, dieser ekelhafte Wehener mit dem großen Maul, der meint, er könne sich mit einer billigen Bitte bei mir, Hans-Peter Fromm, für einen hinterhältigen Stoß entschuldigen. Diese beiden Weiber werden dich wohl begraben müssen. Zumindest werde ich es der alten Arenberg dort ersparen, dass du ihr Bettzeug mit deinen fettigen Haaren verschmutzt, auch wenn sie mir es nicht danken wird.“

„Fromm, du Teufel!“

„Halte dein Mundwerk, Elisabeth! Du wirst jetzt Zeugin eines weiteren Mordes. Du wirst nun sehen, auch du, kleine Hure, wie schnell sich ein Köhler seines Blutes entleeren kann.“

„Was ist hier los? Was ist geschehen? Wir haben einen Schuss gehört.“

„Gut, dass Sie kommen, Leutnant Berger. Dieser Mensch, dieser Köhler, hat unseren Oberst erschossen. Da liegt er in seinem Blut. Sehen Sie sich ihn an. Sehen Sie hin! Auch Sie, Gefreiter!“

„Vorsicht, Leutnant!“

„Was ist, Frau Arenberg?“

„Fromm, was soll das? Geben Sie mir sofort die Pistole zurück, lassen Sie meinen Gefreiten los! Was haben Sie mit ihm gemacht? Sie Unmensch, Sie haben ihn niedergestochen! Nehmen Sie auf der Stelle die Waffe runter! Sie ist ohnehin nicht geladen.“

„Wage nicht, das Messer zu fassen, Berger! Ich verlasse nun diesen Raum, doch nicht, ohne dich der Lüge zu bezichtigen.“

„Wie ist dies gemeint?“

„Ganz einfach: Ich drücke jetzt den Hahn dieser ungeladenen Pistole durch. So wie du dich verhältst, scheint eine Lüge im Raum zu stehen. Wir werden sehen. Ich hasse Lügen, die gegen meine Person gerichtet sind."

„Du wirst in der Hölle schmoren!"

„Nach Ihnen, Herr Leutnant."

„Friedrich, unternimm etwas, er hat ihn erschossen, er wird auch uns Übles antun!"

„Du gottverdammter Mörder! Du dreifacher, nein, du vielfacher Mörder! Nie hätte ich mich mit dir einlassen sollen. Niemals!"

„Eine späte Erkenntnis, Elisabeth. Was soll das? Du verdammter Köhler, glaubst du, mich überwinden zu können?"

„Ja, ich denke schon."

„Ich werde dich vernichten, Lindt."

„Elisabeth! Johanna! Der große Leuchter, dort auf dem Tisch. Nehmt ihn, schlagt zu! Rasch, ich habe ihn! Elisabeth! Passen Sie auf, das Messer, er hat es ergriffen! Aufpassen! Elisabeth! Johanna, nimm du ihn! Mach schnell!"

„Dahinraffen werde ich dich, Köhler."

„Johanna, schlag zu! Jetzt! Noch einmal, fester! Gib ihn mir, schnell! So, Räuber, Schandfleck! Hier, nimm dies – und ein letztes Mal!"

„Was ist, Friedrich? Friedrich? So sag doch etwas! Sprich!"

„Er rührt sich nicht."

„Was heißt das?"

„Ich weiß es nicht genau, aber er bewegt sich nicht mehr."

„Friedrich, sind wir ihm entronnen?"

„Es sieht fast danach aus."

„Hat er dich verletzt?"

„Ich glaube nicht. Er scheint tot zu sein. Warte! Ja, er ist es, auch die anderen, wie es mir anmutet. Zum ersten Mal befleckt sein eigenes Blut den alten Rock. Überall Blut. Komm, verschwinden wir nach draußen! Aber vorsichtig, unten wacht noch ein Jäger von Arenberg."

„Ein Jäger meines Vaters."

„Die nehme ich besser mit."

„Was sagtest du?"

„Nichts weiter."

„Halt! Wer kommt da? Leutnant Berger?"

„Nein, ich bin Johanna, versetzt in Angst und Schrecken. Wir müssen Hilfe holen. Dort drinnen ist Schreckliches passiert. Schaut nach!"

„Leutnant Berger? Wo sind Sie? Leutnant Berger?"

„Friedrich, du kannst kommen. Er ist nach oben gegangen. Friedrich?"

„Hier bin ich, nun komm!"

„Friedrich, was ich drinnen sprach, es tut mir leid. Kannst du mir verzeihen? Ich tat es aus der Not heraus. Bitte, Friedrich! An dich habe ich mein Herz verloren!"

„Komm, erst fort von hier! Schnell, ehe sie uns nachstellen!"

„Das Gras ist kalt. Sieh dir die Stadt an, Johanna. Türme, Mauern, Dächer. Von hier oben wirkt sie klein und friedlich. Niemand, der hier mit uns im Gras säße, würde dort unten Ungeheuerliches, Verderbtheit, Schamlosigkeit auch nur vermuten. Sieh dir den Rauch an. Säulen, Schwaden, Wolken. Der Wind spielt mit ihnen. Sieh dir die Landschaft an. Hügel, Berge, Täler. So kahl, so nackt, als hätte sie ein riesiges Rindviech abgefressen. Ich glaube, der Wind ist eines Tages freudlos, weil er niemanden mehr zum Spielen haben wird."

„Ja, Friedrich, vielleicht."

„Aber du wolltest mir im Schloss etwas sagen, Johanna."

„Ich meinte, dass es mir leid tut, dir gegenüber solche Worte gebraucht zu haben. Ich war völlig durcheinander, die Worte waren so nicht gemeint. Kannst du mir verzeihen?"

„Und die Fahrten zum Schloss?"

„Ich sagte doch, es aus der Not heraus getan zu haben. Sag doch etwas, Friedrich."

„Johanna, ich gehöre nicht zu dir und du nicht zu mir."

„Friedrich, so etwas darfst du nicht sagen!"

„Weißt du, Johanna, ich frage mich schon den ganzen Weg lang, warum dir dieser Karl-Josef all dies, was ich im Schloss aus deinem Mund hörte, erzählt hat. Das, was er dir erzählt hat, behält man eigentlich für sich. Und ich frage mich, was dieser Karl-Josef damit erreichen wollte. Wenn ich es recht bedenke und damit weiter fortfahre, so komme ich nur zu einem Schluss: Du solltest zu diesem Karl-Josef gehen, er würde sich sicher darüber erfreuen."

„Nein, Friedrich, dich will ich, nicht Karl-Josef!"

„Lebe wohl, Johanna. Ich meine dies tatsächlich so. Geh zu Karl-Josef und lebe wohl!"

„Bitte, Friedrich, bleib bei mir! Ich habe doch alles für dich getan. Ich habe allen die Wahrheit erzählt, dich versteckt, dir Speis, Trank, Kleidung gebracht. Ich habe mich dir hingegeben. Bleib bei mir!"

„Karl-Josef wartet auf dich."

„Wohin gehst du?"

Finale

Zerschlagenes Mobiliar, Scherben aus Glas, vom Steingut ebenso, die unter den Sohlen knirschten; altes Besteck, das vom Stiefel angetrieben geräuschvoll über die Dielenbretter glitt. Ein zerborstenes Butzenfenster mit Brettern vernagelt, die dennoch hauchdünnen, nahezu fragil anmutenden Sonnenstrahlen erlaubten einzutreten, die Splitter vom Holz, am Finger haftend, erhellten, der sich tastend bemühte, Erklärungen für das Unfassbare zu finden. Draußen war es ruhig. Unglaublich still. Nichts rührte sich. Die Sonne schien, doch kein Kinderlärm war zu hören, niemand redete, schimpfte, fluchte vor den Häusern, in den Gärten, nicht ein Hund kläffte, streunte durch die Gassen. Knarrend öffnete sich die Tür zur Viehkoppel. Allmählich begriff Lindt, was aus seinem Ochsen geworden war. Ganze Fliegenschwärme machten sich an den Knochen zu schaffen. Verfaulende Fleischreste, die noch an ihnen hafteten, zogen die Insekten magisch an. Lindt dachte an Philipp, schloss die Tür, ging zurück in den Schankraum. Er stellte einen nur leicht beschädigten Stuhl auf die Beine, setzte sich darauf.

„Was war hier los? Wer hat das meinem Ochsen angetan?"

„Das kann ich dir sagen, Friedrich."

In der Tür stand Franz Kilb.

„Franz?"

„Ja, ich habe dich kommen sehen und mich sehr darüber gewundert, dass du noch frei herumläufst, wo du doch seit Monaten von der Polizei gesucht wirst."

„Das wundert mich auch, lieber Franz. Was ist geschehen? Wer hat sämtliche Möbelstücke, Flaschen, Teller zerschlagen, meinen Ochsen getötet?"

„Die Franzosen waren hier. Anfang des Monats. Zuerst schien es so, als würden sie sich anständig verhalten, doch da irrten wir uns gewaltig. Sie haben geplündert, was sie in ihre Hände bekamen. Und war es ihnen nicht genug, so begannen sie zu wüten. Deinen Ochsen haben sie sich geteilt, die Flaschen auch. Wir sind noch fünf Alte im Dorf. Die anderen sind geflohen, als bei einigen Franzosen das Nervenfieber auszubrechen schien, zu Verwandten oder Gott weiß wohin. Ich hoffe, sie kommen wieder. Die Franzosen sind vor drei Tagen verschwunden."

„Wohin hat man Philipp gebracht?"

„Henni und Ludwig haben ihn mitgenommen. Er ist bei ihnen in guten Händen."

„Dachte ich mir's."

„Du solltest aus dem Ort verschwinden, Friedrich. Früher oder später wird man dich hier aufspüren. Was ist damals in der Nacht passiert? Ich will bis heute nicht glauben, dass du ein Mörder bist. Dazu meine ich dich zu gut zu kennen."

„Ich war außer mir. Charlotte hatte eine Liebschaft mit diesem Arenberg. Ich stellte beide in der Schlafstube. Es kam zum Handgemenge. Arenberg hatte eine Pistole. Eine Kugel, die sich löste, traf Charlotte. Ich wusste nicht, wie mir geschah, ging auf Arenberg los, fasste ihn. Doch auf einmal war mein schrecklicher Zorn wie von Geisterhand vertrieben. Ich packte ihn an den Schultern, redete auf ihn ein. Ich weiß nicht mehr, was und wie lange ich geredet habe. Arenberg fiel vor mir zu Boden. Offenbar können Worte töten. Ich habe oft an Arenberg denken müssen. Ich hasste und bedauerte ihn zugleich, warum auch immer. Ich tue es heute noch, beides."

„Es war ein Unfall, Friedrich, ein schrecklicher Unfall. Ich hatte mir den Leichnam angesehen. Es waren keine Anzeichen von Gewalt zu entdecken. Doch ich befürchte, keiner wird dir glauben. Schon gar nicht der Polizeiobrist in Idstein."

„Der wurde heute Vormittag ermordet."

„Was sagst du?"

„Ja, ich war zugegen. Und auch in diesem Fall habe ich mich nicht mit Schuld beladen, wenn es in dieser Welt überhaupt Unschuldige gibt."

„Ich verstehe nicht."

„Du wirst sicherlich erfahren, was heute im Idsteiner Schloss geschehen ist. Man wird darüber reden. Früher oder später. Ich werde nun gehen. Vielleicht finde ich im Haus noch Brauchbares.“

Lindt erhob sich, verließ das Gasthaus. Kilb sah ihm wortlos nach. Tatsächlich fand er außer einem frischen Kamisol und einem Paar Holzschuhe noch Brauchbares, etwas, was die Franzosen übersehen hatten. Eine nur wenig angebrochene Flasche, die er als eiserne Reserve unter den Ofen in der Wohnstube gelegt hatte.

„Diese Franzosen!“

Als er am frühen Morgen des 12. September die Augen öffnete, blickte Lindt in die Dunkelheit seiner Hütte. Nur ein wenig Licht zwängte sich durch die Ritzen der klapprigen Tür aus gebundenem Geäst. Der Durst, die Trockenheit der Kehle war gegenwärtig, doch die Furcht vor dem Morgen, der Schrecklicheres bringen könnte als das Gestern, war weitaus beträchtlicher. Er erhob sich für einen Augenblick, ließ sich aber ohne Verzug wieder hinuntersacken, um im Schlaf dem grässlichen Tagesanbruch zu entkommen. Gleichwohl empfand er den Durst, der seine Abneigung vor dem Tage zu guter Letzt überwand. Lindt stand auf, wobei er gegen eine Flasche aus Steingut trat, als seine Füße den lehmigen Grund suchten. Er hob sie auf, dachte an Zufall. Es war die Flasche, die sie gemeinsam geleert hatten.

„Was wohl aus ihm geworden ist?“

Lindt schlüpfte in die Hölzernen und ging hinaus vor die Hütte. Feine Tröpfchen fielen vom Himmel. Seine Meilerplatte sah erbärmlich leer aus. Doch er bemerkte, dass sie mindestens noch ein weiteres Mal genutzt worden war. Dann sah er hinunter in Richtung Oberseelbach. Von den Stockausschlägen hatte die Köhlerei kaum etwas übrig gelassen. Nahezu alles war verkohlt. Rauchwolken zogen den Hang hinauf. Lindt atmete sie mit geschlossenen Augen ein. Sie kamen von einem Meiler, der etwa dreißig Meter weiter unter ihm in Betrieb war.

„Das muss Kugelmann sein.“

Lindt raufte sich seine fettigen Locken. Da er nichts Durststillendes fand, beschloss er, hinunterzugehen. Als er sich dem Meiler näherte, bemerkte er neben Kugelmann noch vier weitere Gestalten. Zwei waren ihm unbekannt. Bei den anderen handelte es sich um Conrad und Eberhard, Johannas vermeintliche Brüder.

„Lindt, das gibt es doch nicht! Was machst du hier oben? Alle Welt sucht dich, und du spazierst durch die Gegend."

„Einen guten Tag, Heinrich, die Herren! Hast du einen Schluck Wasser für mich?"

„Aber ja doch! Hier, nimm den Krug. Es ist noch etwas Wasser darinnen. Heute wird uns Johanna ohnehin neues bringen."

Lindt trank den Krug mit kräftigen Schlucken aus.

„Das sind übrigens Otto und Albert aus Niederseelbach. Sie sind das erste Mal hier oben. Brötz, Gettenauer und Görg hat man dahingestreckt. Die Franzosen sollen es gewesen sein. Aber wer weiß? Ach, sieh an! Da kommt Johanna bereits. Wenn man vom Teufel spricht! Ja, meine Johanna, auf sie ist Verlass."

„Ich danke dir, Heinrich. Nun gehe ich wieder nach oben, mich ausruhen. Bin viel gelaufen. Ich werde ein paar Tage hierbleiben. Ich kann euch in dieser Zeit behilflich sein. Dann werde ich vermutlich nach Oberjosbach runtergehen. Ich habe da einen Bekannten, dem ich einiges erklären sollte. Er kann mir vielleicht weiterhelfen."

„Ja, geh, Friedrich. Wir haben noch genug Zeit zum Schwatzen. Komm gegen Abend runter, Johanna bringt sicher ein paar Fläschchen von meinem Guten."

Johanna sah Lindt in Richtung seiner Hütte gehen, blieb einen Augenblick lang stehen, blickte ihm nach.

„Johanna, gut, dass du schon da bist. Wir können einen frischen Bissen brauchen."

„Da oben ist Lindt. Was macht der hier? Er wird doch gesucht."

„Das habe ich mich auch gefragt, Kindchen. Er will ein paar Tage in seiner Hütte bleiben, dann nach Oberjosbach gehen. Er kenne dort jemanden."

Johanna stellte den Korb auf den nackten Boden.

„Ich sehe, du hast deinen Teil gehabt."

„Ja, Vater."

„Warum sagst du das derart merkwürdig im Ton? Hattest du wieder einmal zu viel?"

Johanna drehte sich um, ging.

Der Abend war trocken, zumindest was den Himmel betraf. Man gab sich am Feuer den mitgebrachten Schätzen hin. Kugelmann fragte Lindt Löcher in den Leib, die beiden anderen hörten nur zu, tranken. Die Jungen schliefen erschöpft. Lindt erzählte nicht viel vom Erlebten, nur banale Dinge. Seine Antworten wichen stets aus. Man sprach über die Franzosen, die Kaiserlichen, die Köhlerei, Preise, von der Not, gutes Kohlholz zu finden. Lindt erzählte von Prietz, scherzte über Ritzmann. Kugelmann berichtete, was er über die Anwesenheit der Franzosen, ihre Handlungen gehört hatte. Drei Tage verstrichen, an nur einem ging ein Wolkenbruch hernieder. Lindt half, Kohlholz herbeizuschaffen, beim Aufbau eines weiteren Meilers. Man sprach über Gott und die Welt, wie sie in Wirklichkeit nicht war. Am Morgen des vierten Tages, Lindt trank gerade einen Schluck Wasser, glaubte er zu hören, dass sich eine Kutsche näherte. Er stellte den Krug ab, ging nach draußen vor die Hütte.

Lindt blickte in Richtung der Straße, die von Lenzhahn heraufführte. Tatsächlich quälte sich eine zweispännige, schwarz lackierte Kalesche über die von Kohle geschwärzte Straße hinauf. Auf dem Kutschbock kämpfte eine Gestalt verzweifelt gegen den Schlamm. Im Innern des Wagens saß Theobald Schmidt, der neue Pächter der Michelbacher Eisenhütte. Die Kutsche hielt etwa fünfunddreißig Meter vor Lindts Meilerplatte. Schmidt stieg aus seinem Gefährt, zupfte dabei seine Redingote zurecht, nahm seinen Stock und stülpte seinen schwarzen Zylinder über die Glatze. Als seine Stiefel im Schlamm versanken, fluchte er in unverständlichen Worten. Lindt grinste. Schmidt ging hinunter zum Meiler.

Lindt sah sich eine Weile überaus gelassen an, wie Schmidt und Kugelmann wild mit den Armen gestikulierten. Schließlich entschloss er einzugreifen, da es für ihn Zeit schien aufzubrechen.

„Einen guten Tag, der Herr! Mein Name ist Friedrich Lindt. Ich sah Euch ankommen. Und wie mir scheint, habt Ihr ein Problem mit meinen Freunden. Oder habe ich das völlig falsch von dort oben gesehen?“

Lindt deutete zu seiner Hütte.

„Was mischt Ihr Euch ein? Seid Ihr auch einer von denen? Die Holzkohle der letzten Lieferung war wieder von äußerst schlechter Qualität, lieber Fremder. Den von Kugelmann geforderten Preis werde ich nicht bezahlen. Das versuche ich ihm gerade beizubringen. Und wenn Ihr nicht zu diesen Köhlern gehört, dann schert Euch zum Teufel!“

„Unsere Kohlen glänzen auf dem Bruch stark, fast stahlblau, zerbrechen leicht, erzeugen kaum Funken und färben die Hände nur wenig. Aber sagt mir, Herr, habt Ihr eine Liebschaft in Oberseelbach, Niederseelbach, Lenzhahn oder Idstein, weswegen Ihr vielleicht hierher kommt? Ist es die Frau eines der Anwesenden oder gar eine Tochter, ein Sohn derer hier? So wie Ihr mir erscheint, wäre es Euch egal. Oder? Ihr seht aus, als nämet Ihr, was daherkommt. Halt! Antwortet mir nicht. Der Ausdruck Eures Gesichtes, seine feine Mimik wie auch desselben Wandlung in der Farbe bezeugen nichts Gutes, weisen gar auf innere Erschütterungen, heillose Qualen hin. Das ist nicht gesund, das wirft die Säfte durcheinander, weshalb ich Euch weitere Leiden der zweifelhaften Feilscherei ersparen werde. Kugelmann braucht Euch als Kunden nicht mehr. Und falls Eure Antworten auf meine Fragen stets ‚ja‘ wären, so könntet Ihr Euch glücklich schätzen. Ihr bräuchtet euch vor der eigentlichen Besteigung, wen auch immer es träfe, von sofort an nicht mehr hier hinaufzuquälen, um früher oder später doch erschlagen zu werden oder eines geheimnisvollen Todes zu sterben. Einer von uns hätte nun Klarheit. Halt! Nicht reden! Denkt an die Säfte! Außerdem ist Kugelmann in wenigen Augenblicken ein reicher Kugelmann. Komm her, Heinrich! Ja, komm her. Komm endlich her und gib mir deine Hand! Ja, komm schon!“

Kugelmann ging drei Schritte auf Lindt zu. In Schmidts Mund hätten zwei Bienenvölker Platz gefunden. Auch die Jungen waren entgeistert.

„So, Heinrich, öffne deine Hand, so wie du sie immer gerne geöffnet hast. Nimm dies, freue dich darüber, dass du sie wiederbekommst, denn allzu oft werdet ihr, du und Else, eure Hände sicherlich nicht mehr öffnen können. Zumindest nicht bei Fromm."

Während Lindt dies sprach, inzwischen hätten gar drei Bienenvölker in Schmidts Mund Platz gefunden, griff er in die Uhrentasche der Kniehose und holte die Kette hervor, die er fest in Kugelmanns geöffnete Hand drückte.

„Die nahm ich mit vom Ort der wilden Ausschweifungen, wohin du Johanna von Fromm so oft gegen ein Entgelt hast kutschieren lassen, damit sie dort Mann, Weib, Jung und Alt mit ihrer Jugendlichkeit und ihrem Geschlecht entzückte. Deine Versuche, nun etwas zu sagen, ehren dich, Heinrich, auch die Eurigen Bemühungen scheinen aufrecht. Ich werde dir und ebenso Euch wegen des Misslingens nicht gram sein, zumal ich auch des Lesens von Gedanken nicht mächtig bin. Einen schönen Tag, die Herren!"

„Der da! Der da unten mit den hellen Locken und der grauen Hose! Das ist der gesuchte Lindt!"

Lindt drehte sich um. Wenige Meter unterhalb seines Meilerplatzes stand Johanna, deutete auf ihn, während fünf uniformierte Reiter auf ihn zutrabten, den lehmigen nackten Boden schmatzen ließen.

„Seht Ihr ihn? Ja, der mit den hellen Haaren, der sich gerade umdrehte! Das ist der gesuchte Mörder Friedrich Lindt! Passt auf, er ist äußerst gefährlich!"

„Einen guten Morgen, die Herrschaften! Ich bin Hauptmann Keller. Sind Sie da ein gewisser Friedrich Lindt?"

„Ja, der bin ich."

„Festnehmen! Fuß- und Handketten anlegen!"

„Warum dieser Umstand? Ich folge Euch auch ohne diese Fesseln."

„Halte dein Mundwerk, Schurke!"

Zwei Jäger richteten Musketen auf Lindt, während man ihn ankettete.

„Ja, nehmt den Kerl mit, fesselt ihn, steckt ihn in das tiefste Loch! Nein, hängt ihn auf, schlagt ihn tot, diesen Mistkerl, der mich, Theobald Schmidt, aufs Tiefste brüskierte!"

„Ja, nehmt ihn mit, diesen Halunken!", ergänzte Kugelmann, der Sprache wieder habhaft.

„Schweigt, mischt Euch nicht in fremde Angelegenheiten ein! Wir reiten!"

Die Pferde schritten gemächlich hinauf zur Straße, Lindt zwischen ihnen, im Tippelschritt, stolpernd. Die Fußfesseln ließen seinen Schritten nicht viel Spielraum. An Johanna ging Lindt vorbei, ohne sie auch nur eines Blickes zu würdigen.

Der Weg nach Idstein auf dem Wagen war für ihn von weitaus geringerer Schmach. In Oberseelbach warfen Kinder Steine nach ihm, sie prallten an den Stäben ab. Er hörte Stimmen, die von Mordsgesindel sprachen, die davon redeten, dass die Köhler am Berg schlimmer sein müssten als Franzosen, Österreicher, Räuber, da sie das Grauen vom Hohlen Stein nicht fürchteten. Das Gerede, die Stimmen waren ihm gleich.

Lindt und Hauptmann Keller betraten die Amtsstube der Polizei in Idstein. Am Schreibtisch Arenbergs saß Major Schollmeyer.

„Melde, Herr Major, den Gesuchten vorbringen zu können!"

„Vortrefflich, Hauptmann Keller! Lassen Sie uns alleine. Warten Sie draußen."

„Jawohl, Herr Major!"

„Ach, Keller!"

„Herr Major?"

„Nehmen Sie doch dem Kerl die Fesseln ab. Ich fürchte weder Tod noch Teufel, sodass mir diese Ketten mehr als überflüssig erscheinen.

„Jawohl, Herr Major!"

Der Hauptmann entfernte die Fesseln und verließ die Amtsstube. Major Schollmeyer war zwei Tage zuvor aus Wiesbaden nach Idstein entsandt worden, um die Geschäfte des verschiedenen Arenberg zu übernehmen. Er quartierte im Anwesen in der Obergasse und war erfreut, mit Ursula ein erfahrenes Hausmädchen übernehmen zu können.

„Du bist also der Schrecken des Idsteiner Landes, weshalb ich die Fesseln sah. Nimm auf diesem Stuhl dort Platz. Bauer und Köhler bist du, dazu ein Mörder."

„Ich bin Köhler und Bauer, doch kein Mörder!"

„Nun gut. Ich möchte mich zuerst einmal vorstellen. Ich bin Major Gottlieb Schollmeyer der Nassau-Usinger Jägerkompanie zu Idstein, höchster Vollzugsbeamter des fürstlichen Oberamtes Idstein in der Grafschaft Usingen-Idstein, ergebener Diener, enger Vertrauter unseres geliebten Fürsten Karl Wilhelm von Nassau-Usingen und unseres Kaisers Franz. Nunmehr zu dir. Du wirst beschuldigt, den Sohn des Obristen Arenberg, später diesen selbst, seine werte Gattin Elisabeth und drei seiner Gefolgsleute gemordet zu haben. Gestehst du diese Vergehen?"

„Nein."

„Das habe ich fast befürchtet. Dann erkläre mir, warum du diese schrecklichen Taten nicht gestehen willst."

Lindt begann zu erzählen. Nach einer halben Stunde ging die Tür der Amtsstube auf, Hauptmann Keller trat ein.

„Herr Major! Ich wollte sehen, ob alles rechter Dinge ergeht, da die Zeit fortgeschritten ist. Ich machte mir Gedanken um Ihr Wohl."

„Schon gut, Keller. Habt Dank. Es ist alles in Ordnung. Gehen Sie. Ich werde Sie zu gegebener Zeit rufen. Gehen Sie ruhig, warten Sie draußen!"

„Jawohl, Herr Major!"

Lindt fuhr mit seiner Erzählung fort, die Räubergeschichten vollends überging, auch seinen Schwager, den rechtschaffenen Bauern aber einbezog, sich etwa eine Stunde hinzog, in deren Verlauf Schollmeyer wiederholt aufstand, umherlief, aus dem Fenster schaute, einer Fliege nachstellte, den Versuch unternahm, einen Flecken auf der Uniform mit Speichel und Taschentuch zu beseitigen, versuchte, einen winzigen Rest Speise, genau genommen vom Schweinebraten, aus den unteren

Schneidezähnen zu entfernen, mehrere Male gefestigtes Sekret mit dem Finger aus der Nase entfernte, das auf den Dielen landete.

„Tja, der Arenberg! Schon lange redete man hinter seinem Rücken, dass er seinem eigenen Wohle näher stand als dem Wohlergehen des Fürstentums und seiner Familie. Ja, der Arenberg! An der Nase wurde er offenbar herumgeführt, vom eigenen Weib, von einem Räuber. Es erscheint mir fast unglaublich, was du mir da soeben erzähltest. Wobei ich, wenn ich es recht bedenke, dem Arenberg einiges zutraue. Und wenn das stimmt, was du über Arenbergs Gattin geäußert hast, das Töchterchen aus gutem Hause, dann hätte ich doch …, ach was! Wo waren wir stehen geblieben?"

„Bei Arenbergs Gattin."

„Ja, genau, bei Arenberg. Wie war das mit Dietrich?"

„Wie meinen Sie das?"

„Nun, du bist doch, nachdem du ihn mit deinem Weib ertappt hattest, wieder hinaufgegangen. Voller Wut in den Säften. Wolltest du ihm nur die Meinung sagen? Und als er dir die Geschichte vom Erntedankfest erzählte, dich offenbar auf das Gröbste beleidigte, wolltest du ihm immer noch lediglich deine Auffassung zu den Dingen darlegen? Und als dein Weib von der Kugel getroffen am Boden lag, wolltest du ihm dann immer noch sagen, welch hinterhältiger Bursche er sei? Köhler, das willst du mir weismachen? Ich habe einige Protokolle und Notizen von Arenberg über verschiedene Vorkommnisse, die dich und dieses Mädchen betreffen, das uns zu dir geführt hat, vorliegen. Diesen zufolge hat das junge Ding ausgesagt, dass du am Tod von Dietrich Arenberg nicht schuldig seiest. Sie habe am Fenster deines Hauses beobachtet, wie der junge Arenberg vor dir ohne Einwirkung von Gewalt zu Boden gegangen sei. Wir haben diese Johanna befragt. Sie kann sich plötzlich an nichts mehr erinnern, was an jenem Abend auf deinem Hof geschah. Merkwürdig. Sie floh sogar vor dir aus dem Schloss, in Todesangst vor dem rasenden Köhler. Du erzähltest mir, dass sie dir nach Idstein, dann zu deinem Hof gefolgt sei, weil sie nach deiner Meinung eine abwegige Leidenschaft zu dir empfand, woraufhin du sie in eurem Gasthof einquartiertest, damit sie die Nacht nicht umherirren musste. Daher log sie Arenberg damals an, um dein Herz zu gewinnen, das deinem Weib gehörte. Hast du zuvor nie ihre Zuneigung gespürt, als sie dich und die anderen Köhler bei den Meilern aufsuchte?"

„Nein, nie."

„Warum bist du überhaupt davongelaufen, wenn du nicht schuldig bist? Du hast doch das Mädchen am Fenster gesehen. Sie hätte deine Unschuld bezeugt."

„Auch andere haben durch das Fenster geschaut. Ich habe ihre Gesichter gesehen. So wie ich dort in der Stube stand, mit zwei Toten, überfiel mich der Schrecken. Ich konnte auch nicht wissen, ob man beobachtet hatte, dass Arenberg ohne mein Einwirken starb."

„Aber wieso bist du nach deiner militärischen Episode, nun reden wir einmal nicht von Fahnenflucht, die du mehr oder weniger elegant beendet hast, im Schlosshof aufgegriffen worden, wie mir ein Gefreiter, der bei deiner Ergreifung anwesend war, berichtete?"

„Ich lief zu meiner Hütte, da ich nicht wusste, wohin. Nach Wehen war es meiner Auffassung nach nicht möglich, da sich das Militär dorthin begeben hatte. Ich dachte: Nur weg von diesem Ort! Schnell weg! Unterwegs nächtigte ich erschöpft zwei Male unter freiem Himmel, sah dann diese Kutsche. Auf dem Bock saß, soviel ich zu dieser Stunde lediglich wusste, der Kutscher von Dietrich Arenberg. In der Kutsche glaubte ich Johanna zu erkennen. Ich war plötzlich sehr neugierig geworden. Warum fuhr der Kutscher von Arenberg dieses Bauernmädchen, diese Johanna, die mir offenbar immer wieder nachstellte, in Richtung Idstein? Da ich mich an keinerlei Verpflichtungen erinnern konnte, folgte ich der Kutsche. Es war ja noch früh am Tage. Ich folgte ihr bis zum Schloss, wo mich der Oberst mit seinen Leuten aufgriff. Den Rest der Geschichte kennen Sie ja."

„So, so. Und warum, was glaubst du, hat diese Johanna uns deinen Aufenthaltsort verraten?"

„Ich habe sie, kurz nachdem wir Idstein verlassen hatten, abgewiesen. Sie gestand ihre Zuneigung mir gegenüber. Aber ich konnte sie nicht erwidern, bin allein weitergelaufen, habe sie zurückgelassen.“

„Du willst damit sagen, sie hat sich deshalb an dir gerächt, dich verraten. Nun, das hat sie tatsächlich getan. Was die von dir geschilderten Vorgänge im Schloss betrifft, so erscheinen mir diese plausibel. Schon immer habe ich den Arenbergs einiges zugetraut. Auch dass Dietrich Arenberg dein Weib bestieg, glaube ich dir, obwohl in den Aufzeichnungen des alten Arenbergs zu lesen ist, es ginge um unbegründete Eifersüchteleien, die auf Wahnvorstellungen beruhten. Die Indizien, so die Aufzeichnungen, sprächen dafür, dass du die Wohnstube betratest, als Dietrich Arenberg mit deinem Weib bei einem Gespräch zusammensaß. Da der Abend bereits fortgeschritten war und du überraschend auftauchtest, hätten dich besagte Wahnvorstellungen ergriffen, die zum zweifachen Mord führten. Als Dietrich noch Schüler war, habe ich ihm und seinem Vater mehrfach aus peinlichen Situationen helfen müssen, da ehrenwerte Herren den Jungen mit ihren Weibern erwischt hatten. Der fing schon früh mit solchen Geschichten an, der Dietrich. Gedankt hat er mir meine Interventionen nie, der werte Hans-Georg. Doch ich muss mich nun wiederholen: Du bist, nachdem du Dietrich mit deinem Weib ertappt hattest, wieder hinauf zur Schlafstube gegangen. Voller Wut. Deine Säfte begannen zu kochen wie Wasser im Kessel über dem Feuer. Wolltest du ihm nur die Meinung sagen? Nein, mein Lieber, nein. Und als er dir die Geschichte vom Erntedankfest erzählte, dich offenbar auf das Gröbste beleidigte, hattest du dann immer noch die Absicht, ihm lediglich deine Meinung zu den Dingen darzulegen? Gewiss nicht. Und als dein Weib am Boden lag, wolltest du ihm dann immer noch sagen, welch hinterhältiger Bursche er sei? Köhler, das willst du mir weismachen? Nein. Du hast Dietrich Arenberg in äußerster Erregung erschlagen, ihm die Pistole entrissen, damit dein Weib in schier endloser Eifersucht erschossen, weil du es auf frischer Tat ertappt hattest. Du wirst hängen. Und weißt du, was das bedeutet? Hast du schon jemals jemanden hängen gesehen?"

„Nein."

„Dann sage ich dir nun, auf welch unehrenhafte Art und Weise, auf welch grausame Art du enden wirst. Du stirbst den qualvollen Erstickungstod. Der Strick wird die Zungenwurzel gegen deine hintere Rachenwand drücken, wodurch dir die Luft abhandenkommen wird. Zugleich drückt das Werkzeug der Strangulation auf die Adern des Halses und unterbindet den Blutfluss zu deinem Gehirn, falls du überhaupt eines besitzt. Dein Gesicht wird blau bis rötlich anlaufen und zur Belustigung aller Anwesenden aufgebläht erscheinen. Deine Zunge wird zwischen deinen heruntergekommenen Zähnen klemmen, im letzten Moment des Lebens wird ein Samenabfluss deiner Harnröhre entrinnen. Vielleicht wirst du auch gleichzeitig scheißen und dabei daran denken, wie du den Arenberg erschlagen hast. Wie du ihn des Lebens beraubtest. Ein Gericht wird dich befragen, dich für schuldig befinden und zum Tode durch den Strang verurteilen. Elend wirst du am Strick verrecken und dir die Hosen vollscheißen. Hast du bemerkt, ob er geschissen hat, als sein letztes Stündlein schlug? Hat der Teufel geschissen? Sag es mir!"

„Nicht, dass ich es wüsste."

„Schade, ich hätte es ihm gegönnt, diesem Bastard!"

„Warum sind Sie auf einmal so erregt?"

„Ach, nichts."

„Doch, sagen Sie es mir, warum?"

„Das geht dich nichts an."

„Auch wenn es mich nichts angeht, erscheint mir Ihre Erregtheit überaus groß. Warum sollte Dietrich scheißen?"

„Mein Gott, warum soll ich dies einem Köhler, einem mordenden Habenichts erklären?"

„Ich bin im Verhör bei Ihnen. Also erklären Sie."

„Ja, richtig, im Verhör. Deshalb mäßige deine Zunge."

„Aber Sie wünschten, er hätte geschissen."

„Ja, ich wünschte, er hätte es getan, gelitten wie einst meine Tochter, die unter höllischer Qual im Kindbett starb, geschwängert von Dietrich Arenberg. Hans-Georg oder besser seine angetraute Elisabeth hat diese Angelegenheit, wie sie es nannte, heruntergespielt. Sie bestand darauf, dass nichts von der Geschichte nach außen dringen, kein Wort über Dietrich verloren werden durfte. Sie sprach von Familienehre. Dumm, wie ich war, habe ich mich mit Gulden beruhigen lassen, an den Enkel dachte ich dabei."

Es klopfte an der Tür.

„Ja, herein!"

„Herr Major! Ich wollte noch einmal sehen, ob alles rechter Dinge ergeht, da die Zeit nun um einiges weiter fortgeschritten ist. Ich machte mir erneut Gedanken um Ihr Wohl."

„Nein, nein. Schon gut, Keller. Gehen Sie."

„Jawohl, Herr Major!"

Die Tür schloss sich mit lautem Knall.

„Einfach unglaublich, wie dieser Mensch die Tür derart ungehobelt zuschlägt! Was du mir erzähltest, ist beispiellos. Das ist so ungeheuerlich, dass ich dir jedes Wort für bare Münze abnehme. Nein, du bist kein Mörder, du sagst nicht die Unwahrheit. Das offenbart mir mein untrügliches Gefühl. Der junge Arenberg wies zudem weder Wunden noch Male auf, die auf einen gewaltsamen Tod hingewiesen hätten. So einen wie dich habe ich nie zuvor kennengelernt. Du sprichst die Wahrheit. Dessen ungeachtet wirst du hängen, wird der Strick die Zungenwurzel gegen deine hintere Rachenwand drücken."

Während er dies sprach, versuchte Schollmeyer abermals, den winzigen Rest vom Schweinebraten aus den unteren Schneidezähnen zu entfernen.

„Wie soll ich das verstehen? Ihr bezichtigt mich entgegen besserem Wissen der Lüge?"

„Nein, entgegen meinem Gefühl, lieber Lindt."

„Welches so untrüglich ist."

„Ja. Lindt, denk doch einmal nach. Ich weiß nichts um die Wahrheit, fühle sie lediglich anhand dessen, was du mir erzähltest, aufgrund meiner Erfahrungen, meiner Menschenkenntnis, angesichts von Indizien, die allerdings den zahlreichen Notizen vom allseits geachteten Arenberg konträr erscheinen."

„Gefühle sind der Wahrheit nicht verpflichtet, und Untrüglichkeit bestätigt die Wirklichkeit, deren Wesen von vielen Wahrheiten eher verschleiert wird, sonst wäre die Bedeutung dieses Wortes widersinnig, Herr Major."

Sekunden der Stille. Dann sprang Schollmeyer auf, deutete mit der rechten Hand auf Lindt.

„Das ist gut. Darauf habe ich gehofft. Ich werde umgehend veranlassen, dass all diese Steckbriefe entfernt werden. Wenn ich es recht überlege, bist du genau nach meinem Geschmack."

Des Majors Stimme klang verzerrt, da der Nagel seines kleinen Fingers der linken Hand unentwegt zwischen den unteren Schneidezähnen arbeitete, währenddessen er dies sprach. Lindt blickte in Schollmeyers Gesicht. Es mutete zunächst schmunzelnd, dann freudig an. Er hatte ihn endlich gefasst. Der winzige Rest Schweinebraten klemmte unter dem Horn des kleinen Fingers der linken Hand, krönte nach drei langen Tagen und Nächten nun die Schwärze.

„Was bedeutet das?"

„Ganz einfach: Du bist ein freier Mann, sofern du in meinen Diensten stehen möchtest."

Lindt sah Schollmeyer fragenden Blickes an, der einem Lächeln wich.

„Warum nicht? Stets zu Diensten, Herr Major Schollmeyer!"

„Das müssen wir begießen, lieber Lindt, umgehend, mit einem Schluck aus Dauborn! Es handelt sich bei diesem edlen Tropfen um eine Hinterlassenschaft von Arenberg. Seltsam, ich fand die Flasche hinter den Akten."

Epilog

Ein Meer aus Tropfen senkte sich vom nächtlichen Himmel herab. Ein schreckliches Unwetter begann, das weitere Wunden in den Boden und fauligen Fels des Taunus riss, die nie mehr heilen sollten. Lindt war in Eile, man hatte Rufe nach der Polizei gehört. Er atmete schwer im Kampf mit dem schreienden Weib aus gutem Hause, dessen glänzender Fingerschmuck Ziel seiner Begierde war. Andere standen im schwach von Kerzenlicht erhellten Raum herum, der nur für Bruchteile von Sekunden in das gleißende Licht von Blitzen getaucht wurde. Einige der anderen zitterten vor Angst.

„He, Steineklopfer! Schnell, reiche mir dein Messer, ich muss diesen Ring noch haben. Lass jetzt um Himmels willen die Hände von diesem Briefbeschwerer! Beeile dich!"

Entsetzliche Schreie gellten durch den Raum, nachdem Karl-Josef ihm sein Messer gereicht hatte.

Lindt war ohne Zweifel nicht fromm, aber schön und eigentlich ein netter, gar liebenswerter Zeitgenosse, würde man von diesem Fall einmal absehen. Seine Kleidung war immer ungepflegt, sein Körper auffallend athletisch. Und er war alles andere als ein Perfektionist, was diesen tiefen Fall betraf. Nur mit größter Mühe gelang es dem Hauptmann der Eichelberger Bande, trotz des Messers scharfer Schneide, den Finger der Frau abzuquetschen. Deren Fall zu Boden beobachtete Johanna mit süffisantem Gesichtsausdruck, wobei diese Beschreibung etymologisch nichts mit dem Branntwein des Hausherrn zu tun hat, den sie dabei sichtlich genoss.

Dank

Bei allen Personen, die mich bei der Recherche und während des Schreibens mit fach- und sachkundigem Rat unterstützt haben, möchte ich mich an dieser Stelle bedanken. Insbesondere bei Herrn Dipl.-Biol. Bernhard Hildebrand aus Fulda für zahlreiche Diskussionen und seine kritischen Anmerkungen, welche meine Arbeit an diesem Buch von Anfang an begleiteten.

Autor

Alexander Stahr ist Diplom-Geograf und wurde 1959 in Frankfurt am Main geboren. 1996 promovierte er am Fachbereich Geowissenschaften der Johann Wolfgang Goethe-Universität in Frankfurt am Main zum Dr. phil. nat. Seit 1999 im Taunus ansässig, arbeitet er als Publizist und Wissenschaftsredakteur in den Bereichen Printmedien und Internet und ist Autor mehrerer Sachbücher.